백수 탈출 3

본래 空(공)함을 알았다면
妙(묘)함도 알아야 하거늘!

# 백수 탈출 3

초판 1쇄 인쇄일_2010년 9월 20일
초판 1쇄 발행일_2010년 9월 26일

지은이_혜공
펴낸이_최길주

펴낸곳_도서출판 BG북갤러리
등록일자_2003년 11월 5일(제318-2003-00130호)
주소_서울시 영등포구 여의도동 14-5 아크로폴리스 406호
전화_02)761-7005(代) ㅣ 팩스_02)761-7995
홈페이지_http://www.bookgallery.co.kr
E-mail_cgjpower@yahoo.co.kr

값 15,000원

* 저자와 협의에 의해 인지는 생략합니다.
* 잘못된 책은 바꾸어 드립니다.

ISBN 978-89-6495-024-1 04810
ISBN 978-89-91177-91-8 (세트)

본래 空(공)함을 알았다면 妙(묘)함도 알아야 하거늘!

# 백수 탈출 ③

혜공 지음

**B·G** 북갤러리

차례

## 제8부 나라는 변해도 민족은 변치 않는다

## 제9부 백수 탈출 3

## 제10부 마음은 때(계절)의 짓거리를 만든다

## 제11부 음양이 암수이다

# 제8부
# 나라는 변해도
# 민족은 변치 않는다

# 1. 獨島(독도)와 동북공정의 해법

세상에 태어나 살아가는 그 누구라도 편하고 잘 먹고 잘 살길 바랄 것이다.

재산이 넉넉하여 먹을거리 걱정 없고 지닌 재산이 넉넉하고 많아서 이웃과 다툴 일이 없으면 좋을 것이고, 훌륭한 부모나 조상을 두어 남들이 업신여기지 않고 그들 앞에 자존을 내세우며 살면 더욱 좋을 것이다. 더러는 힘이나 권력을 쥐고 자랑도 하고 싶을 것이며, 누구라도 예쁜 배우자를 만나 행복을 누리며 살기 또한 바랄 것이다. 더구나 태어나 살아가는 祖國(조국)이 넓은 땅과 풍요로운 자원과 재력으로 국력이 넘쳐나길 바랄 것이고, 누구라도 넉넉하여 궁색하게 살지 않는 나라를 바랄 것이다. 안에서나 밖에서나 다툼이 없고 道德(도덕)을 알고 실다운 法(법)이 지켜지는 세상을 그 누구라도 바랄 것이다.

세상에서 일어나는 모든 일들은 때가 익어서 일어나는 일이며, 일어나는 일들이 역사를 만들어가는 것이며, 그것을 안다면 모든 이들이 행하는 일상에 크고 작은 일들이 역사라는 이름으로 후손들에게 이어이어 전해진다는 것도 알 것이다.

지구의 나라들이 산업과 과학이 발달하면서 서로 잦은 왕래로 가까운 이웃이 되고 동네가 되어 버렸다. 많은 이웃의 나라들이 서로 가까워졌으나, 서로가 이웃을 얼마나 잘 알고 있고 그들은 또 우리를 얼마나 알고 있을까?

오늘 일상의 일들이 50년이 지나면 50년 전의 역사가 되고, 100년이 지나면 100년 전의 역사가 되며, 과거사의 얘기가 되는 것을 그 누군들 모르는 이들은 없을 것이다.

이 땅에 태어나 살아가면서 지난 역사를 들춰보면, 특히 古代史(고대사)에 이르면 얼굴을 가리고 몸 가릴 곳을 찾아 몸을 숨기고 싶어진다. 그것은 이 땅에 올바른 우리의 역사를 제대로 알 수가 없는 묘(?)한 시대가 있었으며, 그때에 조작되어 잘못된 역사라는 것을 알면서도 상당기간, 상당수의 많은 이들이 방치하듯 살아오고 있는 것이다.

동북아 삼국(한국, 일본, 중국)의 생성과 역사를 본래 주인(배달국)은 젖혀놓고 중국과 일본이 자신들의 힘으로 힘 있는 만큼 오랜 시간에 걸쳐서 제멋대로 역사를 바꾸고, 고치고, 보태고, 늘려서 본래 역사의 원형을 알아볼 수가 없을 정도로 둔갑시켜 놓았는데도 예나 지금에나 잘못된 역사를 고수하며, 그것을 우리의 역사라고 가르치고들 있으니 한심스럽고 스스로 힘없는 나라의 백성임을 자처하는 것은 어찌된 영문인지 의아스럽기만 하다.

우리가 우리의 역사를 찾는다고 해도 어려움이 따르고 우리의 역사를 제대로 알아 찾았다 한들 그×들에게 씨알이나 먹히겠나? (욕하면 안 되지.) 중국은 자신들의 조상이 우월하다는 망상(중화사상)에 빠져서 남의 나라 역사를 통째로 삼키고 뒤집으려고 ○천년의 세월을 계획한 일이다. 우리의 올바른 역사나 고증적인 사료가 발견되었다고 해도 중국이나 일본이 호락호락하게 인정하여 자신들의 기록을 수정해줄 리는 만무할 것이다. 그런데 더 속을 뒤틀리게 하는 것은 중국과 일본이 짜놓은 역사판이 잘못된 역사인 줄 알면서도 일부의 사람들은 먹고사는 것에 치우쳐서인지 그들이 짜준 역사판이 잘못된 역사라는 것을 알면서도 제대로 수정하려 하지도 않고 '뭐 하러 평지풍파를 만드나?' 하는 꼴들을 접하게 되는데, 이방원의 '하여가'에 '단심가'로 답하는 정몽주를 떠올리게 한다.


중국 漢族(한족)의 역사는 삼황오제에서 시작을 하며 자신들은 三皇(삼황) 五帝(오제)의 자손이라고 내세우는 것을 보면, 삼황오제를 모르고서는 한족들의 역사를 논할 수가 없을 것이다.

삼황은 태호복희(BC 3528~3413), 염제신농(BC 3218~3078), 황제헌원(BC 2692~2592)을 가리키며, 오제는 소호금천(BC 2598~2514), 전욱고양(BC 2513~2436), 제곡고신(BC 2435~2365), 요임금(BC 2357~2258), 순임금(BC 2255~2208)을 말한다.

한족들의 祖上(조상)이라는 복희씨나 신농씨나 헌원씨나 오제라 칭하는 왕들의 행적은 우리 배달국의 시대였기에 한눈에도 우리 배달국의 역사를 조금만 눈여겨 들여다보면 금방 누구라는 것을 알 수가 있으나, 작정하고 왜곡을 하고 있는 이들이 잘못된 역사를 인정하려 들지 않는 것은 당연한 일일 것이다.

중국이 진행하고 있는 동북공정의 뒤에는 무서운 계략이 숨어 있다. 단순하게 자신들의 조상을 자랑하려는 것에 그치지 않고 세계 문화의 原流(원류)를 들고 나올 것이며, 자신들에게 우리의 조상들이 베풀었던 道德政治(도덕정치)를 자신들의 것이라고 들고 나올 것은 뻔한 일이다. 세상의 中元(중원)이라는 중국인들이 무엇을 더 주장하며, 무엇을 더 들고 나올 것인지 그리고 있기는 한 것인가? (있지!)

## 🔥 역사 왜곡의 한계, 중국의 동북공정

현재도 중국 정권은 동북공정의 일환으로 요녕성 갈석산 산해관에서 북한 압록강 위의 단동까지 새로운 만리장성을 벽돌로 쌓고 있다. 명나라 때 역사를 왜곡해가며 북경 북쪽에 있었던 만리장성

동쪽 끝을 갈석산의 산해관까지라고 하면서 가짜로 늘리고 만들었는데, 근세에 와서 만리장성을 새롭게 만들어가며 주민들에게 예전에도 있었던 것이라는 교육을 시키면서 지금도 새로운 만리장성을 쌓고 있는 것이다. 과거 북경에서 시작하는 만리장성을 쌓았던 것은 불시에 적이 쳐들어 올 것에 대비하여 군사방어용으로 쌓았는데 지금 중국이 쌓고 있는 만리장성은 군사방어용 목적이 아닌 역사를 왜곡하기 위하여 전시 목적으로 쌓고 있으며, 만리장성을 한반도의 끝까지 이어놓으려는 것은 과거의 역사를 중국 대륙이 아닌 변방의 동북지방으로 옮겨놓고 한국과 치른 모든 역사전쟁들을 몽땅 만주유역으로 몰아넣기 위한 것이다. 결국 한국(배달국)의 역사를 중원 대륙의 본류가 아닌 만주와 한반도로 옮기기 위한 일환으로 진행하고 있는 것이다.

중국, 한족들의 역사는 배달국에서 시작되었음이 명백하다.

현재 중국에서는 우리 고구려의 역사마저도 변방의 부족, 즉 속국으로 편입시키기 위한 역사 개편작업을 진행하고 있으며, 막대한 예산을 투자하여 조작된 역사를 만들고 있다.

중국은 역사 속에서 새로운 왕조가 형성될 때마다 우리나라를 쳐들어 왔다. 그들의 역사는 우리 한국과 맞물려 내려오고 있으며, 미개한 그들에게 교육시키고 문화를 전달해준 우리나라를 눌러야만 자신들이 뿌리를 모르고 살아온 아픔을 치유할 수 있다는 생각에서 그들은 지금도 만리장성을 쌓고 있는 것이다.

지금 중국 땅에는 소수의 한족 외에 많은 우리의 동이족의 피를 이어받은 한인(桓仌(桓仌)의 자손)들이 중국을 이루며 변방에서 살아가고 있다. 중국인(漢族)들은 분명히 알고 있다. 우리 한인들이 天孫(천손)의 자손이며 천손의 피를 면면히 이어오고 있다는 것을 말이다. 그들은 본능적으로 자신들의 뿌리가 한인으로부터 시작되었다는 사실도 알고 있을 것이다.

　대우주와 자연의 법칙이 만들어내는 계절은 씨를 뿌려 싹을 틔우고, 꽃을 피우고, 열매를 맺혀 때에 수확을 하며, 수확한 곡식으로 많은 이들과 나눌 수가 있으나, 하늘을 거스르는 사람의 욕심은 그 욕심 때문에 스스로 파멸의 길을 갈 것이다.

　힘을 내세워서 作心(작심)하고 하는 일을 어찌 막을 것이며 부딪쳐 시시비비를 가린들 속 시원한 답을 얻을 수도 없을 것이다. 그들이 손바닥으로 하늘을 가리려하지만 그런다고 하늘이 가려지는 않음을 알아야 할 것이다. (순천자는 흥하고 역천자는 망한다.)

　배달의 자손들이 만년의 세월을 이어오면서 중국에 밀리고, 밀리고 밀리어 반도의 끝자락에 의지하여 살아가고 있는 것 또한 때의 일이나, 조상의 옛터는 역사와 함께 이어오는 조상의 얼과 혼이 살아있어서 누구라도 잊을 수도 없을 것이고, 언제나 우리의 정신과 함께하며 계승되어 나갈 것이다.


　중국의 사기나 많은 역사의 기록, 宋(송)나라시대의 趙普(조보)에도 기록되어 있는 蚩尤天皇(치우천황)과 軒轅(헌원)이 琢鹿(탁록)에서 전투를 벌였다는 기록이다.

중국의 한족들이 자신들의 조상이라고 떠받들고 있는 헌원은 치우천황과의 싸움에서 10년 동안 73회나 싸웠지만 한 번도 이긴 적이 없다고 기록되어 있다. 그러나 그건 우리나라에서 하는 얘기고 한족들은 헌원이 치우를 잡아서 죽였다고도 한다. 이에 대한 싸움의 원인이나 승패의 기록들이 남아 있으니 천천히 들여다보기로 하고, 배달국의 치우천황과 헌원이 탁록이라는 지역에서 싸움을 벌였다는 자체만으로도 큰 의미를 준다고 하겠다. 탁록이라는 지역이 중원의 땅이 아닌 중국 내륙에 깊숙이 자리하고 있는 양자강 상류의 변방지역임을 감안하면 중국이 역사를 왜곡하고 있는 때에 이는 매우 귀중한 기록임이 분명하다.

사기를 비롯한 중국의 문헌에는 軒轅(헌원)이 琢鹿(탁록)에서 蚩尤(치우)천왕을 죽이고 전쟁에서 승리한 것으로 되어 있다. 그러나 치우천황을 전쟁의 신으로 떠받들고 무서워서 귀신의 형상으로 표현하고 銅頭鐵額(동두철액)이라 묘사하며 두려워했던 것과 지금까지도 치우천황을 모신 사당을 전쟁의 신으로 모시는 것을 보면 중국인들이 치우천황을 무서워했고, 자신들이 주장하는 대로 헌원이 이겼다고 말하는 것은 거짓임을 쉽게 짐작할 수가 있다.

헌원과의 싸움에 패하였다면 전쟁에 진 사람을 수천 년간 사당을 지어 모실 이유가 없을 것이다. 더군다나 전쟁에 패한 적국의 왕을 전쟁의 신이라고 하면서 전쟁터에 출정하는 많은 장군들이 치우천황의 사당에 들러서 전쟁에 이기게 해달라는 기도를 했다는 역사의 기록만 보아도 치우천황이 헌원에게 패했다는 것은 명백한 거짓말이다.

치우천황을 묘사하는 글에는 머리는 구리로 되었으며, 이마는 철로 되었다. 즉, 투구와 갑옷을 철과 청동으로 만들어 입었다는 말인데, 그 당시 청동기시절에 철기로 무장하고 철갑을 사용했던 군대라면 아마 당시에는 최첨단의 무기를 갖춘 군대였으며, 치우천왕의 배달국을 감히 한족들이 넘볼 수가 없는 초강대국이었을 것이다. 헌원의 군대가 제아무리 날고뛰었다 하더라도 원초적으로 상대조차 되지 않았던 전쟁이었을 것이라는 말이다.

史記(사기)에도 당시의 헌원이 처한 어려웠던 기록들이 있는데, 들여다보면 무리를 이끌고 이리저리 치우천왕의 군대를 피하여 일정한 거처가 없이 몸을 피하여 도망 다니기에 바빴다. 그리고 병사들로 하여금 항시 호위하게 하였다는 기록을 미루어보아도 전쟁의 신으로 받드는 치우천황과의 싸움에 패하여 몸을 숨기며 도망 다니기에 급급했던 헌원의 몰골을 추측해내는 것은 그리 어렵지가 않을 것 같다.

치우천왕(BC 2740~2599)은 BC 2707(갑인, 甲寅)년에 재위에 올라 109년 동안 배달국의 천황으로서 나라를 다스렸으며, 150세의 천수를 누린 것을 알 수가 있다.

탁록에서의 전쟁이 단군왕검이 세우신 고조선보다도 300여 년 전에 배달국의 왕이었던 치우천황과 한족들의 왕인 헌원과의 싸움이 있었음을 안다면 일본이 식민통치시절에 심혈을 기울여가면서 단군왕검께서 세우신 고조선의 역사를 신화로 만들어놓은 것도 고조선이 실제의 역사임을 입증하는 데 귀한 자료가 될 것이다. 고조선의 역사가 신화라고 일본×들이 우긴다면 세계의 역사학자들은 물론이요, 지나가는 개도 돌아서서 웃을 것이다.

역사는 힘이다. 힘이 있어야 역사도 제대로 지키고 보전할 수가 있는 것이다.

동북아의 삼국(한국, 중국, 일본)이 치른 3차의 전쟁(① 백강의 전투, ② 임진왜란, ③ 청일전쟁과 한일합방)은 일본의 그릇된 망상과 야욕에서 시작되었다. 그리고 때마다 전쟁에서 땅을 늘리며 재미를 본 쪽은 항상 중국이었다. 일본이야 당연히 헛된 욕심을 냈기에 얻어맞아도 싸지만 때마다의 전쟁에서 얻어터지고 짓밟히고 땅을 빼앗기는 쪽은 항상 우리였다. 그나마도 힘이 없어서 '찍소리'도 못하고 지내온 역사를 이 땅의 백성들은 익히 알고들 있을 것이다.

### 🔥 터무니없는 일본의 독도 야욕

일본에서는 서쪽의 끝이요, 대한민국 땅에서는 가장 동쪽의 땅이 獨島(독도)인데 옆에 있는 큰 섬인 울릉도에서 날씨가 웬만한 날이면 보이는 독도를, 자신들의 영토라고 주장하는 것에 대하여 우리들은 다시 한 번 지난 역사를 깊은 생각으로 점검해 봐야 할 것이다. (말이 안 되는 일이지만.)

倭人(왜인)들은 백제(660년)가 망해버리자 자신들의 '조상이 묻힌 땅'이라서 백제의 땅을 찾아야 하는 절체절명의 이유를 안고 있었다. 당시에 국가의 존망을 걸어 놓고서 천여 척의 함대와 2만 명이 넘는 군대를 파견하여 벌였던 백강의 전투(662년)가 지난 역사의 기록에 있음을 보면 時空(시공)을 뛰어넘어 일본과의 古土(고토)전쟁은 아직도 진행형임을 알아야 할 것이다.

왜국은 고토를 찾아야 한다는 명분을 감추고 어떤 이유나 트집을 잡아가면서까지도 이 땅을 넘보고 있다. 그러한 이유와 사정이 있기 때문에 독도의 영유권을 주장한다는 것을 우리들은 제대로 알아야 한다.

왜인들의 근본 조상의 뿌리가 우리나라의 고조선에서 갈려나갔다는 기록이 있다.

우리는 후학들에게 우리의 올바른 역사를 제대로 가르쳐야 한다. 이 땅의 누구라도 남의 눈치 보지 말고 역사의 기록들을 찾아내어, 일본 학자나 중국 학자에게 일일이 물어볼 필요 없이 있는 그대로의 역사를 우리의 후학들에게 가르쳐야 한다.

역사에서 실제성과 사실성을 무시하고, 조작하고, 왜곡된 역사를 만들어서 자손들에게 가르치고 있는 이들(일본, 중국)에게 우리가 무엇을 얻을 수가 있으며, 무엇을 바랄 것이 있겠는가? 우리의 역사를 바르게 고쳐주기를 바란다는 것은 밑 빠진 항아리에 물이 차기를 기다리는 것이고 고양이에게 생선조각을 구하려는 것이다. 중국과 일본이 욕심이라는 항아리를 차고 앉아 있다는 것을 우리는 알아야 하며, 그 항아리에 구멍이라도 날 것을 그저 바라기만 한다면 그것은 우리의 어리석음이다.

우리의 국력이 충만한 시기에 우리들은 역사의 중요성을 새롭게 인식해야 한다. 진보다, 개혁이다, 보수다 하면서 세월을 낭비할 때가 아닌 것이다. 세상 모든 일에는 때가 있기 때문이다.

일본이 독도 영유권을 주장하는 저의에는 독도 주변에 개발할 광물질이 매장되어 있어서라는 말도 더러 듣는데, 실제 일본의 속셈은 다른 데에 있는 것이다.


대한민국이 일제 식민통치를 벗어나 1945년 8·15의 해방을 맞았으나 우리 자력에 의한 해방이 아니라 우방국들에 의해서 통일되었다. 우여곡절을 거치며 1948년 7월에 헌법이 제정되고 제헌의회가 열렸을 때, 우리는 우리의 역사를 우선적으로 정립하고 일제에게서 배운 잘못된 역사를 버리고 말끔히 정리했어야 했다.

나라가 시작되면서부터 역사에 대한 의식(인식)이 분명했어야 했는데 처음 시작하면서 잘못을 바로잡지 못하는 잘못을 범하여 세월이 흐르고 흘러 오늘에 이르니 이 잘못을 어디에 내놓을 수가 있겠나?

우리의 역사를 왜곡하고 우리들에게 잘못된 역사관을 심어주고 가르치기 위하여 일제는 1905년부터 그들의 행정력을 동원하여 우리의 역사에 관한 문서들을 ○십년간 찾아서 불태우고 정치인과 학자들을 동원하여 우리의 역사와 문화를 말살시켰다. 그리고 그들은 왜곡된 역사를 만들고 기록물(책)을 만들어 가면서 우리에게 가르쳤으니 이를 누가 알기나 했겠나. 왜놈들이 만들어 가르치는 것들이 날조된 엉터리였다는 것을. (허허! 힘이 없어서.)

역사는 힘 있는 자의 소유라고는 하지만, 그래도 우리가 할 수 있는 만큼, 힘 있는 만큼이라도 시작을 하여 제대로 된 역사를 찾아나가야 할 것이다.

공자가 春秋(춘추)에 東夷(동이)의 夷(이)를 오랑캐로 폄하하였다. 그리고 이어 한나라시대의 사마천이 동이를 천시하며 동이의 역사를 말살하려고 지명을 북동쪽으로 옮기고 중원과 남부에 있는 산과 강의 이름을 바꾸어 북경의 이북으로 옮기고 옮겨서 한반도에 몰아넣었다. 이렇듯 중국은 치밀하게 오랜 세월동안 동북공정을 실행하였으니 이게 2,000년도 더된 일이 아닌가.

일본과 중국이 자국의 이익을 위하여 역사를 왜곡하며 우리의 역사를 말살시키고 있는데, 우리는 무엇을 어떻게 해야 하나?

獨島(독도) 문제나 동북공정을 풀기 위해서는,

첫째, 우리는 배달의 자손이라는 추상적인 가르침이나 생각을 버려야 한다. 檀紀(단기)의 역사를 폐하고 국가의 역사를 倍達(배달)국의 역사(2333+1565=3898년)로 소급하여 倍達紀(배달기)인 3898년을 사용해야 한다.

둘째, 삼국시대나 고려조까지의 왕들은 연호를 사용하였으나 조선조에 명과 청의 속국으로 이를 폐하였다. 왕(대통령)의 연호를 부활하여 사용하여야 한다.

셋째, 세상엔 공짜가 없다. 우리가 사용하는 時間(시간)은 동경시를 사용하고 있으나, 이를 속히 폐하고 우리 땅에 기준을 둔 시간을 정하여 사용하여야 한다(서울시(時)가 어려우면 목포시(時)나 홍도시(時), 백령도시(時)라도 우리 땅에 기준을 둔 시간을 말한다).

우리가 해야 할 일들이 더 많겠지만 최소한 앞의 세 가지만이라도 우리가 지켜낸다면 독도 문제나 동북공정의 흉계에서 최소한 휘말리지는 않을 것이다.

일본의 군국주의가 헛된 망상과 욕심으로 세계대전을 일으켜 많은 나라들에게 고통을 안겨주고 결국에는 패망을 하였다. 그리고 8·15의 해방을 맞이했을 때에 우리의 동포들은 패망한 일본인들을 어떻게 대해주었던가? 관대한 아량과 동정으로 그들을 돌려보내지 않았던가. 일인들이 행한 일들을 생각하면 그들이 살아서 돌아가기는 어려웠을 것이나, 선량하고 유순한 아량의 덕을 우리는 그들에게 베풀지 않았던가.

개가 사람에게 덤벼들어 물었다고 해서 어찌 사람이 개를 상대하여 물 수가 있겠는가?

저들이 역사를 왜곡하고 거짓으로 치장하고 뜯어 고치려고 해도 어딘가에는 진실한 역사의 기록이나 유물은 남아 있을 것이다. 이제라도 우리는 우리의 역사관을 확고히 세우고 民(민)이나 官(정부)이 합심하여 올바른 역사를 찾아 후손들에게 전해주어야 할 것이다.

우리나라와 중국의 사기에도 기록이 남아있는 때의 일(역사)들을 찾아 차근차근 정리하면서 배달국(청구국)의 역사를 찾아 신화에 머무르고 있는 고조선을 뛰어넘어 우리나라의 紀元(기원)을 배달국으로 삼야 한다. 배달국의 치세가 역사적으로 1565년이었으니 단기 2333년을 더하여 3898년의 倍達紀(배달기)를 써야 우리의 역사를 바로 세울 수 있다.

나라를 고난에서 건진 영웅이나 국민의 존경을 받는 인물들은 동상이나 치적비를 세워주는데 우리 역사에서 자손들이 부덕하여 알아보지 못했던 蚩尤天皇(치우천황)에 대해 이제부터라도 역사를 바로잡고 제대로 알아야 한다. 전쟁의 神(신)이며 군왕이었고 우리 동이족을 대표하는 역사의 조상이기에 더욱 그렇다.

중국의 동북공정은 아직도 진행 중에 있다. 한족이 들고 나올 것은 자신들의 나라가 세상을 만든 創始國(창시국)이며, 자신들의 조상이 神(신)이 化人(화인)하여 세상을 만들었다는 것을 주장하려는 것이다.

桓因(환인)의 적통이며 배달국의 자손인 우리에게는 우리의 조상을 힘없어 빼앗기는 일인 중국인들의 동북공정의 숨은 진의를 거시적으로 내다봐야 한다.

　사람에게는 기운과 피가 흐르며 역사에는 조상의 魂魄(혼백)과 얼이 담겨있다. 자손들이 움직이는 氣(기)와 조상의 魄(백)이 합하여 氣魄(기백)으로 뜻을 펼치는 것이고, 자손들의 피(血)와 역사의 魂(혼)이 합하여 혈혼(血魂)의 정신이 담겨있는 것이다. 그래서 혼백은 조상의 정신이자 역사의 정신이 되고 자손들은 조상들의 정신을 온전히 이어 받들어 기백으로 살아가며, 조상의 얼과 함께 자손들이 族(족)이라는 한 울타리로 이어가는 것이다.

　달도 차면 기울고, 해가 석양으로 넘어가면 어둠이 내린다. 어둠 속에서도 때가 되면 초생달이 생겨나서 대지를 밝히며, 달은 점점 차올라 때가 이르면 보름달이 되어 대지를 밝힌다. 자연의 일이 때의 일임을 안다면 작은 배는 작은 물에 몸을 맡기지만, 큰 배는 큰 물이 들어야 몸을 맡기고 뜰 수 있을 것이다.

　대우주의 자연은 무수한 변화를 만들어내지만 때가 되면 초승달도 만들고 보름달도 만든다.

# 2. 用(용)은 변해도 本(본)은 변치 않는다

얼마 전인가. 어느 지인과의 약속이 있어서 차를 몰고 길을 나섰
는데 동네 어귀를 벗어나지도 못하고 멈추게 되었다. 좁은 도로를
따라 관을 묻는 공사를 하고 있는 중장비가 길을 막고 있어서 들어
가지도 나가지도 못하는 상황이었다. 앞쪽 운전자들이 공사를 하고
있는 인부들과 실랑이가 벌어져 있었으며, 양방향의 운전자들이 차
에서 내려서 서로 고성이 오가고 있었다.

차에서 내려 장비가 일하는 곳까지 걸어서 내려가는데 사람들의
다투는 소리를 듣고 있자니 순간 '전쟁터인가'는 생각이 머리를 스
친다.

장비가 일을 하기 위해서 길을 잠시 막고 잠시 트면서 일을 했을

텐데, 눈에 보이는 상황은 앞, 뒤의 차들이 장비조차도 운신을 못하게 바짝 들이대어 장비기사도 차를 어쩌지 못하는 상황이었다.

어느 쪽이라도 조금의 여유나 배려를 가졌더라면 이런 일이 발생되지 않았을 것인데 서로가 여유 없는 마음에서 서로의 길을 막는 형태를 만들어놓은 상황에서 무슨 주장이 도움이 될 것이며, 시시비비를 가린들 무슨 소용이 있겠는가. 서로 실랑이하는 이들을 말려 길을 트고 나오면서도 서로 여유가 없는 모습이 '전쟁터'를 지나온 것 같은 생각이 마음을 짓누른다. 왜들 그러나?

'서로 조금만 참고 기다리고 배려하면 되는 것'을 하면서 차에 올라 라디오를 켰는데 아나운서의 급한 멘트가 흘러나온다. 국회의사당에서 대치중이던 여야가 국회본회의장의 의장석을 점령하기 위하여 몸싸움을 벌여 서로 다치고 얻어맞아 터져서 국회가 난장판이 되었다는 소식을, 온 국민에게 아니, 온 세계인들에게 告(고)하는 방송이 흘러나온다. ○○법이 통과되면 안 된다는 당의 방침에 수적으로 열세인 야당이 본회의장(단상)을 점거하였는데, 여당이 수적인 우세를 앞세워 본회의장을 점령하고 있던 야당들을 물리력으로 밀고 들어가서 단상을 차지하고 불과 몇 분 만에 '뚝딱' 법을 통과시켰다는 내용이었다.

아니 오늘은 시비하고 싸움하기로 작정한 날인가? 길을 나서면서도 다투고 싸우는 것을 보고 국민의 신성한 입법기관인 국회가 난장판으로 변하며 싸움을 벌였다는 소식도 들으니 허어! 왜들 그러나 싶다.

## ✨ 유행의 흐름은 復古(복고)로 돌아온다

개인의 사정에 의해서 일어나는 다툼이나, 나라를 위한다는 명목으로 서로 뒤엉켜 싸우는 의원들이나 모두가 때에 일어난 일이기에 서로는 때의 정의라는 생각에서 싸움을 했을 것이다. 그러나 어디 '세상의 정의가 이것이다' 하며 정해진 정의가 있나?

正義(정의)란 바르고 옳은 것, 즉 바르고 옳아서 공분을 대변하는 것을 말하는데, 서로 부딪히고 밀치며 싸우는 어느 쪽이 정의이며, 공분을 대변한다고 할 수 있을까?

지구의 껍데기에 사람이 터 잡고 살면서 族(족)을 이루고 나라를 이루며 살아온 지난 인류의 역사를 보면 너무도 많은 싸움(전쟁)을 치른 것을 알 수가 있는데, 역사의 기록에 남지 않은 싸움도 많았을 것임을 감안하면 자고새고, 자고새면서 서로 싸움을 해왔을 것이란 추측이 억측은 아닐 것 같다.

사람이 태어나 자라고 성장하고 생을 살아가면서 개인에게도 흥함이 있고 망함이 있을 것이며, 성쇠의 길이 있을 것이며, 족이나 나라도 자연스럽게 군락과 집단을 이루며 모여 살면서 나라가 형성되었을 것이다. 역사를 되돌아보면 끊임 없는 이합집산과 끊임 없는 집단의 욕심으로 나라 또한 흥망성쇠의 길을 되풀이하며 온 것을 알 수가 있다.

시대에 나라를 이루는 백성들의 뜻에 의해서 때의 지도자가 나라를 이끌어 가는 것이나, 전제군주인 왕이 백성들을 끌고 가는 것이나, 따라가든 끌려가든 그 시대에는 그 시대의 정신과 정의가 있었다. 그리고 나라가 생겨나고 멸하면서 흥망성쇠의 길을 만들어 나갔을 것이다.

유행의 흐름은 復古(복고)로 돌아온다는 말이 있다. 새것에서 새것을 끊임없이 찾고 만들다보면 예전에 유행했던 형태나 물건이 되어 예전에 유행되었던 것을 다시 만들어 활용한다는 것이다. 어디 물건이나 모양에만 복고가 있나? 세상의 이치는 極卽反(극즉반)이라, 무엇이든 극에 달하면 反(반)한다는 것이니 최고에 달하면 더는 올라 갈 수가 없어 다시 내려오는 이치이다.

매일 매일이 새롭게 변하며 조금씩 새로운 것을 탄생시키고 시대가 흐르고 세월이 흐르면서 변해 가다보면 전혀 다른 시대에 살고 있건만 누가 보아도 새롭지가 않고 누구라도 한번쯤 '어!' 하는 생각을 갖게 하는 때가 있을 것이며, 지난날 과거 속에 묻혀있던 역사가 현실에 새롭게 펼쳐지고 있음을 보게도 될 것이다. 그래서인가, 세상은 돌고 돈다는 말이 있는데 물레방아처럼 돌고 돌아간다는 말의 의미를 음미해 봐야 하겠다.

오백년 전에 조선이, 천 년 전에 고려가, 천오백년, 아니 이천년 전에, 고구려·백제·신라의 삼국시대가 변하는 세월의 역사가 되어 역사 속에 묻혔으나 시공을 뛰어넘어 현실에 이름만 다를 뿐인 나라의 역사를 쓰고 있으며, 때의 인물들이 그 시대의 정신을 계승하고 있음을 어렴풋하게나마 짐작하게 된다. 이 모든 것이 돌고 도는 세상이요, 복고의 흐름이 아닌가 싶기도 하다. 역사 속의 나라나 그 시대가 현세에 펼쳐졌다고 꼭 그 시대의 나라일리는 없겠지만 시대적 상황이나 그 시대를 연상케 하는 일들을 많이 만나는 것이 우연일까?

### 대한민국 건국 이후 대통령들의 출신지와 임기

|  | 대통령 | 출신지 | 재임 기간 | 경력 사항 |
|---|---|---|---|---|
| 1~3대 | 李承晩(이승만) | 황해도 평산 | 1948. 07~1960. 04 | 전 정무공무원, 독립운동가 |
| 4대 | 尹潽善(윤보선) | 충남 아산 | 1960. 08~1962. 03 | 전 정무공무원, 전 국회의원 |
| 5~9대 | 朴正熙(박정희) | 경북 구미 | 1963. 12~1979. 10 | 전 정무공무원, 전 군인 |
| 10대 | 崔圭夏(최규하) | 강원도 원주 | 1979. 12~1980. 08 | 전 정무공무원 |
| 11, 12대 | 全斗煥(전두환) | 경남 합천 | 1980. 09~1988. 02 | 전 정무공무원, 전 군인 |
| 13대 | 盧泰愚(노태우) | 경북 대구 | 1988. 02~1993. 02 | 전 정무공무원, 전 군인 |
| 14대 | 金泳三(김영삼) | 경남 거제 | 1993. 02~1998. 02 | 전 정무공무원, 전 국회의원 |
| 15대 | 金大中(김대중) | 전남 신안 | 1998. 02~2003. 02 | 전 정무공무원, 전 정치인 |
| 16대 | 盧武鉉(노무현) | 경남 김해 | 2003. 02~2008. 02 | 전 정무공무원, 전 변호사 |
| 17대 | 李明博(이명박) | 경북 포항<br>(실제 출생지는 일본) | 2008. 02~ | |
| 18대 | 누구? | | | |

　대한민국이 힘겹게 건국을 하여 환갑을 넘기면서 나라를 대표하는 때마다의 지도자들이 많이 있었다.

　나라가 힘이 없고 지지리도 못살아 이리 몰리고 저리 몰리며 별

볼일 없던 나라가 때의 지도자가 나서서 나라를 잘 이끌었기에 어둡고 암울했던 지난날의 가난에서 벗어나 세계 속에서도 우뚝 설 수 있는 나라가 되었다. 지도자의 자리란 사사로움의 자리가 아니라 하늘에서 내리는 자리임을 안다면 지도자들의 생각이나 말, 행동에 의해서 나라의 흥함도 망함도 쇠함과 성함이 함께하고 있음을 알아야겠다.

배달국에서 고조선으로, 부여로, 고구려로, 이어 삼국시대를 열어 북방민족에 뿌리(후금)를 둔 신라가 가야를 합병하여 힘을 모아 통일을 이루며 이어이어 온 우리의 역사 속에 때마다 지역적 정신과 시대적 정신이 함께하며 때의 지도자가 나라를 이끌었음을 감안하면 어느 지역의 출신이 지도자가 되느냐가 중요할 것이다. 그런데 나라를 이끈 지도자의 출신지(지역)로 분류를 해보면 지금 대한민국은 신라시대의 복고시대라는 것을 쉽게 가늠할 수가 있다.

이승만은 황해도 평산 출신으로 삼국시대의 고구려의 출신이고 재임기간은 12년이며, 뒤를 이은 윤보선은 충청도 아산 출신으로 백제 출신이며 재임기간은 1년 반이며, 전남 신안 출신(백제)인 김대중의 재임기간 5년을 제외하면 나머지 모든 지도자가 신라지역의 출신들임을 알 수가 있다.

건국 초기에 나라의 형체만을 지니고 외국의 원조에 의해서 나라가 살림을 하며 그래서 주권 국가이면서도 제대로 주권행사를 하지 못하던 시기(이승만, 윤보선)에서 신라의 통일을 이룬 김춘추와 김유

신 장군처럼 용맹스러운 將軍(장군)인 박정희가 세 끼 찾아먹기도 어렵던 시절에 나타나서 자립경제의 불모지인 이 땅에 민족중흥의 역사를 이루었다. 누구나 잘 살자고 외치면서 때의 시대적 정신을 살려 경제부흥의 발판을 마련한 박정희는 국력신장을 이루는 계기를 만들었고, 이후에도 신라의 여러 지도자들이 나라를 잘 이끌었다.

신라가 천년왕국의 이름표를 걸고 번성하며 번영을 누릴 수가 있었던 것은 때마다의 위기를 슬기롭고 지혜로운 시대적 정신을 지닌 지도자들이 있었기에 가능했었다.


## 🌠 시대적 정신이란 바로 '때의 정신'

자연은 때마다 변하며 사계절을 만들어내면서도 ○백년, ○천년을 이어오는 것은 대자연의 순환력에 의해 때마다의 할 일을 알고서 때의 행위를 하였기 때문이다. 변하고 변하면서도 이러한 대자연의 순환력은 변하지 않는데, 이는 자연의 이치 때문이라 하겠다.

나라는 國土(국토)와 國民(국민)과 主權(주권)으로 이루어진다. 그러나 때의 나라가 시대적 정신이 없다면 발전을 바랄 수가 있겠는가? 시대적 정신이란 바로 '때의 정신'을 말한다.

자연의 사계절이 대우주의 순환과 맞물려 때에 제 일을 하듯이 봄에는 씨가 내려 싹을 틔우고 자라며, 여름에는 태양의 열기를 머금고 꽃을 피워 열매가 맺힌다. 가을에는 온갖 열매들을 제대로 익혀서 겨울이 오면 모든 것들을 수확하여 저장하고 갈무리를 하는데,

때에 자연이 자연스럽게 제 일을 하듯 사람들이 살아가는 세상도 때를 아는 정신이 있어야 나라가 온전히 발전할 수가 있는 것이다. 형형색색의 사람들이 한결같을 수는 없겠으나 분명 나라는 때의 정신이 있고 때의 정신이 온전하다면 번영을 누리며 발전해나갈 것이다. 그러나 때의 시대적 정신이 온전하지 못하다면 어려움이 따라 발전을 기대하기는 어려울 것이다. 허나 그 또한 때의 일이라 할 것이다.

신라가 가야를 병합하면서 늘어나는 나라의 땅덩어리만큼이나 삼국(신라, 백제, 고구려)통일을 이루려는 왕과 국민, 지도자들의 시대적 정신이 있었을 것이다. 반면 신라가 삼국통일을 이루고 난 후의 지도자나 국민들의 정신과 마음가짐은 삼국을 통일하려던 때와는 분명 달랐을 것인데, 그들은 아마 늘어난 국가의 힘을 자랑하듯 살았을 것이다. 그렇지만 이게 어디 신라에만 국한된 얘기인가. 시대를 뛰어넘어 현재에도 진행되고 있고, 앞으로도 계속 이어나갈 얘기인 것이다.

끌고 가는 자와 끌려가는 자의 정신과 행동은 분명 다르다.

어느 나라나 민족, 지도자의 정신과 행보가 중요한 것은 말이 필요 없다. 소수의 지도자들에 의해서 국가의 미래가 결정될 수도 있다고 보면, 때의 국민들이 지니고 살아가는 시대적 정신 또한 매우 중요하다.

그리고 우리가 처한 지금 이 시대가 신라의 복고시대라면 천년을 이어온 왕국이었던 신라의 어느 때인가도 알아야 할 것이다. 삼국 시대인가, 통일시대인가, 아니면 나라가 다시 후삼국으로 분열하는 시대인가를 지도자와 국민들 모두가 시대적 인식을 해야 할 것이다. 그것은 어느 시대의 정신을 담고 살아가느냐에 따라서 나라와 민족의 장래가 크게 달라지기 때문이다.

　대지에 묘함이 넘쳐나며 때에 많은 나라들이 오고 가나, 用(나라)은 변하나 本(민족)은 변치 않는다.
　一妙衍 萬往萬來 用變 不動本(일묘연 만왕만래 용변 부동본).

# 3. 뒷전으로 밀린 도덕정치

꽃에서는 향기가 난다. 장미꽃에서는 장미의 향기가 나고, 백합 꽃에서는 백합의 향기가 나며, 가을에 피는 국화꽃에서는 국화의 향기가 난다. 세상의 모든 만물은 때가 되면 꽃을 피우고 꽃에서는 향기가 나는데 문화가 발전하여 문화를 가꾸고 키우면 문화에서도 꽃이 피고 문화의 꽃에서도 향기가 나는 것이다.

문화에 담겨있는 역사와 전통의 꽃은 그 땅에 배인 道德(도덕)이 곁들여져야 제대로 익은 맛의 향기가 나는 것이다.

道(도)란 마땅한 움직임과 당연한 행동을 뜻하며 쉽게 또는 빨리 움직이거나 보여주는 것이 아니다. 천천히 쉬엄쉬엄 간다는 辶(착)과 행동을 하기 전에 생각을 하라는 뜻이 담겨있는 머리 首(수)로 이루어진 글자이다. 德(덕)이란 마음(心)의 그릇(皿)에 담겨있는 것을 이웃과 여러 사람에게 베풀어라(行)는 뜻이 담겨있다.

눈에 보이는 상에 얽매여 모양을 보고 쫓아가는 값싼 행동을 하는 것이 아니라, 마음에서 우러나와서 남에게 베푸는 것이 진정한 德(덕)이라는 것이다. 따라서 문화의 꽃에는 도덕이 있어야 향기를 피울 수가 있다. 세상에서 가장 아름답고 예쁜 꽃은 문화의 꽃이며 세상에서 가장 좋은 향기는 도와 덕의 향기라 할 것이다.

세계 문화의 바다에 韓流(한류)가 일어 세계로 우리의 문화가 널리 알려지고 있는 이즈음, 세계는 동방의 숨은 은자의 나라에게 문화를 청하여 배우고 있으며, 우리의 문화를 익히려 하고 있다. 그들에게 우리는 공자의 도덕정신의 맥이 흐르는 유일무이한 도덕군자의 나라라는 것을 알려주며, 도덕의 향기도 함께 나눠주어야 할 것이다.

## 나라를 잘 다스리자면 '도리와 예'를 알아야 한다

춘추전국시대 노나라에서 태어난 공자는 자신의 학문을 완성하여 유교의 기틀을 이룬다. 당시의 어지러운 세상에 자신의 뜻을 정치에 응용하여 능력과 뜻을 펼쳐보고자 하였으나 마땅히 찾아주는 곳이 없었다. 그때에 제나라의 경공이 공자가 학문의 일가를 이룬 것을 알고 있었다. 그는 공자가 예절과 음악에도 조예가 깊다는 소문을 듣게 되면서 공자를 청하여 그의 능력을 살피기 위해 대화를 나넜다.

"선생! 어찌해야 나라를 잘 다스릴 수가 있을까요?"

경공이 물으니 공자는 이렇게 답했다.

"1. 왕은 왕으로서, 신하는 신하로서, 어버이는 어버이로서, 자식은 자식으로서 각자 자기의 역할을 충실히 해내는 것이 우선입니다. 나라가 잘 되려면 모두가 자기 위치에서 열심히 살아갈 수 있도록 해야 하며, 그것이 도리와 예를 아는 것입니다."

경공과 공자의 문답이 이어진다.

"나라의 정치를 어떻게 해야 합니까?"

"2. 모든 사람이 재물을 아껴 써야 합니다."

"그렇지요! 맞는 말씀입니다. 모두가 자기의 도리를 지키고 예절을 알아 나라의 돈을 아껴 쓴다면 모두가 평화롭겠지요."

경공은 감탄하며 무릎을 쳤다. 경공은 공자에게 벼슬을 주어 제나라의 정치를 쇄신하려고 하였으나 대신들의 반대에 부딪친다.

"전하! 원래 학자들이란 말로만 떠들어 댈 뿐입니다. 말재주만을 믿고 공자에게 높은 자리를 주어서는 안 될 것입니다. 공자가 말하는 관혼상제에 대한 예가 너무도 복잡하고 배우기도 어려울 뿐더러 너무도 시시콜콜한 것까지 예를 앞세우고 있습니다. 이 나라의 모든 것을 바꾸려할 것인데 그렇게 되면 나라의 풍습이 좋아지기는커녕 오히려 혼란을 가져올 것입니다. 그러니 공자에게 자리를 주어서도 안 되며, 공자를 더 이상 이 나라에 머물게 하시면 안 될 것입니다."

신하들의 말을 들은 경공은 곰곰이 생각을 하게 되었고 신하들의 반대에 쉽게 결정을 내리지 못하였다. 제나라의 대신들은 왕의 뜻과는 달리 공자가 왕에게 대우를 받는 것도 불쾌히 여겼으며, 어떤 신하는 공자를 죽이려는 계획을 세우기도 하였다.

결국 공자는 제나라에서 인정을 받지 못하고 고향(노나라)으로 돌아오고 만다. 공자는 노나라로 돌아와서 10여 년간 제자들을 가르치는 일에만 힘을 썼다.

공자는 나이가 50살이 되었어도 자신의 높은 이상인 道德政治(도덕정치)를 펼쳐보려는 생각을 떨치지 못하였다.

그때 노나라의 정공이 공자를 등용하였다. 공자는 자신의 이상과 포부를 펼치며 어지러운 노나라의 질서를 바로 잡기에 힘을 기울인다. 모든 부분에서 노나라가 서서히 안정을 취해가는 것을 본 주위의 나라에서는 공자의 정책을 보고 빌어다가 시행을 했고, 공자는 56세가 되면서 재상이 된다. 공자는 그동안 나라를 어지럽혔던 사람들을 처벌하고 정치도 새롭게 펼친다. 노나라의 이웃에 위치한 제나라 왕은 공자가 정치를 개혁하면서 노나라가 놀랍게 발전하는 것을 보고 초조해 하였다.

"이웃인 노나라가 정치를 잘하여 강해지면 그 힘으로 이 나라를 쳐들어 올 텐데 어떻게 하면 좋을까? 미리 한쪽의 땅이라도 떼어 노나라에 주어야 하나?"

왕은 걱정을 하면서 신하들에게 의견을 구했다.

어느 신하가 나서며 왕에게 아뢴다.

"미리 그러실 필요는 없습니다. 노나라를 어지럽힐 만한 작전을 쓰는 겁니다. 그래도 안 되면 그때에 가서 땅을 내어주셔도 될 것이 아닙니까?"

신하의 의견에 따라 제나라에서는 미인을 뽑아서 예쁘게 꾸미고 노래와 춤을 익히게 하였다. 그런 뒤에 호화스러운 마차를 준비하여 노나라의 정공에게 보냈다. 그때 노나라의 세력가인 계환자는 제나라에서 온 미녀들을 보고 넋을 잃고서 날마다 왕을 불러서 미녀들의 노래와 춤에 흠뻑 빠졌다. 그렇듯 취하여 놀아나면서 그들은 나라의 일은 뒷전으로 밀어놓고 정사를 거의 돌보지 않게 되었다.

노나라의 왕이나 대신들이 미녀들과 노는 것에 정신이 팔려서 나라의 일이 뒷전으로 내밀리자 성미 급한 공자의 제자인 자로가 공자에게 말했다.

"노나라가 제나라의 미인계에 빠져서 왕이 정사를 돌보질 않으니 이젠 노나라를 떠나셔야 할 때가 온 것 같습니다."

제자가 불평을 늘어놓자 공자는 자로를 달랬다.

"며칠만 기다려 보자. 며칠 후에 하늘에 제사를 드리는 큰 행사가 있는 날인데 그날 제사를 제대로 드리면 그래도 희망이 있는 것이다. 그러나 그날도 놀면서 하늘에 제사를 올리지 않는다면 정말

희망이 없는 것이니 기다려 보자."

공자와 제자들은 아무리 미녀들과의 놀이에 정신이 팔려도 하늘에 제사지내는 일만은 잊지 않고 제사를 지낼 것이라는 생각을 하였다. 그런데 막상 행사 날이 되었어도 왕은 미인들과 놀이에 빠져서 아무런 준비도 하지 않고 하늘에 제사를 지내는 날인 것조차도 잊고 날을 넘겼다. 이에 공자는 크게 실망하여 노나라를 떠났다.

공자가 떠난 뒤에야 왕과 계환자는 "아! 그까짓 여자들에게 눈이 멀어서 공자님을 떠나게 하는 죄를 지었구나" 하며 탄식을 했다. 이후 공자는 14년간을 여러 나라를 돌면서 뜻을 펼칠 곳을 찾았으나 그의 높은 이상인 도덕정치를 어느 곳에서도 받아주질 않아서 다시 고향으로 돌아온다. 공자는 세상이 자기를 너무도 알아주지 않아서 한숨을 쉰다.

"군자라면 죽은 다음에 이름을 남기고 칭송을 받는 법인데 나는 어떠한가? 나의 뜻은 이루어진 것이 아무것도 없다. 그러면 나는 후세에 과연 무엇을 남길 수가 있겠는가?"

이후 공자는 제자들을 가르치는 일에만 다시 전념하였다.

### ⚡ 공자, "東夷(동이)의 나라에 가서 살고 싶다"

공자는 富國(부국)의 조건으로 각자 각자가 자신의 역할을 알아 할 일을 하고 더 나아가서 남들도 역할에 맞는 일을 할 수가 있도록 도와주며, 자신들의 역할에 충실할 때에 그것이 도리를 지키고 아는 것이자 예를 아는 것이라 하였다.

각각이 제 할 일을 알아서하면 쉬운 일이겠으나 현실에선 어려운 일이다.

공자는 사람에게 최고의 덕목을 仁(인)이라 하였고, 인은 克己復禮(극기복례)로 이룰 수 있다고 생각을 하였다. 자신을 삼가고(이기고) 예를 따른다는 뜻인데, 당시 춘추전국의 혼란한 시대에 법보다 덕으로 나라를 다스리는 이상 정치를 어느 권력자가 알아 볼 수가 있었겠는가. 자고새면 武(무)의 힘으로 상대를 살상하고 제압하던 시대에 정치의 꽃이며 이상인 도덕정치가 눈에 들어올 리가 없었으며, 禮(예)란 한낱 겉치레에 불과하다는 생각들이었을 것이다.

2,500여 년의 시공을 떠나 현실의 세계는 나라마다 문화의 꽃을 피우는 장이 되어 자신들의 문화를 한껏 드러내놓고 자랑하며 상품화에 열을 올리고 있는데, 문화의 시대가 지나고 문화의 상품이 고갈되면 인류는 무엇으로 꽃피우며 무엇을 자랑하며 내세울 것인가?

공자는 구이=東夷(동이)의 나라에 가서 살고 싶다는 말을 하였다. 제자 중에 누군가가 "누추하지 않겠습니까?" 하니 "군자가 살고 있는데 누추함이 있겠는가" 하였다.

공자는 옛 배달국을 이은 고조선이 도덕정치를 펼치는 군자의 나라임을 알고 있었기에 자신의 뜻을 몰라주는 주위의 제후국들을 떠나 九夷((구이)=고조선)에 가서 살고 싶다는 말을 하였다.

공자의 이상은, 君子(군자)란 제위에 올라 정치를 하는 자를 말하는 것이 아니고 道(도)를 이루어 德(덕)을 베푸는 자라야 진정한 군자라고 할 수가 있다는 생각이었다. 그렇기 때문에 주위의 제후국들 중에선 군자의 도를 행하는 인물이 없음을 알게 된 공자는 평생을 이상향의 정치를 펼치는 고조선을 동경하였다.

　도덕정치를 행하는 군자의 나라는 공자의 꿈만이 아니며, 현실적인 문화의 시대가 지나면 세계는 도덕정치라는 이름을 걸고 군자의 행세를 하는 나라들이 생겨날 것이다. 그러나 과연 누가 道(도)를 알고 이루어 德(덕)을 베풀 수가 있을까? 꿈같은 얘기 같아도 때가 도래하면 天下歸仁(천하귀인)을 품은 군자가 출현하여 그 뜻을 펼치는 날이 도래할 것을 아는 이가 있을 것이다.

# 4. 도인의 祈禱(기도)

一始無始一(일시무시일)이니 하나의 시작도 시작함이 없으며, 一終無終一(일종무종일)이다. 하나의 마침도 하나도 마침이 없는 것이기에 때에 만물을 시하고 종하는 것이다.

세월을 이어이어 나라가 나라를 낳고 낳으며 이름만 다를 뿐 그 땅엔 지금도 나라가 있고, 백성이 있고, 많은 나라들이 남긴 시대적 유산이 남겨져 있다.

지녀 갖고 싶은 것이 있는가 하면 털어내어 버리고 싶은 것도 있다. 그러나 때에 남겨진 유산들은 싫어도 좋아도 그 땅의 재산일 것이니 보기 싫다고 해서 함부로 버려서는 안 될 것이다. 아무리 좋은 것도 때에 좋은 것이요, 싫은 것도 때에 싫어할 뿐임을 안다면 好(호), 不好(불호)가 때의 일임을 알아야 하며, 때에 세상이 변한다는 것을 알아야 할 것이다.

## ⚡ 조상이 憑依(빙의)되었는데 숫자로 풀어준다(?)

한낮에 해가 뜨거워 농사짓는 사람들은 어떻게 이 더위를 피하나 싶을 만큼 날씨가 덥다. 마당으로 차가 들어오더니 화성댁이 함께 온 일행들과 차에서 내리며 특유의 호들갑스러운 소리를 던진다.

"스님, 어디계세요?" 하며 방으로 들어서는데 "아니, 화성댁이 웬일이신고?" 하며 문을 열고 손님을 맞는데 손에 덩치가 큰 수박이 들려있다. 수박을 받아 법당에 올리고 일행을 축원해주고 방으로 돌아와 자리에 앉으니 일행도 법당을 나와 僧寶(승보)의 예를 갖춘다.

세상에 공짜는 없는 법이라 오가는 걸음이 정함이 없듯 오가는 걸음에 妙(묘)함이 있음을 알라고 법문을 해주니 알아듣지 못하고 고개를 갸우뚱거린다.

"그래, 초하루 보름도 아닌데 무슨 바람이 불어서 오셨나?" 하니 성미 급한 화성댁이 입을 연다.

"며칠 전에 알고 지내는 언니가 점심이나 함께하자고 연락이 와서 그 언니를 만났는데, 언니가 자신이 가보았더니 참 좋은 곳이 있어서 너에게 소개를 해주려고 나오라고 하였다는 거예요. 그러면서 거기에 가서 점심을 먹자고 하기에 언니를 따라 나섰어요."

차를 타고 내려가면서 "가는 곳이 뭐하는 곳이냐?"고 물었더니, 암자라고 하면서 "어찌나 신통한지 입이 떡 벌어졌다. 너도 가보면 놀랄 것이다"라는 말을 하였단다.

서해안 바닷가의 조용한 동네에 있는 암자에 도착을 해서 그곳에 있는 보살과 얘기를 나누게 되었다. 보살이 통에 들어 있는 막대기를 뽑아보라고 해서 막대기를 뽑았더니 四(사)라는 숫자가 쓰여 있었다. 그 보살이 四代奉祀(사대봉사)를 안 해서 집안에 화가 생기겠다고 하면서 또 통에 있는 막대기를 뽑아 보라고 해서 또 뽑았더니 이번엔 七(칠)자가 뽑혔다. 그 보살은 조상의 재를 지내려면 칠자를 뽑았으니 7백77만 원을 가지고 오라고 하면서 사대조상이 얼어(빙의, 憑依)있어서 집안에 안 좋은 액이 끼었으니 꼭 재를 지내야 된다고 하였단다.

재를 지낼 날을 잡고 가라는 보살의 얘기를 들으면서 '아무리 점이 신통해도 막대기를 뽑아서 나오는 숫자로 점을 치는 것은, 뭐야! 이건 아니지' 하는 생각이 떠올라서 즉시 밖으로 나오는데 언니가 재를 지내든 안 지내든 밥은 먹고 가자고 만류하여도 그는 언니의 말도 뿌리치고 차를 몰고 집으로 올라왔단다.

그나저나 얘기를 안 들었으면 몰라도 조상님들이 얼어 있다는 말을 들어서 '어떻게 해야 하나' 하는 마음이 들었으며, 믿음이 가질 않는 것은 막대기로 숫자를 뽑아서 결정하는 것이 아무리 생각을 해봐도 이해가 가질 않았단다.

그리고 나서 그녀는 "스님은 그동안 조상님들이 얼어 있다는 얘기를 왜 안 해줬냐?"고 하면서 투정 섞인 말을 늘어놓는다.

"화성댁, 그곳에서 조상님들이 얼어 있어서 재를 지내야 한다고 했으면 능력껏 재를 지내주면 될 텐데 웬 투정인가? 그 보살이 막대기에 적힌 것으로 판단하는 것도 그 사람의 능력이니 재를 지내려는 맘이 있으면 재를 지내주면 될 일이지. 조상이 얼어 있다고 말을 한 것은 憑依(빙의)가 되어 있다는 말을 쉽게 하려고 얼어 있다고 얘기한 것 같은데, 그곳 보살에게 들은 말에 의심하지 말고 재를 지내주거나, 믿음이 서지 않거나, 재를 치러줄 경제적 능력이 안되면 안들은 것처럼 잊어버리면 될 일이 아닌가. 분명한 것은 부모님이나 조상님들은 죽어서도 살아서도 언제나 자손을 害(해)하지는 않는다는 것을 알아야 하며, 우리가 자식을 위하고 사랑하는 것같이 조상님들도 자손들을 위하고 사랑하는 것이 생시와 다르지 않음도 알아야 될 것이네."

화성댁과 함께 온 일행들도 그들의 보따리를 풀어놓고 한참을 얘기하다가 절을 내려갔다. 그런데 막대기에 숫자를 적어서 뽑는 숫자로 풀어주는 방법이 어찌 보면 그럴 듯해 보이기도 하다.

## 🦋 달마도사와 三通道士(삼통도사)의 만남

神(신)이 인간들의 세상에 등장하는 것도 인간들이 신의 자손이기에 인간들이 신을 만들어가며 인간들의 역사만큼이나 오랜 세월을 함께 지내온 것임을 알아야 할 것이다.

신의 세계도 인간들이 살아가는 것과 같은 세상일 것이며, 인간들이 살아가는 사회와 체계도 같을 것이다.

밤에 시작한 비가 낮에도 멈추질 않고 추적추적 내리는데 갑자기 백수(대롱이)가 우렁차게 짖어대기에 밖으로 나가보니 잊을만하면 찾아와서 엉뚱한 소리를 늘어놓는 달마도사가 비를 맞으며 합장을 한다.

우중에 서 계시지 말고 안으로 들어가자고 하고 안으로 들어와서 자리를 잡고 차를 마셨다. 그러면서 그동안 어떻게 지내셨기에 발길이 없었냐고 물었더니 달마도사는 예나 별반 다름없이 발길이 닿는 대로 이곳저곳을 많이 돌아다녔다고 한다. 그러면서 오랜만에 스님에게 달마나 쳐서 드려야겠다고 하면서 바랑에서 필묵을 꺼내든다.

달마를 치기 위하여 준비를 마치고 나서 예전처럼 머리가 아프다면서 바랑에서 곡차를 꺼내 마시고 이내 그림에 몰두한다.

한동안 그림에 몰두하던 달마도사가 침묵을 깨며 입을 연다.

"스님, 얼마 전에 남쪽의 지리산에 유명한 기도처가 있다고 해서 그곳을 찾아갔었는데 소문난 기도처는 별로 神通(신통)한 곳이 아니었어요. 그래서 시간적 여유가 있어서 국도로 길을 잡아 상경하던 중 충청도의 ○○산을 지나다가 우연히 식당에서 도복을 입은 사람을 만났는데 그의 첫마디가 '선생이 도를 공부하고 계시면 세상의 시작과 끝에 대해서 알고 있소?'라고 질문을 하더라구요."

질문을 받은 달마도사는 "아니 밑도 끝도 없는 얘기라 무슨 얘기인지 통 못 알아듣겠다고" 하였더니, 그 사람은 자신이 三通道士(삼통도사)인데 도를 공부하면서 세상의 시작과 끝을 알기 위하여 30년이 넘는 세월을 산속에서 공부하며 도를 닦았단다.

그동안 공부를 마치고 이제는 백일을 정하여 기도를 올리고 있는데 며칠이 지나면 백일기도가 끝이 난다고 하면서 기도가 끝나면 세상의 시작과 끝을 알 수가 있을 것이라고 했단다. 그러면서 그는 어젯밤에 기도를 올리는데 이곳(식당)에서 자신을 기다리는 사람이 있음을 알게 되었으며, 그래서 이곳에 와서 사람을 기다리고 있었는데 달마도사를 보는 순간, 어제 기도 중에 자신을 찾던 사람임을 알아보게 되었고 한다. 달마도사를 보는 순간 그는 靈(영)이 맑은 것을 보았다고 하면서 며칠 동안 함께 기도를 올리고 백일기도를 마치자고 해서  ○○산에서 기도하는 삼통도사님과 한동안 세상의 始(시작)와 終(끝)을 알기 위한 기도를 올리고 왔단다.

아니, 삼통도사라는 사람은 대단한 인물이 아닌가. 세상의 始終(시종)을 알려고 산속에서 도를 닦고 기도를 한다는 것은 일반인을 떠나, 도인들의 세계에서도 상식을 뛰어넘는 대단한 일이다. 그리고 삼통이라는 이름도 풀어보면 天(천), 地(지), 人(인)의 삼통과 전생과 현세와 내세의 삼통을 의미하고 있으며, 그것도 30여 년을 준비하여 백일기도를 올린다는 것이 어디 말처럼 쉬운 일인가?

"달마도사, ○○산 삼통도사가 어떻게 기도를 했는지 자세히 설명을 해주시오" 하니, 손은 달마를 그리면서도 ○○산에서 삼통도사와 함께 기도하며 지냈던 얘기를 담담히 털어놓는다.

달마도사가 길가의 식당에서 우연히 만난 삼통도사와 함께 기도에 동참한 시기가 백일기도가 거의 끝나가는 무렵이라 달마도사가 첫날 참석하여 기도를 드릴 때에는 이미 삼통도사는 6천 년 전의 세상을 물어보고 있었단다. 壇(단)의 천신에게 묻는 기간의 단위는 60갑자의 순으로 60년이나, 120년이나, 300년이나, 600년의 단위로 묶어서 물어보는 것 같았다고 한다.

"천을 천존이시여! 이 제자가 세상의 시작과 끝을 알아 많은 중생들을 고통에서 건져내고 그들을 교화하는 데 힘을 보태고자 합니다. 부디 응감을 주시고 영통을 내려주시기를 청합니다. 천을 천존이시여! 6천 년 전에 이 땅(고조선)은 어떠했습니까?"

漢族(한족)의 땅인 중국의 대륙은 어떠했습니까? 인도는? 로마와 서양은? 아메리카대륙은? 아프리카는 어떠했냐고 삼통도사는 지역을 돌면서 묻고 응답을 들으면 더 앞쪽(과거)의 연도를 대고 각 지역과 대륙을 대면서 물어보았다고 한다. 6천 6백년 전에 이 땅은? 중국은? 인도는? 서양의 대륙은? 아메리카대륙은? 아프리카는? 묻고 응답을 받으면 120년이나 6백년의 시대로 거슬러 올라가면서 물었으며, 7천2백년 전의 이 땅(배달국)과 중국과 인도와 아프리카를 묻고 더 알고 싶은 곳이 있으면 대륙을 돌면서 물었단다.

하늘(천존)의 응답이 명확하고 시원한 대답(응감)을 들으면 그 이상의 시대로 올라가지만 응답이 없거나 응답이 시원치가 않아 알수가 없으면 그날의 기도를 마쳤다. 다음날 다시 어제 듣지 못한 시대를 다시 묻는 것으로 기도를 시작하며 응답을 들으면 더 앞의 세상을 물었다. 그러면서 7,800년 전으로 올라가 보니 7,800년의 시대에도 이 땅과 중국에서는 사람들이 모여서 살고 있었으며, 그 외의 지역에서는 사람의 그림자가 보이지 않아서 사람이 살지 않았구나 하는 생각을 하였단다.

8,000년을 지나 8,400년 전으로 올라가니 다른 대륙의 어디를 물어보아도 사람들의 모습은 보이지 않았고, 우리가 살고 있는 대륙의 땅에도 사람들이 없었으며, 어딘가 초록의 풀밭과 밝은 빛이 나는 곳에는 바다는 아니었으나 큰물이 있었고, 해와 달이 함께 빛나는 것처럼 밝은 곳에 제법 많은 사람들이 모여 살고 있는 것을 보았으며, 9,000년 전의 시기를 물으며 응답을 기다렸으나 시원한 응답이 없었으며, 세상은 잠이 든 듯이 고요하고 이따금 바람이 지나가고 날아다니는 새 같은 형체가 너울대며 춤추듯이 지나다니고, 사람의 형체는 보이지 않고 대지는 밝은 기운이 넘치는 것을 보았다고 한다.

도인의 기도로 추측컨대 인간들이 지구에서 살림을 시작한 역사가 8,500년에서 9,000년이라는 것이며, 그 이전에는 자연의 신들이 주관하며 살던 타임을 알 수가 있다.

"그럼 인간 세상에 시작은 들었으니 세상의 끝에서는 어떤 것을 보았는지 기도 중에 있었던 얘기나 삼통도사에게 들은 소리가 있으면 일러주시오."

이 말에 달마도사는 세상의 끝에도 태양은 환하게 대지를 비추고 있다는 말만 들었다고 한다.

아니 환한 태양이 비친다는 것은 시작도 밝음에서 시작되었기에 세상의 끝도 밝음으로 마감이 된다는 것이야 당연한 얘기이나, 언제쯤 인간들의 세상이 끝나며 어떤 일로 종말이 오는가 알고 싶어서 물어본 것인데 세상 끝의 현상만 얘기하고 시기에 대해서는 들은 바가 없다고 하니 궁금함은 여전히 남는다.

"세상은 언제쯤 끝이 난다고 합디까?"

"스님, 내가 지금 머리가 아파요. 예전에 운동을 하다가 머리를 다쳤는데 지금 머리가 매우 아픕니다."

달마도사는 언제나처럼 남은 곡차를 한 손으로 들고 다 들이키고는 다 그린 달마그림에 낙관을 찍어 남겨놓고 아무 일도 없었다는 듯이 자리를 털고 일어나 합장을 하고는 예의 잰걸음으로 왔던 길을 따라 절을 나선다.

밖으로 따라나서면서도 말세의 때가 궁금하여 "아니 ○○산 삼통도사에게 세상의 끝에 대해서 들은 소리가 있으면 한마디라도 해주고 가시오" 해도 오고감이 없고 어디에 걸림이 없는 달마도사는 대답은커녕 예의 잰걸음으로 부슬부슬 내리는 비를 맞으며 절을 나서 떠나갔다.

떠나가는 발걸음을 못내 아쉬워하며 생각해 본다.

언제였나. 달마도사가 지나다가 우연히 들린 것이 인연이 되어 달마를 쳐주면서부터다. 자신은 운동을 하다가 머리를 다쳐서 아프다면서 얘기 중에 뚱딴지같이 "龍(용)을 보았느냐? 수행자는 마땅히 용을 보아야 공부를 마칠 수가 있는 것이다"라는 얘기를 했었다. 또 언젠가는 들러서 "전생을 아느냐? 전생의 인연이 이승에서 나이가 먹을수록 전생으로 전생으로 되돌아가는 것을 아느냐?"라고 했다. 그리고 오늘은 세상의 시작과 끝을 얘기하고 갔으니 妙(묘)한 일이 아닌가. 다음에 달마도사는 또 무엇을 담고 와서 얘기를 할까? 하는 생각이 잠시 머리를 스친다.

그나저나 달마도사는 가끔 와서 머리를 다쳤다면서 보통사람의 생각에서는 나올 수가 없는 얘기만 꺼내놓는 것을 보면 보통사람은 아닌 것 같은데, 진짜 도사인가? 허긴 누가 알아보기나 하겠나. 그 자리는 앞도 뒤도 몰록 모양이 아니며 모양 속에 모양이 없는 자리인 것을. 알아차렸어도 알아차리지 前(전)과 같다고 하지 않았나.

悟了同未悟(오료동미오), 뭐야? 무슨 말이 그래! 궁금하시오? 그래서 세상은 始(시)함도 終(종)함도 없다고 하지 않았소?

# 5. 사람이 小宇宙(소우주)이다

봄이 되니 새싹들이 너나할 것 없이 이곳저곳의 땅에서 머리를 내민다. 이름 모를 들녘의 꽃들이 색색의 옷을 자랑하는데 심술궂은 봄바람은 마당을 어지럽히고 지난해의 낙엽을 쓸어 모으며 마당으로 몰아놓는다.

### ⚡ 어울리지 않는 물과 기름의 만남

산자락에 살고 있으니 바람이 때의 하는 일인지라 낙엽을 쓸어 모아서 버리고 있는데, 우 사장과 하 사장이 차를 몰고 절에 들어선다. 하던 일을 멈추고 합장을 하며 눈인사를 나누고는 법당을 돌아 방으로 들어선다.

우 사장은 기름을 취급하는 일을 하면서 점차 사업을 늘려 주유소를 운영하고 있고, 하 사장은 물을 얼려서 얼음을 만드는 제빙사업을 하고 있다. 가끔씩 두 사람이 어울려서 절을 찾아오는데 서로 취급하는 물건으로 보아서는 물과 기름이라, 어울릴 것 같지가 않건만 늘보아도 둘은 사이가 좋아 보인다.

차를 데워 마시며 "사업하시는 분들이라 바쁘지가 않냐?"고 물었더니, 바쁘게 살아도 바삐 서두르는 것이나, 천천히 쉬엄쉬엄 가는 것이나 지나고 보면 별로 다를 바가 없다는 것을 알게 되었다고 우 사장이 대답을 한다.

옆에 있던 하 사장이 웃으며 거든다.

"요즘에는 이 친구와 가끔 등산도 다닙니다. 예전 같으면 상상도 못하는 일이죠. 그리고 봄철에는 얼음장사나 기름장사에게도 별로 좋은 계절이 아니고요, 이 사람은 겨울이 좋고 나는 여름이 좋답니다. 아무래도 더운 여름이 되어야 얼음 소모가 많아지면 좋을 것이고 기름은 추운 겨울이 닥쳐야 사람들이 따뜻한 곳을 찾게 되면서 방을 데우기 위하여 많이 팔립니다. 그러나 봄철이 되면 덥지도 춥지도 않아서 두 사람에게는 적당히 쉬어가는 계절입니다."

두 사람이 한참 얘기를 나누다가 절을 나서는데, 우 사장이 "항상 스님에게 고맙게 생각하고 있습니다"라는 말을 남기며 절을 내려간다.

## 기름장수 우 사장

언제였나. 우 사장은 군의 장교(중령)로 예편을 하면서 사회생활을 시작하였는데 아는 친지와 벌인 사업으로 군 생활을 하며 모은 돈과 퇴직금을 몽땅 날리고 '앞으로 돈이 없으니 무엇을 해야 먹고 살 수가 있을까?' 하는 걱정으로 정신이 혼란스럽고 운신할 기력조차도 없던 시절에 절을 찾아와서 알게 되었다.

그 후로 남이 장사하던 기름 취급소를 소개받아 인수해서 장사를 하면 되겠느냐고 물어 왔었다. 우 사장의 태어난 천간은 庚(경), 戊(무), 辛(신)이라 후천의 운에 들어서는 기름(火)을 취급하는 것도 무난하기에 인수하여 사업을 해도 괜찮을 것이라고 말해주었다.

하늘을 나는 새들도 열린 하늘이건만 각자의 터가 있으며 까치가 노는 곳이나, 독수리가 노는 곳이나, 꿩이 노는 영역도 텅 비어 있는 하늘에서도 살아가는 터는 서로가 다르다.

청춘을 바쳐 일한 대가로 받은 퇴직금마저 사업을 한답시고 날려버린 터라 무척 망설였으나, 그는 스님의 말만을 믿고 일을 시작하겠다는 의미심장한 한마디를 던졌었다.

"스님, 이번에 기름장사마저도 실패하면 저는 죽습니다."

"허어, 이런. 내가 우 사장을 死地(사지)로 내몰고 있나. 우 사장, 죽을 각오로 시작하는 일이니만큼 지금의 初心(초심)을 잃지 않는다면 당신은 성공할 것이며, 사람이 살고 죽는 일은 하늘이 정하는 일이니 헛소릴랑은 걷어치우시오."

마치 엊그제의 일 같은 생각들이 머리를 스쳐 지나간다.


자연의 순환은 대우주의 법칙에 따라서 순환운행을 한다. 그리고 지구에 터 잡고 살아가는 사람, 인체의 순환운행이 하늘의 운행과 동일하기 때문에 사람을 소우주라고 한다. 그것은 인체의 기혈운행이 천지의 기운과 운행이 동일하기 때문이다.

天根(천근)은 陽(양)기의 始動處(시동처)를 말하고 月窟(월굴)은 陰(음)기의 始動處(시동처)를 말한다.

하늘(天)의 천근 월굴은 춘하추동 4계절의 음양순환이 盛(성)하고 衰(쇠)하는 질서를 말한다. 하늘의 陽氣(양기)는 북극에서 시작을 하며 천의 천근이라 한다. 절후는 동지이며, 선천 곤삼절궁이요, 후천 一六(일육)수 감중련궁이다. 쾌는 지뇌복 쾌이다. 冬至(동지)에 一陽氣(일양기)가 시생하여 매일 1분 3초씩 상승, 정동 三木(삼목) 진하련궁에 이르면 晝夜(주야)의 길이는 같아지며, 절기는 春分(춘분)이다.

陽氣(양기)가 점점 상승하여 동남간 八木(팔목) 진하연궁에 이르면 양기가 상승하는 종점이며, 절후는 망종하원 戊癸(무계)일이다. 태양의 적도가 지구와 가장 가까이 접근하여 열을 크게 발생한다.

極則反(극즉반)의 이치로 이후에는 점차 낮은 짧아지고 밤은 점차 길어진다.

천의 월굴은 南極(남극)이며, 음이 시작하는 곳이다. 선천 건삼련궁이며, 후천 二七(이칠)이허궁이다. 절후는 夏至(하지)요, 쾌는 천

풍구쾌이다. 陰氣(음기)가 하강하여 西四金(서사금) 태상절궁에 이르면 晝夜(주야)의 길이가 같아지고 절기는 추분이다. 음기가 점차 하강하여 서북간 九金(구금) 건삼련궁에 이르면 음기가 하강하는 종점에 이르고, 절기는 大雪(대설)하원 무계일이다.

태양이 지구의 적도와 가장 멀어서 추위가 절정으로 향하며 추위를 발생시킨다.

極則反(극즉반)의 이치로 이후에는 낮이 길어지고 밤은 짧아진다.


사람의 천근 월굴은 기혈이 고지무지 순환 왕래하는 음양신경도로이며, 水火相濟(수화상제)를 말한다.

人(인)의 천근은 腎臟(신장)이며, 생기산소가 체내로 들어가면 백색근막 舞化神經(무화신경)이 무지화지로 수기를 월굴인 心臟(심장)에 전송을 하고 있다.

사람의 月窟(월굴)인 心臟(심장)은 생기 산소의 기를 받아 심실동맥의 鼓動神經(고동신경)이 항시 고지무지로 火氣(화기)를 신장에 전송하고 있는데 이를 水昇火降(수승화강), 또는 水火相濟(수화상제)라 한다.

천근과 월굴의 한 왕래가 三十六宮(삼십육궁)이며, 동지에서 망종이 양둔 三十六宮(삼십육궁)이며, 하지에서 대설이 음둔 三十六宮(삼십육궁)이라 한다. 음양을 합하면 七十二(칠십이) 궁이며, 一節(일절)은 15일이며, 5일을 一元(일원)이라 한다. 一元(일원)은 一日

(일일) 음양 12時(시)가 5일이면 60갑자를 순환하는데, 한 갑자가 순환하는 기간을 말한다. 1년이면 72갑자를 순환하며 양둔 36궁을 만들어내고 음둔 36궁을 만들어 내는 것을 알 수가 있다.

천부경에 一始無始一(일시무시일), 一終無終一(일종무종일)이라 하였으니, 이는 天體(천체)와 人體(인체)의 순환법칙이 동일하다는 말씀이며, 法輪陰陽運轉法文(법륜음양운전법문)이다.

## 얼음장수 하 사장

얼음장사를 하는 하 사장은 언젠가, 우 사장이 세상에 믿을만한 사람이 흔치가 않은데 지내보니 믿을 만한 사람이라고 소개를 하면서부터 절에 발을 들여 놓았는데, 타고난 천성이 부지런한 사람이다.

얼음을 찾는 곳은 거의 정해진 곳에서만 가져가는데 가까운 곳에 얼음공장이 새로 생기면서 그곳에서는 장사의 단골을 확보하려는 생각에 물건을 싼값에 팔고 있다고 했다. 그러면서 서로 얼굴 붉히고 장사를 계속해야겠냐며 물어왔었다.

"하 사장이 태어나면서 짊어지고 나온 천간은 己(기), 丁(정), 癸(계)이며 물과 관계되는 일에 종사하면 무난하고 굴러들어온 돌이 박힌 돌을 빼려고 하나, 그것은 쉽지 않을 것입니다. 세상은 혼자만이 사는 것이 아니라 함께 살아가는 것이며, 모든 일들은 때의 일이자 때의 변화요, 시련이니 쉽게 포기하지 마세요."

이렇게 일러 주며 글을 써 준 적이 있었는데, 하 사장은 세월이 흘러도 꾸준히 제빙공장을 돌리며 얼음 만드는 장사를 이어가고 있다.

대자연의 순환법칙은 음양과 오행으로 엮여있다. 물과 기름은 水(수)와 火(화)이며, 천지의 순환도 북극의 천근에서 陽(양)이 시동하고, 남극의 월굴에서 陰(음)이 시동하며, 물과 불은 서로 함께 공존하며 순환운전하고 있다. 또한 우리 몸에서도 신장과 심장이 水昇火降(수승화강), 水火相濟(수화상제)의 조화를 이루어내며 심장에서 鼓(북) 치고 장구 치면 동시에 신장에서는 춤(舞)추며 인체의 신령스러운 영명활동을 함께 이루고 있다.

사람의 몸이나 생활이 대우주의 자연과 닮아있어 우주의 순환법칙이 만들어내는 사시(계절)에 순응하며 생을 이어 가는 것이다. 때에 생명이 태어나는 것은 봄에 싹이 돋아나오는 것과 같은 것이기에 만물이 자라는 것을 알아서 때를 잘 이용하여야 한다. 여름의 때가 되면 자연의 만물은 싹이 자라 꽃을 피우는 것을 알고 있다. 사람도 자신의 때를 알아 꽃을 피우고 자연과 함께 살아간다. 때가 가을에 이르면 천지의 조화를 알아 스스로 자신이 농사지은 것들을 거두어들이며 겨울을 준비해야 할 것이다. 사람이 태어나 자라면서 수놈은 수놈의 짓을 알아가고, 암놈도 암놈의 짓거리를 알아서 행할 것인데 자신들의 씨를 알아서 때의 농사를 지어야 한다.

사람이 우주의 천지순환을 알아 자연의 계절에 순응하여 살면 건강을 보전하여 병 없이 살지만, 자연의 四時(사시)를 모르거나 무시하고 산다면 병을 얻어 건강을 보전하기가 어렵다.

　대우주가 허공에 떠서 돌고 있음을 안다면 사람이라고 별것인가. 허공 속에 떠서 살고 있는 것을! 때에 맞는 사람들의 모든 짓거리도 空(공) 속을 들락날락 하고 있다는 말일세!

# 6. 空(공) 속에
# 妙(묘)함이 있소이다

때가 되면 누구나 항상 때의 짓거리를 하며 산다.

변화가 무상한 것도 때의 짓이며, 때의 짓에 의해서 항상 함이 없는 모양으로 변하며, 준비를 하고 있든지 준비하지 않았든지 때의 일들은 우리들을 찾아와 때론 당황한 모습을 만든다.

세상 천지만물은 음양과 오행에 의해서 이루어져 있다. 남녀가 함께 음양의 조화를 이루면서 살아가는 것이 세상살이이건만 때론 우리의 눈에는 남의 밥 콩이 커 보이고, 남의 밥상에 놓인 고깃덩어리가 더 커 보이는 것은 어쩔 수가 없는 일이 아닌가 싶다.

남들은 좋은 배우자를 만나서 잘살고 있건만 왜, 나는 이리도 고생을 하며 지지리도 못사는 것인가? 하는 생각을 누구라도 한번쯤은 해보지 않았을까 싶다. 그렇기 때문에 세상살이가 만만하지 않다는 것을 알아야 할 것이며, 세상만물이 때때에 변한다는 것 또한 알아야 하겠다.

## 🌠 閏月(윤달)에 태어난 사람은 점점 윤택해진다

일상처럼 巳時(사시)의 예불을 마치고 가사장삼을 벗어 정리를 하고 평상복을 입고 마당으로 내려서는데, 젊은 처자가 "스님, 이곳도 절인가요?" 물으며 절 마당으로 들어선다.

조금 전에 목탁 치는 소리가 들려서 들어왔다고 하는데 듣고 보니 웃음이 절로 난다. 스님이라고 부르지를 말거나, 절에 들어와서 절이냐고 묻지를 말거나 할 일이지 물어오는 것의 속내를 보면 껍데기가 여느 절처럼 눈에 '확' 들어오지가 않는다는 것이리라.

"어떻게 걸음을 하셨소?" 물으니, "아니요" 하면서 잠시 머뭇거리더니 답답해서 길을 나섰다고 하는데 젊은 아낙의 고운 자태 속에 수심이 가득해 보였다.

세상을 살아가면서 누구나 겪는 고생이 있을 것이기에 세상을 苦海(고해)의 바다라고 하며 八苦(8고)의 세상이라 하였으니 고통을 안고 사는 것은 당연한 것인데, 젊은 나이에 답답하다는 말을 늘어놓는 것을 보니 고생을 덜한 소리로 들린다.

"그래, 무엇이 그리 답답하게 하는 것인지 보따리를 풀어놔보시오" 하며 물어도 아무 대답이 없다. "그럼 태어난 태세가 어떻게 되시오?" 하며 다시 물으니 겨우 대답을 한다.

태어난 태세는 천간이 丙(병)년, 丁(정)월, 辛(신)일생이며, 이름은 홍일점이란다.

사슴은 뿔을 자랑하며 사는데 사슴이 노는 터에 노루(獐)가 끼어 있으니 어찌 대접을 받을 것이며, 껍데기는 암놈이나 속은 丁(정), 辛(신)의 수놈이니 세상의 어느 수놈이 눈을 돌려 보호해 주기나 하겠나. 노루가 노는 것에 정신이 팔려 실속 없는 짓을 하며 세월을 보내고 자신을 좋아하는 벗들을 멀리하니 좋아하던 벗들도 때가 되면 떠나는 것은 세상의 이치이며, 홀로 지내는 것이 매우 외로울 것이라고 말을 해주니 창밖의 먼 산을 응시하던 여인이 "스님, 어떻게 그리도 잘 아세요?" 하며 자신의 얘기를 털어 놓는다.


그녀는 대학을 졸업하면서 친구들이 취업에 더 신경을 쓰고 지낼 때 결혼을 일찍 하는 것도 나쁘지는 않을 것이란 생각에 앞뒤 가리지 않고 결혼을 하였단다. 결혼하여 딸을 낳아 키우는 재미에 한동안은 세상일 잊고 즐겁게 지냈으나 남편은 결혼 초기에는 그렇게 자상스러울 수가 없을 만큼 가정에 충실하고 성실했었는데 아이가 커가면서 직장일보다도 게임과 도박을 즐기기 시작했다고 한다. 그러면서 가정은 점차 평온한 모습을 잃어가고 급기야 남편이 회사의 공금을 몰래 유용하여 증권과 도박에 사용한 것이 발각되어 囹圄(영어)의 신세가 되었단다. 어린 딸아이 때문에 이혼을 무척 망설였으나 희망이 보이지 않은 사람과 결혼생활을 이어가는 것이 서로가 불행한 것이라는 생각이 들어서 이혼을 하고 말았다.

그녀 스스로는 누구보다도 당차게 세상을 살아갈 수가 있다는 생각이었으나, 닥친 세상의 일들은 자신의 의지와는 상관없이 감당하기가 버겁고, 자신을 변하게 만들고, 힘들게 하는 것이 억울하고 때론 답답하다고 하소연한다.

돌이켜보면 바쁠 것도 없는 세상이었는데 혼자서만 바쁜 마음으로 세상을 살아온 것은 아닌가 하는 생각이 들기도 한단다.

"야! 젊은 처자가 세상을 달관한 사람들의 경지를 얘기하고 있으니 대단하시오, 답답한 마음을 가진 이에게 도움이 될는지 모르나 세상은 자연과 함께하며 모든 일들은 때에 일어나는 일이고, 때의 일들은 이미 씨를 지니고 있어서 때가 되면 싹이 움트는 것과 같이 세상에 머리를 내민다는 것을 알아야 할 것이오. 그리고 좀 전에 태어난 태세를 정리하다보니 閏月(윤달)에 태어나셨는데 윤달에 태어난 사람들의 특징은 세월이 흐를수록 주위의 일들이 익어가며 점점 윤택해진다는 씨를 담고 태어났으니 지금의 답답한 심경이 때가 지나고 세월이 흐르면서 자신이 담고나온 윤택한 씨가 일을 할 것이니 너무 답답해하거나 실망하지 말고 용기를 품고 살아보시오. 분명히 좋은 일이 있을 것이오."

위로의 말을 해주니 처자는 또 찾아오겠다는 말을 남기고 절을 내려갔다.

세상에 올 때에 사람들은 누구나 각자의 주머니에 씨를 담고 태어나는데 ① 因緣(인연) ② 業(업) ③ 나이 ④ 병 세균 ⑤ 또 무엇(?) 등을 짊어지고 태어난다.

인연은 어느 나라와 지역, 부모, 친척관계가 정해져서 태어나는 것이다.

業(업)이란 세상에 태어나 때에 활동하고 움직이며, 무슨 재주와 소질로 직업을 정하여 살아갈 것인지도 태어날 때에 짊어지고 나온다.

나이란 태양의 둘레를 지구가 1바퀴 돌면 한 살을 먹는 나이가 아니다. 태어나면서 자신이 세상에 나와서 하는 짓거리(행동)를 나이가 든 사람의 짓을 할 것인가, 아니면 나이가 어린 사람의 짓거리를 할 것인가를 말하는데 실제 세상에는 어린 나이임에도 노숙한 어른들의 행동을 하는 사람들도 있고, 실제의 나이에 어울리지 않는 어린 짓을 하는 사람들도 볼 수가 있는데, 모든 사람들은 태어나면서 자신이 하는 행동의 나이를 짊어지고 태어나는 것이다.

병이란, 사람의 생은 하늘(天)에서 정해진 오행의 기운을 받아 태어나는데 사람들의 생활은 땅(地)에 묶여 있으니 실제로 사람들은 땅(地)의 오행과 함께 살아간다고 할 수 있을 것이다. 하늘이 정해진 오행과 땅에서의 오행의 기운이 만나 서로 상생상극을 이룰 것인데, 生(생)의 기운이면 어느 병에는 강할 것이나, 오행의 기운이 極(극)하는 기운으로 태어나면 어느 병에는 약한 기운을 짊어지고 나온다.

　태어나면서 씨주머니에 담고 오는 것이 하나가 더 있으나, 그것
은 생략한다.


　배우자를 만나서 행복하게 살아가려는 것은 누구라도 한결같은
마음일 것이다. 때의 계절과 나이와 암수가 출생과 함께 정해져 있
으므로 서로의 계절과 나이와 암수의 관계를 제대로 알아야 한다.
과일이 익지 않으면 아무리 탐스러워도 먹을 수가 없고 제아무리
눈을 현혹하는 아름다운 미모일지라도 세월이 흐르고 때가 지나면
아름다움도 변하는 것이 자연의 이치이다.

　대우주 자연의 법칙에 따라서 땅에 터 잡고 살아가는 사람은 하
늘에 순응해야 하며, 하늘에서 행하는 어떤 일도 땅에 사는 사람들
은 어찌할 수가 없는 것이다.


　가끔씩 들려서 하소연과 푸념을 늘어놓던 발걸음도 三才(삼재)를
위한 글의 기도가 끝난 뒤로는 얼굴보기가 어려워지고 두 해가 지
나갔나 싶은 어느 날인가, 홍일점이 절을 찾아와 밝은 소리로 스님
을 찾는다.

　오랜만에 보는 반가움인가, 예전의 그늘을 드리웠던 얼굴이 아니
고 맑고 밝아 보인다. 반가움에 "어떻게 지내셨소?" 하고 물으니,
"스님, 죄송해요. 아쉬울 때만 찾아오는 것 같아서" 하면서 쪽지를

앞으로 내미는데 보니 사람의 이름과 태세가 적혀있었다.

정리하여 천간을 보니 甲(갑)생이 己(기)월, 辛(신)날이라 태어날 때에 金(금)의 기운을 짊어지고 왔으니 약간의 다스림만 있으면 제법 쓸 만한 재목이었다. 살아오면서 기복이 많았던 사람이지만 자신을 조금만 낮추고 살면 편하게 살 수가 있을 것이라고 말을 해주니 홍일점의 얼굴에 화색이 돌며, 그동안에 있었던 일들을 털어놓는다.

여성들의 사회생활이 예전에 비해서 많이 나아졌다고는 하나, 나이와 상관없이 한번 결혼에 실패한 여자가 세상을 살아가는 데에는 눈에 보이지 않는 많은 장애와 편견이 있음을 몸으로 겪었다고 하면서 한 번은 실수라 하더라도 재혼은 실수가 아니라 실패라는 생각이 들어서 신중에 신중을 기하며 많은 생각을 하다가 찾아왔다고 한다.

사람은 누가 좋고, 누가 나쁜 것이 분명 아니다. 모든 이들의 행동은 때의 일이며 때가 되어야 짓거리가 나오는 것임을 안다면, 부부는 서로 위하고 서로 할 수 있는 일을 하며 살면 될 것이다.

"실수나 실패를 두려워하지 말고 당당하게 사시오"라고 일러주니, "스님을 찾아올 때에는 무슨 말씀을 하실까?" 하고 긴장을 많이 했다면서 웃으며 절을 내려갔다.

## ⚡ 세상만물은 조화를 부리며 그 속에 妙(묘)함이 있다

세상만물이 음양으로 이루어져 있고 살아가는 기운은 오행의 엮임(상생상극)에 의해서 때가 만들어내는 기운에 의지하여 살아가는 것이다. 처녀총각이 만나서 가정을 이루면 서로가 검은머리 파뿌리가 되도록 살기를 바랄 것이나, 어찌 세상의 일들이 바라는 대로 그리 순탄할 수만 있겠는가. 더러는 풍파를 겪으며 헤어지는 아픔을 감내해야 하는 이들을 심심찮게 볼 수가 있다.

세상에서 일어나는 일들은 천지의 조화이며, 하늘의 일이기에 인간들이 감내하며 살아가야 하는 것은 어제 오늘의 일이 아닌 것이다.

지구가 해를 한 바퀴 돌면 1年(년)이 되는데 해의 기준을 통상적으로 음력에서는 立春(입춘)을 중심으로 일 년을 始(시)하고 終(종)하는 것으로 하고 있으나, 입춘 절기가 입절이 되었든 안 되었든 절기가 하는 일보다도 달(月)이 행하는 일이 중요하며, 2~3년마다 윤달을 둔 것도 절기의 행위보다 달의 행위가 더 중요하기에 해(年)나 달(月)이나 날(日)은 책력에 정해진 대로 사용을 해야 하겠다.

음력에서 閏月(윤달)은 2년이나 3년마다 드는데 계절을 익히는 일을 하기에 여름을 중심으로 해서 정해졌음을 알 수가 있다. 년을 가를 때에 입춘을 중심으로 년을 잘라서도 안 되고, 달을 가를 때에도 절기를 중심으로 자르거나 보태도 안 되며, 윤달은 분명 앞이나 뒤의 달에 걸쳐있는데 이 또한 절기를 중심으로 잘라서도 안 된다. 모든 것은 하늘에서 정해진 것임을 안다면 해나 달이나 날의 행위가 세상을 이끌고 세상을 익히는 일을 하기에 절기보다도 우선함을 알아야 하겠다.

세상만물이 존재하는 것은 陽(양)이 홀로 존재할 수가 없으며, 陰(음) 또한 홀로 살아갈 수가 없으며, 음양이 함께할 때에 만물은 조화를 부리며 그 속에 妙(묘)함이 있다.

만법이 하나로 돌아가며(萬法歸一) 무법중유법(無法中有法) 유법중무법(有法中無法)이요, 일시무시일(一始無始一) 일종무종일(一終無終一)이니 세상만법이 有(유) 無(무)가 함께하며 始(시), 終(종)이 진공 속에서 나고 들기에 妙(묘)함도 그 속에 함께하고 있다.

다들 알고 있는 얘긴데 왜 써?

# 7. 나라 속의 나라

언제나 제자리에 있는 하늘이건만 어찌 보면 가까운 듯 보이고, 어찌 보면 멀리 있는 듯하여 거물거물 보인다. 밤하늘에 흔히 눈에 들어오는 낯익은 별들조차도 빛의 속도로 몇 광년씩이나 떨어져 있다고들 하니 밤에 보이는 별빛이 우리의 눈에 보이기까지 수십, 수백만 년 전에 그 별에서 출발한 빛을 보고 있다는 얘기가 되는데 어디 凡夫(범부)들의 머리로서는 감히 헤아려보거나 측량을 해볼 수가 있겠는가. 혹 헤아려 측량하려든다면 기관을 상실하지나 않을까 하고 염려가 앞선다. 그래서인가, 자연의 하늘을 보면 볼수록 玄妙(현묘)함이 그지없다.

하늘이 열리고 땅이 굳어져 산하대지의 형상이 생겨나면서 자연과 함께 우주의 공간이 열리고, 그 틈바구니의 자연에 인간들이 자연스럽게 터 잡으며 세상의 문이 열린 것을 누구라도 모르지는 않을 것이다.

우주의 많은 별들 중에서 생명체를 품고 진화에 진화를 거듭하며 우리들에게 삶의 터를 제공해주고 있는 지구의 생성 연대도 50억 년이 되었다고들 하니 어디 말이 쉽지, 얼마나 많은 세월인지 쉽게 가늠할 수가 없다.

변하고 변하는 것이 자연이며 자연은 때마다 변하면서 사계절을 엮어낸다. 사계절 순환력의 조화가 천지만물의 변화를 가져오며, 계절의 변화가 세상을 변하게 하는 것의 근본임을 안다면 변하는 때의 계절 따라 자연에 순응하며 살아온 인간들의 움직임이 역사라는 이름으로 우리들에게 글로서 이어져오고 있음도 알 것이다.

## ♪ 가정의 안녕과 자손의 복을 비는 여인들의 소원

날씨가 차다. 해가 바뀌는 세밑에는 언제나 추위가 기승을 부린다. 제법 매서운 동장군의 기세에 '날짐승, 들짐승들은 어떻게 추운 겨울을 보낼까?' 하는 생각을 하고 있는데 웬 차가 마당으로 들어서며 이 여사와 초로의 여인들이 차에서 내려선다.

합장을 하며 법당으로 들어가는 일행을 보며 '언제였나?' 싶은 생각이 머리를 스친다.

信心(신심)이 두터워서인지 아니면 세상을 살다보니 너무도 나약

한 인간이기에 신을 대하기가 두려웠거나 신은 경외의 대상이기에 욕심을 부렸나. 한곳에 기도처를 정하여 기도를 올리지 못하고 이곳저곳의 기도처를 돌며 기도를 드리러 다닌다고 하면서 이 여사가 자신의 애고를 털어놓았었는데, 예전이나 지금에나 여인들의 소원이나 바람(願)은 가정의 안녕과 자손의 복을 비는 일상의 대소사가 아니었던가.

금쪽같은 자식이 장가가서 손자를 안겨주면 손자 키우는 재미로 세상을 살아가는데, 손자가 자라서 대학입시를 앞두고 기도를 드리려고 절을 찾아오면서부터 인연이 되었다.

자신의 지극정성인지, 글을 써서 기도를 드려서인지 손자가 원하는 대학에 무난히 합격하여 학업을 마치게 되었는데, 지난 가을부터는 더 열심히 기도를 올려야겠다고 하면서 발걸음이 잦았다.

"스님, 손자 녀석이 집안의 기둥인데 그 녀석이 잘되어야 집안이 편안하고 안정이 될 텐데요. 요즘처럼 직장 잡기 어려운 시기에 제대로 된 직장을 잡을 수가 있을까요?"

대학에 들어가도 걱정, 대학을 졸업해도 걱정, 제가 제대로 공부했으면 걱정을 안 해도 될 일이건만 부모 된 자들이야 어찌 걱정을 안 하겠나. 그것도 집안의 기둥이라고 생각하는 할머니에게 손자 녀석은 세상 어느 보물에 비길 수나 있을 것이며, 대학을 졸업하는 마당에 기도를 드리는 것은 어찌 보면 당연한 일인지도 모르겠다. 그렇게 염려하고 걱정하는 것을 낙으로 삼고 살아가는 할머니들이 적지 않은데 그 또한 때의 일이 아니겠는가.

대학을 졸업하는 손자가 제대로 된 직장에 취직을 할까? 하는 염려의 마음이 앞서서인지 할머니의 기도는 지극정성과 간절하고 열심이었다.

일행과 법당을 나와서 방으로 들어서서 僧寶(승보)의 예를 갖춘다.

세상에는 누구라도 存在(존재) 自體(자체)가 귀하며 자신이 할 수 있는 일을 하며 살아가는 것이라는 말을 해주면서 듣고 있는 이 여사의 얼굴을 보니 무척이나 밝아 보인다.

손자가 여러 기업에 이력서를 넣고 시험을 치렀는데 시험을 치른 모든 기업으로부터 취업통지서가 날라 왔다고 하면서 "스님, 이럴 때에는 어느 회사를 택해야 좋을까요?" 하고 물어온다. 듣고 보니 행복한 걱정이다.

어느 기업을 선택할는지는 손자가 알아서 결정할 것이며, 기업도 사람이 이끌고 운영하는 것이기에 기업은 기업마다 기업을 운영하는 고유의 정신이 있기 때문에 손자가 스스로 자신과 기업 정신이 맞는 직장을 고를 것이니 걱정하지 않아도 될 것이라고 일러주었다. 그리고 함께 온 여인들의 걱정 보따리도 풀어헤쳐놓고 얘기를 나누다가 돌아갔다.


세상을 살아가면서 사람들은 항상 의외의 변수를 만난다. 언제, 누가, 누구를 만나며, 누구로 인해서 무슨 일이 일어날 것인지는 그 누구도 알 수가 없다. 누구를 만난 후에 벌어지는 일들은 당사자나 상대라도 어떻게 전개될 것인지는 더욱 알 수가 없는 일이기에 세상사는 인연과 만남에 妙(묘)함이 있음을 알아야 할 것이다.

사람이 태어나 성장하면서 사람들은 많은 이들을 만나고 접하며, 많은 일들을 겪으면서 성장하고 나이가 들어 어른이 되어도 변함없이 때의 인연들을 만나며 세상을 살아간다.

또한 만나고 헤어지며 살아가는 인연들과의 삶이 현실(현재)을 이루고 미래로 나아가면서 삶은 이어 이어진다. 스스로의 생각이든 아니든 세상의 어느 누구도 앞날의 일을 예측하고 내다보며 살기란 어려운 일인 것이다.

세상이 변화하며 발전을 이루고 문명이 발전을 거듭하고 있지만 이 시대의 문명이 어떻게 변화 발전하며 어디까지 진화하리라는 것 또한 누가 어떻게 예측이나 하겠는가?

### 滅(멸)한 나라도 이름만 다를 뿐 문화와 전통은 계속된다

지난 세기에 明滅(명멸)한 많은 나라나 왕조들이, 때의 힘으로 할 일을 하며 군림했던 나라가 세월이 지나면서 그 나라나 왕조가 망해서 이름이 없어졌다고 하여 진정 없어지고 사라졌다고 할 수 있을까? 나라가 망하여 없어졌다고 해도 그들의 문화와 정신, 생활풍습들까지 모두 없어지는 것은 아닌 것이다. 이름이 지워지고 없어져서 사라졌으리라고 생각하겠지만, 세상의 어느 곳이든 문화와 전통을 담고 살아가는 사람들에 의해서 나라라는 이름만 다를 뿐, 문화와 전통은 계속 이어지고 있다. 時空(시공)을 떠나 삶을 영위하는 사람들이 존재하기 때문에 어느 땅, 어느 곳에서라도 지난 역사의 문화와 정신을 품고 계승하며 살아가고 있는 것이다.

천만년의 역사를 이어온 드넓은 대륙에 1억 명 이상의 원주민들을 학살하고 내몰고서 그 터에 나라를 세운 미국의 건국 역사를 보면, 길지도 않은 역사임에도 세계의 맹주를 자처하고 자신들이 세운 나라의 建國精神(건국정신)은 과거 유럽대륙의 천년왕국이며 강대국이었던 로마를 계승한다고 하였다. 그들은 건국 초기에 지은 대통령의 관저건물도 로마식으로 짓고 치장도 로마식으로 하였으며, 외형의 건물들은 모두 로마식으로 꾸미고 로마의 정신으로 무장하여 개척정신(프론티어)이라는 말로 대륙을 약탈하고 원주민들을 학살하였다. 어느 기록을 보면 당시 원주민들을 8천만 명 정도를 죽였다는 기록을 볼 수가 있었는데, 기록에 나온 숫자를 미루어보면 1억도 훨씬 넘는 인명을 살상한 것을 미루어 짐작케 한다.

미국이 계승한 로마의 정신은 유럽을 넘어 아시아와 아프리카를 침략하고 약탈하던 과거 로마가 행했던 일들을 이름만 바뀐 미국이 세계의 도처에서 진행형의 행동을 보여주고 있다.

時空(시공)을 떠나서 과거의 로마가 현실의 미국으로 다시 태어난 것도 아닌데 왜, 미국은 건국정신에 로마를 계승한다고 했을까?

1392년 정권을 장악한 이성계는 숭유억불정책을 표방하고 유교를 국교로 삼아 도덕정치를 실현하겠다고 하였다. 道德政治(도덕정치)는 우리의 조상들이 도덕정치를 펼쳤다고 전하는 고조선을 계승하겠다는 것이며, 그래서 나라의 이름도 朝鮮(조선)이라 정하고 개국을 한다.

조선의 이름을 고조선에서 따왔다고 해서 조선이 고조선이 될 수 없음을 모르지는 않았을 것이며, 고조선의 도덕을 정치이념으로 하겠다고 해서 과연 조선의 정치가 올바른 도덕정치를 실현하는 장이 되는 것도 아닐 것이다.

조선시대의 정치는 도덕을 앞세운 당파싸움으로 날이 지새고, 서로가 먹고 먹히는 밥그릇싸움이었음을 익히 알고 있는데 그래도 나름 조선이 도덕정치를 하려다 파당정치로 나라가 망하였다. 하지만 세계의 어느 나라도 감히 도덕정치, 군자의 정치를 하겠다고 나선 나라가 한 곳도 없음을 볼 때에 조선은 유교의 종주국이며, 조선은 공자의 나라라고 하여도 누가 나서서 아니라고는 못할 것이다. 당시 조선이 도덕정치를 내세운 것도 때의 일임을 알아야 할 것이다.

자연의 계절이 변하듯 세상은 변한다. 변하는 것의 중심엔 사람이 있으며, 모든 것은 사람에 의해서 변한다. 사람의 정신세계가 담고 있는 만큼 때의 세상을 만들며 사회, 경제, 정치, 문화, 체육 등 모든 것들이 사람의 정신에서 나오고 만들어지며, 세상을 이끌어가고 변화시키고 있다.

　지구에 몸담고 살아가는 수백의 나라들이 나름의 자존과 나름의 정신과 문화를 지니고 살면서 변화에 대응하며 진화를 거듭하고 있다.
　세상은 사람이 만들어가고 사람들이 이끌고 가는 것이기에 예나 지금이나 시공을 떠나 사람들이 모여 사회를 만든다. 산업이 일어나고 공업이 발전을 거듭하여 과학문명이 첨단을 걷고 있는 현세에도 과거로부터 이어져 내려오는 無言(무언)의 묵계와 정신이 이어져 오고 있으니 그것이 때의 정신이요, 때의 혼이다.
　나라(國)는 물론이요, 사람을 모아서 운영하는 회사나, 기업이나, 단체나, 모임이라도 그것을 만들고 이끌어가는 것은 사람이 중심이다. 그리고 그것에도 처음 주체를 만든 창업자의 정신이 존재하고 창업자의 정신이 기업을 이끌고 있다. 시공을 떠나서도 창업자의 정신은 계승되며, 때에 따라서 수정하고 보완을 하면서도 기업정신은 이어져가는 것이다.
　기업이 사람을 고용하여 이익을 창출하여 급여를 주고 남은 이익은 사회에 환원하며, 사회의 일익을 담당한다. 이익을 내기 위하여 기업 활동을 하면서도 기업은 그들마다의 고유의 색깔이 있고, 기업정신에 의해서 기업의 장래에 대한 진로가 각각 다르다.
　나라나 기업뿐인가. 한 가정, 한 개인도 각각의 색깔이 있어서 생각과 행동이 남들과 다르고 고유의 색깔을 지니고 있음에도 서로 어울리고 조화를 이루며 살아간다.

기업이라는 이름으로 활동을 하고 있지만 기업이 나라이고, 나라가 기업인 것은 때의 정신을 안고 때의 사람들이 앞에서 이끌고 가기 때문이다.

태어나는 것도, 나라의 백성이 되는 것도 자신의 의지와는 상관없이 결정되어 태어난 곳의 백성이 된다. 하지만 직업의 선택은 자신이 선택할 수가 있는 것이기에 대기업이나 중소기업, 직장이 크든 작든 자신의 무엇(?)과 상생과 상합이 되는 곳을 골라서 가면 된다. 다만 스스로 좋아서 선택한 것이 衝(충)이나 畏(외)의 관계가 될 수도 있겠지만 충이나 외의 곳이라면 즐겁지 않고 근무하기가 괴로워질 때 자리를 박차고 나올 수도 있는 것이다. 세상은 변하며 주위는 점점 아름다워지고 있는데, 미운 짓하면 누가 돌아다보기나 하겠는가.

하나가 다수를 이루고 다수가 하나임을 안다면 내 속에 회사도 나라도 담고 있는 것이다. 함이 없는 세월이 흘러도 하나인 本(본)은 변치 않는다.

# 제9부
# 백수 탈출 3

# 8. 아! 이놈아, 比됴(비구)가
# 鼻口(비구)를 몰라?

　이른 저녁공양을 간단하게 마치고 발에 의지하여 몸을 맡기니 몸은 이내 산길을 오르고 있다. 바쁠 것 없는 걸음이나 쉼 없이 걸음을 옮겨 산의 능선에 오르고 그냥 걷다보니 산의 정상이 발아래 들어온다. 하루의 일을 마친 붉은 태양이 길게 산 그림자를 드리우고 뿌연 운무의 호위 속에서도 간간이 아쉬운 빛을 내는데 멀리 산 아래의 동네에서는 가로등인가, 네온의 빛인가 교차되어 불빛들이 간간이 눈에 들어온다. 참으로 자연스럽게 일하며 다툼이 없이 이루어지는 낮과 밤의 교대가 평화롭다.

## 🌠 道(도)는 大道(대도)와 小道(소도)로 구분하고…

道(도)는 일상을 떠나서는 얘기할 수가 없으며 도의 행위는 사람을 떠나서는 도라고 할 수가 없을 것이다. 도란 호기심이나 흥밋거리나 신비함이 아니다. 자연을 품고 살아가는 일상이자 생활 자체인 것이다. 그러니 누구라도 일상생활을 하며 살아가면서 알든 모르든, 인정을 하든지 안 하든지 道(도)를 품고 도를 행하며 살아가는 것이다. 그렇다고 도를 알면 누구라도 道人(도인)이 될 것이고 수행자라 하겠으나, 모르면 凡夫(범부)에 지나지 않는 것이다.

도를 이야기하면 더러는 공중부양이나 유체이탈, 축지법 등의 신기하고 신비한 현상들을 염두에 두고 있는 경우도 더러 있으나, 이런 현상은 도를 공부하고 습득하는 과정에서 일어나는 일이지 도의 깊이에 따라서는 신기해할 것도 없는 일들이다.

도의 수련자는 육체·정신적으로 건강해지며, 병자는 건강을 보전하고, 단명자는 명을 잇고, 건강한 자는 수명이 늘어나고, 악인은 천명을 알게 되어 착해진다.

도는 大道(대도)와 小道(소도)로 구분하고, 수련방법은 외련과 내련으로 구분을 짓는다.

대도는 天地(천지)의 덕을 알고, 日月(일월)의 밝음을 알며, 자연의 사계절이 하는 일을 알고, 귀신인 수를 알아 길흉화복을 알고 奉天地人(봉천지인)하며, 자연의 때에 순응하는 것이다. 소도는 배움으로 익혀 학문을 취하여 물음에 답하며, 보고 익혀서 보이는 것에 의지하여 행동하는 推數(추수)의 知人(지인)을 말한다. 추수에서 수 (數)란 오행이 변화하는 것을 말한다.

외련은 비교적 쉽고, 내련은 용이하지가 않다.

외련은 상하사지(손발) 몸의 백절을 움직이는 수련법이고, 내련은 인체 오장육부의 기혈과 오기(목화토금수)와 오음(궁상각치우)으로 상생상극의 조화로 수련하는 것이다.

## ﹏ 鼻口(비구)는 신체의 기관인 코와 입, 즉 천문이다

산의 정상에 홀로 앉아서 밤이 익어갈수록 불빛들이 늘어나고 오 가는 차들이 긴 줄의 불빛을 만들며 내달리는데 어디라고 도인들이 없겠는가?

퍼뜩 "아니! 이놈아, 잡다한 망상에 끄들려서는 언제 도를 이루고 언제 공부를 마치겠느냐?" 하는 사부님이 질책하시는 소리가 귀를 때린다.

출가하여 나름 열심히 공부도 하고 틈나는 대로 참선의 자세도 갖추어갈 즈음에 "세간사를 버린 출가자는 득도 외에는 이룰 일이 없으며, 비구가 비구를 알고 천문을 알아야 득도할 수가 있다. 참선 에만 몰두한다고 도가 이루어지는 것이 아니니 천문을 알아야 해" 라고 말씀을 들었다. 당시 사부님에게 "무슨 말씀입니까?" 하고 물 었으나, "모든 것은 시절의 인연 따라 오가는데 때가 되면 스스로 알아들을 수가 있다"고 하시며 무엇(?)의 답을 주셨으나, 알 수가 없었다.

생활하면서 귀가 따갑도록 매일 답을 듣고 들었건만 그 말을 알아차린 것은 강산이 변한다는 10년의 세월을 죽이고서야 겨우 알게 되었다.

수행하시는 스님을 比丘(비구)승이라고 한다. 글을 뜯어보면 此岸(차안)의 현실세계(사바세계)에서 부처님의 지혜로 彼岸(피안)의 언덕을 넘어가기 위하여 수행하는 사람을 말하며, 鼻口(비구)는 신체의 기관인 코와 입이다.

천문은 천문인데 하늘의 이치인 天文(천문)인지? 하늘의 문이라는 天門(천문)인지를 몰라 많은 시간을 헤매었으나, 천문이 따로 없음도 알게 되었다.

대우주의 순환법칙과 우주만물의 자연을 키우는 자연의 법칙이 天文(천문)의 이치이다.

天門(천문)은 인체의 기관인 코(鼻)와 입(口)을 말한다.

生死(생사)의 길(道)이 한 호흡에 있음을 안다면 어느 인생인들 玄門(현문)인 콧구멍에 생사가 매달려있지 않은 이가 있으며, 어느 인생인들 입의 목구멍에 생사가 매달려있지 않은 이가 또한 있을까?

그래서 鼻(비)口(구)를 천문이라고 하는 것이리라.

천문인 鼻口(비구)는 호흡과 음식과 소리(聲)를 몸에 들이며 내는 일을 하고 있다.

몸을 감싸고 있는 空(공)이 하늘이며, 대우주와 자연과 닿아 있어서 천문 또는 현문이라 한다.

사람은 우주가 만들어내는 산소를 흡입하여 몸의 기관에 보내어 건강을 유지하며, 몸에서는 탄소를 배출한다. 호흡은 바로 氣運(기운)이다

天命(천명)에 의해서 父(부)의 情(정)과 母(모)의 血(혈)이 합하여 생명이 성형, 모의 복중에서는 모체와 함께 호흡을 하며 성장하지만 모체와 분리되면 玄門鼻孔(현문비공)으로 호흡을 하며 생기 복식으로 성장을 한다.

입으로는 음식물을 취하여 먹고 마시며, 五臟(오장)六腑(육부)에 영양을 공급한다.

소리(聲)는 五音(오음)이며, 세상 모든 이들의 소리가 바르고 같으며, 천지 대자연의 소리이다. 억지로 개조하거나 바꿀 수가 없고 비, 순, 설, 치, 후음이며, 宮(궁), 商(상), 角(각), 微(치), 羽(우)이다. 宮(궁)음은 중앙의 비장, 위장이고 五十土聲(오십토성)으로 비장에서 발생하며, 鼻音(비음)이라 한다. 商(상)음은 서방 四九金聲(사구금성)으로 肺(폐)에서 발생하며, 齒音(치음)이라 한다. 角(각)음은 간, 담이고 三八木聲(삼팔목성)으로 간에서 발생하며, 喉音(후음)이라 한다. 微(치)음은 심장과 소장이고 남방 二七火聲(이칠화성)으로 심장에서 발생하며, 舌音(설음)이라 한다. 羽(우)음은 신장과 방광이고 一六水聲(일육수성)으로 신장에서 발생하며, 脣音(순음)이라 한다.

## ✨ 도를 익히려면 시절의 인연(스승)을 잘 만나야 한다

밤이 깊어가면서 이슬이 내려서인지 겉옷이 눅눅하게 젖어 있다. 어둠에 묻혀버린 산은 간혹 잠을 청하려던 산짐승들이 웬 불청객의 출현에 가끔 부스럭거리는 소리만 들릴 뿐 적막강산인데 멀리 산을 돌아 강을 건너 지나가는 자동차의 소리가 유난히도 크게 들린다.

지구라는 별의 간방에서 보이는 대우주의 하늘은 언제나 사려 돌며(순환) 자신의 일을 언제나처럼 한결같이 하고 있기에 캄캄한 밤이 지나면 동트는 새벽을 만들어 온 천지가 밝아온다. 그런데 언젠가 들어서 귀에 익은 소리(聲)가 귓가에 내려앉는다.

– 옴마니반메훔 옴마니반메훔 옴마니반메훔 옴아우어리천(天) 옴아우어리지(地) 옴우이아어인(人) 천(天) 지(地) 인(人). –

세상은 곤히 잠들어 있건만 꼭두새벽에 단잠을 깨우는 사부님의 이상한 가락에 가끔은 잠을 털고 일어났었는데, 그때 들은 가락이 왜 산정에 앉아있는데 귓가에 생생하게 들리는지 모를 일이다. 궁금하여 여쭤보았으나 대답을 들어도 궁금한 것은 마찬가지였다.

깊은 밤에 龍(용)이 기침을 하고 호랑이가 휘파람을 부는 소리다 (용음호소龍吟虎嘯).

무슨 말이고 무슨 소리인지 답이라 일러주어도 무슨 뜻인지 모르는 것은 당연한 것이었으니 어찌 천지의 이치가 空(공)함도 알지 못하면서 천지의 空音(공음)을 알 수가 있었겠는가.

龍吟(용음)이란 黃中脾音(황중비음)이며, 虎嘯(호소)란 상각치우

(금목수화)의 소리이다.

용이 깊은 황중에서 운기를 끌어올려 기침을 하듯이 훔, 훔 소리를 내고 호랑이가 즐거워서 휘파람소리를 내는 것처럼 오장(간, 심, 비, 폐, 신)의 기혈을 금목수화토(궁상각치우)의 소리를 내면, 상생상극과 상합상충의 작용이 일어나서 水火相濟(수화상제)하며 鼓之舞之(고지무지) 하면서 몸의 심장과 신장이 一妙衍(일묘연) 신묘한 작용을 하여 황중에 嬰兒(영아)형의 聖胎(성태)가 만들어지고 수련이 깊어질수록 神丹(신단)이 만들어진다는 것을 어떻게 알 수나 있었겠는가. 그러니 도를 배우고 익히려면 시절의 인연(스승)을 잘 만나야 하는 것이다. 도를 스승에게 절대 전수하여 들은 것 없이 깨쳤다고 말하는 것은 하늘에 ○○대고 방귀뀌는 개소리다.

수련방법은 쉽고 간단하다. 일념으로 수행 수련을 하면 되고, 行住坐臥(행주좌와)에 拘礙(구애)받지 않아도 된다.

대도를 수련하면 病者(병자)는 온전해지고, 弱子(약자)는 강해지며, 夭死者(요사자)는 壽(수)를 보전하고 건강한 자는 장수한다.

經(경)에 無相(무상)으로 爲宗(위종)하고, 無住(무주)로 爲体(위체)하고, 妙有(묘유)로 爲用(위용)한다고 하였으니 宗(종)하고 体(체)하며 妙有(묘유)를 用(용)한다 함에 妙(묘)가 함께함이 妙(묘)함이나, 有(유)는 있다는 것인데 어디서 얻어야 하나?

대우주의 자연이 어김없이 아침을 만들어 주어 먼동이 트는 산의 정상에서 밤새 자리를 털고 일어나는데 사부님의 말씀이 귓가에 내려앉는다.

"아니 이놈아! 비구라는 수행자가 鼻口(호흡)를 모르고 수행을 해봐야 세월만 죽이는 거지 무엇을 얻을 수가 있을 것이며, 무엇을 이룰 수가 있느냐? 목숨(호흡)을 내려놓아라."

산길을 더듬어 내려오는데, 얻을 것도 잃을 것도 없는 무애인이 산길을 내려가고 있다.

- 옴마니반메훔 옴마니반메훔 옴마니반메훔 옴아우어리천(天) 옴아우어리지(地) 옴우이아어인(人) 천 지 인. -

- 옴마니반메훔 옴마니반메훔 옴마니반메훔 옴아우어리천(天) 옴아우어리지(地) 옴우이아어인(人) 천 지 인. -

# 9. 백수 탈출 3

이른 아침에 잠자리를 털고 일어나면서부터 하루를 시작하여 온종일 몸을 이끌고 이런 저런 일들을 하다보면 몸은 은근히 쉴 곳을 찾고 편한 자리를 바란다.

삶에 휴식은 없어서는 안 될 일이며, 밤에 몸을 누이고 잠자리에 드는 휴식은 누구랄 것도 없는 바람(願)일 것이다.

세상이 문명사회가 되고 누구라도 문화와 발전된 과학의 혜택을 쉽게 누리고 접하게 되는데, 과학의 발전으로 물질문명이 세상을 지배하면서 자연이 주는 많은 혜택을 많은 이들이 잊어버리고 간과하는 것 같은 생각을 하노라면 괜히 아쉬운 생각이 든다.

유난히도 춥고 눈이 많았던 겨울도 자연의 순환에는 어쩔 수없이 봄에게 자리를 내주고 서서히 물러간다. 마당가에 터 잡고 지내는 '왕백수'인 대롱이를 데리고 산행이나 할까 싶어 행장을 준비하여 길을 나서려는데 웬 지프차가 마당으로 들어오더니 인사를 한다. 백수였다.

산행을 가려던 걸음을 멈추고 집으로 돌아서며 언뜻 대롱이녀석을 보니 무언의 항변을 하고 있다. '스님 놀리시는 겁니까?' 하는 표정이었다. 허어, 이것 참!

차에서 내려 인사를 하는 백수에게 산행을 하려고 길을 나서는데 괜찮으면 산행이나 다녀오자고 하였더니 아무 말 없이 차의 뒷문을 열고 등산용 신발을 꺼내 신고서 따라나선다.

등산로에 접어들면서 신바람이 난 대롱이는 잠시 앞서서 걷다가 무엇을 봤는지 쏜살같이 앞으로 내달리더니 금세 시야에서 사라져 보이지 않는다.

중생들의 삶이나 수행자의 삶이나 살아가는 것은 같으련만 중생들은 욕망과 고통의 바다에서 허우적대는 것이나, 수행자들도 욕망을 내려놓고 스스로 고행을 하며 진리를 찾으려 노력한다지만 어디 욕망의 끝을 내려놓기가 쉬운 일인가.

"그나저나 백수는 무슨 보따리를 안고 오셨나? 찾아오셨으면 무슨 얘기라도 꺼내야 하지 않은가?" 하니, 백수가 입을 연다.

요즘 들어서 道(도)가 무엇이며 수행은 어떻게 해야 하는 것인가에 대하여 생각을 하다가 막히는 것들이 많아서 찾아왔다고 한다.

道(도)가 별것인가? 그동안 많은 세월 미몽 속의 망상을 틀어잡고 살다가 그래도 세월이 익어가니 도에 관심을 두고서 공부를 하려고 하는 것을 보면 그동안 백수도 공부에 많은 진전이 있음을 알게 한다.

## 🖌 사람은 小宇宙(소우주)

대우주의 운행법칙과 인체의 운행법칙은 서로 닮아 있어서 사람을 소우주라고 한다.

사람의 몸은 태양의 陽氣(양기)와 달의 陰氣(음기)의 조화와 자연이 만들어주는 산소와 생기에 의해서 건강을 유지하는 것이고, 運氣(운기)란 오행(금목수화토)의 기운을 말하고, 운기의 흐름이나 변화는 오행이 엮어내는 변화의 수를 말한다.

道(도)의 시작(始)이나 끝(終)이나 사람이 중심인 것은 대우주의 자연 순환력과 운행과 사시(계절)에 의지하여 사람이 살아가기 때문이며, 도의 수련도 스스로 오장육부의 기관을 다스려야 하는 것이고, 다스린다는 것은 五氣(오기)인 오행(금목수화토)의 상생상극 상합상충과 오음(궁상각치우)을 아는 것이다.

백수는 한의사라서 오장과 육부에 대해서는 잘 알고 있겠지만, 알고 있는 것은 껍데기의 작용을 알고 있을 것이다. 그러나 사람의 오장육부가 행하는 神明活動(신명활동)과 靈明活動(영명활동)에 대해서는 제대로 알고 있지 못할 것이다.

대우주의 자연과 함께 생멸하는 사람은 천지 음양의 운행과 함께

하며 地水火風(지수화풍)이 회합하여 몸을 이루고 있다(地는 뼈와 육신. 水는 정혈과 진액. 火는 호흡 온난. 風은 신령활동). 그래서 풍이 그치면 氣(기)가 끊어지고, 화가 오르내리면 身(신)이 냉해지고, 수가 마르면 血(혈)이 적어지며, 토가 흩어지면 身(신)이 망한다.

五臟(오장)은 간, 심, 비, 폐, 신이요, 六腑(육부)는 담, 위, 대장, 소장, 방광, 삼초이다. 오장은 정신기혈을 주관하고 있으며, 육부는 수곡을 조화하는 소화물의 출납고이며, 정액을 오장에 분배, 전달하며, 찌꺼기는 대소변으로 배출하는 기관이다.

오장은 수술이 어렵고 육부는 용이하다. 금, 목, 수, 화, 토의 오행의 造化(조화)가 오장에 있다.

**心臟(심장)**은 인체무수의 대소신경 경락에 혈액을 운화순환하는 총본부이며, 활동신명의 본부이다. 그래서 군주지관이라 하며, 오행은 남방 二七(이칠)火(화) 태양궁이라 한다.

**肝臟(간장)**은 위가 송달하는 정액을 흡수하여 혈액을 심장으로 전달하는 총본부이다.

魂(혼)을 사수하는 기관이라 장군지관이라고 하며, 오행은 동방三八(삼팔)木(목) 藏魂宮(장혼궁)이라 한다.

**脾臟(비장)**은 五味之物(오미지물)을 운화하여 淸濁(청탁)을 분별하는 본부이다.

오행은 중앙 五十(오십)토(土)黃庭宮(황정궁)이며, 意(의)의 본부이다.

**肺臟(폐장)**은 생기산소를 출납하는 기관이며, 생기산소를 흡입하여 삼만 육천 신경에 전달하며, 체내의 病核炭素(병핵탄소)를 배설하는 기관이다. 오행은 西方(서방) 四九(사구)金(금)이며, 魄(백)을 司守(사수)하는 기관이다.

**腎臟(신장)**은 아랫배의 방광 내에 좌신과 우신의 두 개로 되어 있으며, 좌신은 水(수)이고 우신은 火(화)이다. 水火(수화)가 相濟(상제)하여 一妙然(일묘연)의 白色筋膜(백색근막)이 있어서 心臟(심장)과 직통으로 연결되어 있다. 號(호)를 天根(천근)이라 하며 수화상제하는 鼓舞造化(고무조화) 神機(신기)이다. 오행은 북방 一六(일육)水(수)며 智司宮(지사궁)이라 한다.

六腑(육부)는 기혈순환의 造化(조화)가 없으므로 설명을 생략한다.

오장과 오행의 신묘한 관계와 조화는 대우주 자연의 조화와 순환 운행이 같음을 알아서 스스로 다스리고, 스스로의 건강을 유지하며, 수행과 수련을 하면 무병장수하고 타인의 질병도 구제할 수가 있다.

心(심)은 인체의 군주지관이라 神明(신명)의 府(부)이며, 丹元丹君(단원단군)이라 한다.

體(체)의 十二大神經(십이대신경)이 삼만 육천 신경을 통솔하여 기혈왕래와 함께 신령스런 활동의 주체이다. 심신이 실기하면 전체 신경이 불통되어 질병이 생겨서 망한다. 심신의 신령스런 활동은 금목수화토 오행의 신명 조화이며, 신경을 보고자 하나 보이지도, 보지도 못한다.

精神(정신)은 形體(형체)와 氣魄(기백), 血魂(혈혼)의 삼위가 통합 결성되어 이루어지며, 심장이 神統(신통)하고 폐장 신장이 氣統(기통)하며, 간장 두뇌가 精血統(정혈통)이라 한다. 일체가 成眞(성진)하면 형, 기, 혈 삼위를 一妙然神明(일묘연신명)이라 한다.

인체에는 기의 통로인 三丹田(삼단전)이 몸의 앞쪽에 있고, 몸의 후면에 三關(삼관)이 있다.

삼단전에서는 상단전이 두뇌정문수해이며, 氣運(기운)을 主藏(주장)하고 中丹田(중단전)은 심장강궁(絳宮)을 말하며, 신명을 主宰(주재)한다. 下丹田(하단전)은 신궐기해관원이며, 精液(정액)을 主宰(주재)한다.

三關(삼관)이라 함은 머리 후미의 玉枕關(옥침관)과 脊膂(척여)퇴의 녹노관과 척추 아래 수화상제처인 尾閭關(미려관)을 말한다.

三丹田(삼단전)과 三關(삼관)은 생기와 정혈이 오르내리며 순환하는 대동맥 신경활로이다.


눈에 익은 산길을 가며 말을 하는 것이라 힘이 들지 않아서인가 말이 길어진다.

산을 오르고 돌아서 내려오는데 백수가 묻는다.

"스님. 한의학을 공부한 내가 듣기에도 쉬운 말은 아닌 것 같습니다. 어렵게 말씀을 하시는 것은 아니나 쉽게 알아들을 수 있는 말은 없을까요?"

"백수야! 글이나 공부가 처음부터 쉬운 것이 어디 있냐? 열심히 파고들면서 공부를 하다보면 알아듣고 쉬워지는 것이지. 처음부터 쉬운 것을 찾는다면 공부를 안 하겠다는 얘기냐? 이제 오장육부와 氣(기)의 활로에 대해 조금 얘기했을 뿐인데, 어렵다고 하면 어떻게 하나, 조금 천천히 내려가면서 얘기를 해보자."

"그나저나 백수야! 저번에 사람들의 體質(체질)에 관해서 연구를 한다고 했었는데 요즘 들어서 아무 말이 없는 것은 연구를 마친 것이냐? 아니면 덮어둔 것이냐?"

"아! 그거(체질론)요? 마친 것도 덮어둔 것도 아니고 지금도 연구를 하고 있는데 어려움이 있어서 요즘에는 쉬고 있는 실정입니다."

"허어, 그러냐? 하나의 학설을 연구하여 체계를 세우고 발표하는 것이 쉬운 일은 아니다마는 연구라는 것은 공부가 바탕이 되어야 하는 것인데 열심히 공부하다보면 스스로 알게 되고 새로운 학설도 공부가 익으면 나무에서 과일이 익어서 저절로 툭 떨어지는 것처럼 터지는 법이니 너무 조급하게 생각하지 말고 열심히 의심을 가지고 파고들어라. 생각하고 연구하는 것을 머리에서 쉬면 안 된다."

체질을 분류함에 있어서 사상체질론이 자리를 잡고는 있으나 세상 모든 사람들의 체질을 肝(간), 脾(비), 肺(폐), 腎(신)의 大小(대소)만으로 규정하는 것은 분명 한계가 있으며, 세밀한 체질론을 더 발전시키는 연구가 필요한 것은 분명하다. 문명과 과학의 발전이 인류에게 편안함과 편리함을 가져다주었으나, 그로 인해서 많은 사람들이 이름도 모를 병고에 시달리고 있음을 볼 때에 체질의 분류 또한 세밀함을 요하는 시기가 도래되었다고 하겠다. 세상이 변한다고 체질이 변하는 것은 아니지만 변하는 세상에 적응하고 병을 이기려면 때의 것들을 넓고 크고 때론 좁으면서도 세밀하게 변하는 것을 알아내어 응용을 해야 할 것이다.

"백수야! 시작한 공부이니 열심히 하도록 해라."


산행을 마치고 집으로 돌아와서 세수를 하려고 대야에 물을 받아서 씻으려 하는데 대롱이란 놈이 어디서 달려오더니 대야를 차지하고 물을 먹는다.

"아니 이놈이. 아무리 급해도 그렇지 스님이 세수하려는 물을 마시고 있냐?" 하며 머리를 밀쳐도 제것인 양 머리를 박고 첩첩첩첩 소리를 내며 한참을 마셔댄다. 산이 좁다고 위아래를 쓸고 다니듯 뛰어다녔으니 얼마나 목이 말랐겠나 싶은데. 그나저나 이놈 대가리 들이대는 것을 언제 배웠지, 혹여 백수가 가리켜줬나?

이른 저녁공양을 마치고서도 공부에 대한 백수의 열정은 쉼 없이 이어진다.

초발심시 변정각. 무엇에 대한 發心(발심)이 일어났을 때가 正覺(정각)을 이룬 때라고 했듯이 누구라도 초심을 냈을 때에 이미 이루어져 있는 일들을 세파에 흔들리고 의심하고 계산하면서 정작 이루어진 일들을 그르치고 있다는 것을 알고들 있을까.

세상을 살면서 그 누구라도 바람이 있다면 병 없이 건강하고 장수하기를 바란다. 자연의 生氣(생기)인 산소를 마시고 死氣(사기)인 탄소를 배출하면서 자연과 공기의 고마움을 적잖게 느끼고들 있다. 그런데 대자연의 순환이 엮어내는 음양과 오행의 기운이 자연을 닮은 小宇宙(소우주)인 사람들에게도 그 기운이 함께하고 자연이 지니고 있는 치유복원력이 자연을 닮은 사람에게 있어서 병을 치유할 수가 있음을 사람들은 얼마나 알고들 있을까?

"백수야! 4상체질에 음양과 오행을 접목시켜서 세밀히 분류하여 8상, 16상, 32상, 64상의 체질로 발전을 시킨다는 너의 발상은 매우 신선하고 鼓舞的(고무적)이다. 그런 생각으로 연구하고 노력한다면 분명 좋은 결과가 있을 것이며, 결과에 따라서 크든 작든 세상을 바꾸는 일이 될 것이다. 세밀하게 체질을 분류하여 병자를 치료한다면 병증을 알아내는 것도 쉬울 것이고 치료에 응용한다면 많은 병자들을 구할 수가 있기 때문이다."

## 🔥 9상체질로 분류해 본 사람의 체질

"백수야! 아직 정리가 되지 않아서 세상에 내놓기에는 때가 이른 감이 없지 않으나 너의 공부에 도움이 될 것 같아서 일러주는 것이니 숙제 삼아서 공부를 해보아라.

나의 師祖父(사조부)님이 남기신 글에서 인용한 것이다.

사람들의 형체나 체질이나 성질이나 행동이나 질병이나 藏腑(장부)의 大小(대소)虛實(허실)은 사람마다 같지가 않다. 그것은 오행(금목수화토)이 過(과)하거나 不及(불급)하기 때문이다. 그래서 사람의 체질은 9상체질로 분류하였다.

　① 태양인 ② 태음인 ③ 소양인 ④ 소음인 ⑤ 양명인 ⑥ 궐음인 ⑦ 오행구비인 ⑧ 태양태음합체인 ⑨ 소양소음합체인

　백수야! 나의 師祖父(사조부)님이 사람의 체질을 이미 9체로 분류를 해 놓으셨으니 이제부터는 9체론에 대하여 열심히 공부하고 연구를 해보아라."

　"스님, 분류만 하시고 각각의 체질마다 어떠한 특성이 있는지에 대해서도 조금은 얘기를 해주셔야 하지 않나요?"

　"아! 그런가? 그러면, 간단하게 설명을 해주마. 太陽人(태양인)은 호탕하여 호걸이 많다. 성품이 武人(무인)형이라 결단력과 과단성이 있다. 여자가 태양인이면 방광이 狹窄(협착)하여 아이를 갖기가 어렵다. 太陰人(태음인) 중에는 영웅이 많다. 성품이 잘 참고 自重(자중)하며 행동이 무겁다. 少陽人(소양인) 중에는 소인배가 많다. 이해력은 뛰어나지만 성격이 급한 반면, 人情(인정)은 많다. 少陰人(소음인)은 교만심과 질투심과 욕심이 많다. 여자는 혈이 풍부하여 자식을 많이 둔다. 陽明人(양명인)은 성품이 온화하고 순하여 시비나 다툼이 없다. 厥陰人(궐음인)은 우둔하고 굼뜨며 욕심이 많다. 태양태음 합체와 소양소음합체인 즉 음양 각반인은 강하고 부드러우며 어

디에나 잘 적응하고, 사교와 외교에 능하다. 五行具備人(오행구비인)은 지혜가 총명하여 대중 통솔력이 풍부하고 偉人(위인)이 많다. 장부의 大小(대소)가 아니라 음양과 오행의 태와 불급으로 분류한 것은 사람의 체질도 대우주와 자연과 동일한 운행임을 알아서 분류한 것이다."

"스님! 스님의 사부님이나 사조부님은 대단히 훌륭하신 분들이시네요. 이런 글을 남기신 것을 보면 정말 대단하신 분들이라는 생각이 드는데 어떠신 분들입니까?"

"백수야, 아직 내가 할 일이 조금 남아있어서 그분들을 세상에 들어낼 수가 없구나. 때가 도래하면 밝힐 것이니 궁금한 것은 매달아 놓고 숙제로 던져준 9상체질에 대한 공부를 열심히 해보아라."

세상의 일을 드러내놓고 자신의 일을 결단력 있게 행하는 태양인이나, 참고 인내하며 행동이 신중한 태음인이나, 온화한 성품의 양명인이나 오행을 고루 갖추어 지혜롭게 어느 한쪽에 치우치지 않는 생각으로 대중을 통솔하는 오행구비인들이 많으면 세상은 밝아지고 부드러워진다. 그러나 자신의 뛰어난 머리를 자신만의 것이라는 생각으로 교만하고, 질투심 많고, 시비를 일삼고, 아둔하고, 굼뜨고, 인정이 없는 사람처럼 활개를 치는 소인배의 짓거리를 일삼는다면 세상은 점점 어두워질 것이다.

어느 체형의 사람이 좋고 어느 체형의 사람이 나쁜 것은 아니다. 각각의 체형대로 태어나 살아가는 것이기에 서로가 서로를 알고 함께 살아가는 것을 익히고 배우며, 조화를 이뤄 살아가는 것이다.

"백수야! 세상사 모든 것은 시절 인연이니 열심히 배우고 익혀라. 우리 민족은 본래부터 가무를 좋아하였다. 때마다 천제를 올릴 때에도 사물을 즐겨 사용하였다는데 이제라도 사물을 익히고 춤(舞)을 배워 보련다. 춤과 소리에 우주만물의 형상과 신들이 함께 논다고 하지 않았냐? 몸은 둔하겠지만 춤사위를 밟아 볼까! 얼쑤 쿵덕덕 쿵덩 쿵덕덕 쿵덩 얼쑤 쿵덕덕 쿵덩 쿵덕덕 쿵덩."

# 10. 流水(유수)는 썩지 않는다

비가 내린다. 눈이 내려야 제격이련만 계절은 겨울에 한참 들어섰는데도 때를 잊은 것인가, 제법 많은 비가 촉촉이 내린다. 모든 생물들이 한해의 살림을 마감하고 계절의 순환에 순응하여 나뭇잎들도 할 일을 마치고 땅에 떨어져 나뒹굴고 있다.

대지에 비가 내리는 것은 변화의 시작이다. 자연에 내린 비는 자연스레 음과 양을 이루고 대지에 합을 이루며 천지의 변화와 조화를 품고 준비하며, 모든 생명을 잉태하고 천지만물의 변화를 머금고 때에 변화를 만들어낸다.

바람이 세차게 불어대는데도 내리는 비의 기세는 좀체 수그러들질 않는다.

비가 오고나면 날씨가 추워지겠구나 하는 생각을 하며 보던 책으로 눈을 돌려 책장을 넘기는데 마당으로 차가 들어와 멈춘다.

오래전부터 절집과 인연으로 가끔씩 절문을 두드리는 辛(신) 사장이 차에서 내리며 "스님, 어디계세요?" 하며 찾는다. 창가로 가서 손짓을 해주니 비를 맞으며 방으로 들어서서 예를 갖춘다.

"비가 오는데 그냥 안으로 들어오면 될 것을 왜 밖에서 스님을 찾으셨나?"

대답이 없다. 뭔가가 불편한 것이 심기에 들어 있는 듯하다.

찻물을 끓여서 찻잔에 따라 놓아도 한동안 멍하더니 앞에 놓인 찻잔을 들여다보며 있더니 "참 사람이 살아가는 동안 건강해야지 건강을 잃으면 인생이 망가져버리는 것이 순간이네요" 하면서 입을 연다.

"스님도 아시지요. 우리 매형을."

"알지. 고혈압과 당뇨로 고생하시는 것을 언젠가 내가 처방(식이요법)을 해줘서 많이 호전되었다고 하지 않았나?"

"그런데요, 그 매형이 몸이 좋아지고 건강이 어느 정도 회복이 되었다 싶었는지, 먹는 것을 함부로 먹었는지, 지금은 예전처럼 몸 상태가 안 좋아져서 병원 신세를 지고 있는데 병원에서도 별 희망이 없다고 합니다. 그래서 걱정을 하다가 스님 생각이 나서 찾아왔습니다."

"병이 나서 병원에 갔으면 의사의 말을 따르면 될 일이지 내게는 왜 찾아와? 내가 의산가?"

"스님, 그것이 아니라 병원에서도 가망이 없다고 해서 매형을 퇴원시켜서 예전에 효과를 보았던 자연식의 식이요법으로 집에서 편하게 다시 시작을 해보자고 하였더니 조카들이 병원에서 퇴원하는 것을 극구 반대하여 병원을 나왔는데, 그 일로 마음이 편치가 않네요."

"신 사장, 세상이 변하고, 변하는 것을 안다면 때에 사람들의 생각이 변하고 행동이 변하면서 변화해가는 것을 누가 어찌 막을 수가 있겠소? 조카들의 의견이 신 사장에게는 마음에 안 들지 몰라도 조카들에게는 부모이며, 자식으로서 부모의 생사를 허술히 생각하지는 않을 것이니 마음을 편하게 갖는 것이 좋을 듯싶소. 밖에는 비가 내리고는 있으나 누구나 계절이 겨울이라는 것을 알고 있을 것이며, 겨울이 지나고 나면 봄이 온다는 것 또한 누구라도 알고 있을 것이 아니겠소."

병원에서도 희망이 없다는 매형을 위해 자연식단의 식이요법으로 치료를 했으면 하는 마음이나, 조카들이 삼촌의 말을 들어 주지 않는 것이 못내 서운해 하는 신 사장과 한참동안 얘기를 나누었다.

## 🌙 12 地支(지지) 동물들의 특징

하늘(天)은 태양(太陽)과 달(月)이 음양을 이루고 지구의 대지는 흙(土)과 바다의 물(水)이 음양을 이루며 사람은 男(남)과 女(여)가

음양을 이룬다.

五氣(오기)는 금, 목, 수, 화, 토의 오행을 말하며, 天干(천간)의 오행은 甲, 乙, 丙, 丁, 戊, 己, 庚, 辛, 壬, 癸이며, 地支(지지)는 12마리의 동물에 배속하였으며, 子丑寅卯辰巳午未申酉戌亥이다.

음양과 오행은 땅에서의 변화와 조화를 품고 있으며, 인체의 오장육부의 기관에서 하는 일들을 주관하고 있다.

지지의 동물들을 살펴보면 6마리는 食用(식용)으로 먹을 수가 있고, 6마리는 식용으로 不可(불가)함을 알 수가 있다.

子(자)는 쥐이며, 식용으로 취할 수가 없다. 丑(축)은 소이며 식용으로 이용할 수가 있다. 寅(인)은 범이니 식용으로는 불가하다. 卯(묘)는 토끼이니 식용으로 취하여 먹을거리로 이용할 수가 있다. 辰(진)은 용인데 볼 수도 없으니 어찌 먹을 수가 있겠는가. 巳(사)는 뱀인데 먹을 수가 있다는 자리에 앉아있으나 뭔가 생각을 해봐야 하나, 일시적으로 약으로는 복용이 가하다고 하겠다. 午(오)는 말이다. 일부지역에서는 식용으로도 이용을 하고는 있으나, 정해진 자리는 식용으로 적합하지가 않다. 未(미)는 염소와 양이니 식용으로 취해도 된다. 申(신)은 원숭이인데 식용으로 먹는 것은 적합지가 않다. 酉(유)는 닭인데 식용으로 먹어도 되는 자리이다. 戌(술)은 개인데 자리로서는 먹을 수가 없는 자리라 먹으면 곤란하지만 많은 이들이 보양식이란 이름으로 먹고는 있으나, 때에 뱀이 약용으로 귀한지라 약의 대용으로써 일시적으로 취함은 어쩔 수가 없다. 亥(해)는 돼지인데 지지의 마지막동물이며, 식용으로 취해도 되겠다.

천간과 지지의 오행이 7~8천 년 전에 만들어져 사용을 하면서 今世(금세)에 이르러서도 사용하기에 전혀 불편하지가 않은 것을 보면 과히 神(신)들의 작품인 것을 새삼 실감케 한다.

地支(지지) 동물들의 배열에서 한 칸 건너에 먹고 못 먹는 것을 명확하게 구분하여 놓아 10마리의 동물은 예나 지금이나 변함이 없으나 뱀(巳)과 개(戌)를 대하는 것에는 시대적 인식의 차이가 있어 보인다. 자연의 변화와 보양식으로 싹쓸이 하다시피 뱀을 잡아서 뱀이 귀하게 된 것도 원인이겠으나, 그렇다고 보양식으로 좋다는 개를 그냥 놔두지도 않았을 것이다. 몸에 병이 있거나 수술을 하여 원기를 차려야 할 때에 개를 취할 수도 있겠으나, 식용으로 즐기는 것은 지양해야 할 것이다. 특히 개가 자리하고 있는 方位(방위)가 하늘(乾)의 문 앞에 자리를 잡고 있으며, 戌乾(술건)을 하늘의 방향이라고 한다. 개인마다의 인식과 취향일 것이지만, 개를 식용으로 취하는 것은 분명 삼가야 할 것이다.

## 오행의 기운이 항상 충만하면 누구라도 건강인

자연의 변화는 사계절인 춘하추동의 질서이다. 봄에는 만물의 씨가 생하여 자라고, 여름에는 더운 열기를 머금어 크고 성장하며 꽃을 피우고, 가을이 서늘해지면서 곡식을 익혀서 수확을 하며, 겨울에는 대지가 얼고 추워지면 모든 것들은 모습을 감춘다.

사람의 변화도 하루라는 시간(자축인묘진사오미신유술해)의 정해진 질서를 살아가면서 때마다, 시간마다의 짓거리가 다르기에 그 속에는 무수한 변화가 있을 것이다.

일상의 때를 구분하는 것은 아침과 점심과 저녁으로 구분을 하는데, 아무래도 먹어야 살아가는 것이라서인지 하루마다의 때는 먹는 끼니때를 중심으로 정해진 것 같기도 하다.

아침의 때는 진시(辰時, 오전 7시에서 9시)이며, 점심의 때는 오시(午時, 11시부터 오후 1시), 저녁의 때는 유시(酉時, 오후 5시에서 7시)를 말한다.

인체에는 음식물을 받아서 소화를 시키며 몸의 각 기관에 영양소를 공급하는 곳이 비장과 위장인데 오행의 분류로는 토(土)에 속한다.

黃中(황중)인 비위는 몸의 중앙에 자리하고 있으며, 오행의 자리도 중앙(土)이다. 토는 흙을 말하며, 양질의 황토를 제일로 친다. 쓰임에 따라서 물을 부어 질게도 쓰고, 말려서도 쓰고, 불에 구워서도 쓰며, 여러 용도의 쓰임에 맞게 사용을 하고 있다. 그러나 비장이나 위장은 土克水(토극수), 水畏土(수외토)의 관계이며, 흙은 적당한 수분을 원하며, 흙이 물에 의해서 흩어지거나 멸실되는 것을 싫어한다.

땅에 존재하며 생을 이어가는 모든 것들은 하늘(天)의 기운을 담고 살아가는데, 地支(지지)의 12마리 동물들도 자신의 기운과 함께 하늘의 기운을 담고 있다.

子(자)는 정북방의 기운이라서 壬(임), 癸(계)의 천기를 품고 있다.

丑(축)은 土로 겨울에 얼어 있는 흙이며, 癸(계)수, 辛(신)금, 己(기)토의 천기를 담고 있다.

寅(인)은 木으로 戊(무)토, 丙(병)화, 甲(갑)목의 천기를 품고 있다.

卯(묘)는 木으로 정동방이라 목의 기운인 甲(갑), 乙(을)의 기운을 품고 있다.

辰(진)은 土로 농사짓기에 적합한 흙이며, 乙(을)목, 癸(계)수, 戊(무)토의 기운을 담고 있다.

巳(사)는 火로 戊(무)토, 庚(경)금, 丙(병)화의 천기를 담고 있다.

午(오)는 火로 정남방의 기운이라 丙(병), 丁(정)화의 천기를 담고 있다.

未(미)는 土로 더운 여름에 메마른 흙이다. 丁(정)화 乙(을)목, 己(기)토를 품고 있다.

申(신)은 金으로 戊(무)토, 壬(임)수, 庚(경)금의 천기를 담고 있다.

酉(유)는 金으로 정서 쪽의 방이며 庚(경), 辛(신)금을 품고 있다.

戌(술)은 土로 辛(신)금, 丁(정)화, 戊(무)토를 담고 있다.

亥(해)는 水로 戊(무)토, 甲(갑)목, 壬(임)수의 천기를 품고 있다.

사람들은 때가 되면 일상의 일이기에 때의 행위를 무심코 행한다. 대우주의 자연 순환의 오행법칙과 인체의 기운(오행)과 같아 함께 순환하며 맞물려 돌아가는 것이다.

아침 辰(진)시에 먹는 식사는 乙(을)목, 癸(계)수, 戊(무)토의 천기를 담고 있어서 위장, 비토에게 물을 공급해도 별 탈이 없으나, 낮에 먹는 午(오)시의 식사는 丙(병), 丁(정)화의 기운을 담고 있는 때이므로 물을 마시면 인체의 기운과는 어긋나는 것을 알아야 한다. 저녁식사 시간인 酉(유)시도 庚(경), 辛(신)금을 품고 있는 시간임을 안다면 과다한 물을 섭취하는 것을 피해야 할 것이다.

물은 따뜻하게 데워서 복용하는 것이 좋으며, 가능한 한 낮(해가 떠있는 시간)에는 물의 복용을 줄이고 해가 진 다음에 물을 마시는 것이 바람직하다.

위장은 토에 속하며 때에 음식물들을 위에서 받아들이는데 시간에서 土時(토시)는 진, 미, 술, 축시이다. 辰(진)시는 오전 7시에서 9시이며, 未(미)시는 오후 1시부터 3시까지이고, 戌(술)시는 오후 7시에서 9시까지를 말한다. 丑(축)시는 새벽 1시부터 3시까지를 말한다.

辰(진)은 물을 적당히 머금고 있어 농사짓기에 좋은 양질의 흙이고, 未(미)는 더운 열기에 습기가 말라 모래처럼 부스러지는 흙이다. 戌(술)은 농사를 마친 산하대지의 자연에 머무는 흙이며, 丑(축)은 습기를 머금고 있어서 얼어붙은 凍土(동토)이다.

음식물의 취함은 진·미·술시에 이루고 축시는 몸의 기운이 바뀌는 때이며, 미시를 중심으로 낮 시간에는 수분을 포함한 물의 취함을 자제해야 하는 때이다.

천지 대자연이 음양오행의 이치로 순환하는 것을 알든 모르든, 믿든 안 믿든 자연과 소우주(인체)는 함께 맞물려 돌아가는 이치임을 알아야 할 것이다.

黃中(황중) 비, 위토는 중앙이고 本(본)이며, 금, 목, 수, 화는 用(용)으로 때마다 변한다.

과학문명이 가져다준 편리한 기기들이 일상인들의 생활을 바꾸고 변하게 되면서 얻은 것도 있지만 잃은 것도 적지가 않다.

과학문명이 발전하면서 70년대부터 일반 가정에도 널리 보급이 된 냉장고만 하더라도 얼마나 생활을 풍요롭게 하고, 얼마나 편리함을 가져다주었는가. 언제든지 시원한 물과 얼음을 먹을 수가 있고 음식을 넣어두어도 일정기간 변질이 안 되게 보관할 수기 있어 가정의 필수용품이 되었다. 그러나 편리함 속에서 아무 때나 찬물을 마셔대는 바람에 체내의 온기가 갑자기 차가운 물에 점령을 당하여 위장에 온기가 떨어지고, 위가 놀래서 원활한 수축작용을 못하여 속 쓰림 병이 생겨나고, 위산과다의 증상을 호소하는 사람들이 늘어났다. 냉장고의 보급은 또 점차 서구식 식단으로 바뀌는 단초가 되었다.

세상엔 공짜가 없는 법, 1970년~80년대에 미국에서는 많은 이들이 암이나 성인병으로 사망률이 높아지면서 '왜? 미국인들이 성인병과 암의 발병률이 높고 사망률이 높은가?' 라는 사회적 문제를 안게 되는데 그 문제를 풀기 위하여 미국은 단기간의 과제가 아닌 오랜 기간에 걸쳐서 수천 명의 전문 인력을 동원하여 미국인들이 왜 암 발병률이 높고 암으로 죽어가는 원인이 무엇인가를 알아내었다.

그러나 발표를 할 대통령을 만나지 못해 여러 명의 대통령들이 임기를 마치며 바뀌어도 연구결과는 대통령 집무실의 창고에서 잠자고 있다는 언론의 보도를 언젠가 접한 적이 있다. 이유가 뭐 미국의 인스턴트 식품업계와 육류가공업체들의 산업이 붕괴될 것을 우려해서였다나 뭐라나.

그래서인가. 많은 미국인들은 가공식품을 멀리하고 자연식을 선호하는 쪽으로 식단이 바뀌고 있다는 바다 건너의 소식을 방송에서 심심찮게 듣는다.

물질문명이 만들어내는 풍요로움에서 먹을거리는 유독 사람들의 사랑을 받고 있다.

많은 먹을거리들이 넘쳐나면서 생의 수단을 넘어 맛의 味覺(미각)이 보기도 좋으면(美覺) 맛이 더 있을 것이라는 생각으로 발전하며 변하고 있다.

살아가는 그 누구라도 건강하여 병이 없기를 바랄 것이다. 病(병)은 선천적인 요인으로도 발병을 하지만 많은 병들이 후천적인 습관이나 기호에서 오는 것임을 알아야 한다. 병은 영양적 공급의 불균형으로도 얻게 되지만 영양실조보다는 영양의 과다섭취와 陰陽失調(음양실조)에서 병이 발병하며, 氣(기)의 흐름을 막거나 오행의 기운(금목수화토)이 막히는 것에서 병이 싹트고 자란다.

고혈압은 신장(水)의 수기가 부족하여 심장(火)의 화기와 소통이 제대로 이루어지지가 않아 기혈이 혼탁해지고, 척추독맥 신경이 막혀서 두뇌의 독맥 혈관이 파열되며, 졸도나 반신불수, 전신불수가 되며, 정신이 혼미하여 매사에 관심이 없다.

당뇨는 비장(土)과 신장(水)이 임맥과 독맥의 소통이 막혀 신장의 수기가 수승작용을 못하고 수화상제가 이루어지지 않아 생기는 병이다.

앞의 병증의 치료는 척추독맥을 운화발화하고 독맥과 임맥을 함께 운화발화하여 삼관 신경과 삼단전을 운화수련하면, 체내에 태양 정기입자가 생겨나서 쌓이면 병이 물러난다.


流水(유수)는 썩지 않고 門戸(문호)는 좀먹지 않는다.

자연의 생기(산소)를 마시고, 체내의 탁기(탄소)를 배출하고, 五氣(오기)인 오행의 기운이 항상 충만하면 누구라도 건강인이며, 넉넉한 대자유인이 되리라.

자연은 비폭력이며 무저항이다. 항상 충만하여 들이고 내는 모든 것이 허허로움을 안다며 허약자가 어디에 있으며 병자를 구경이나 할까?

# 11. 안이나 밖이나 수용소

　세월은 봄으로 가는데 날씨는 좀체 겨울에서 비껴나기가 싫은 모양이다. 실눈을 뿌리나 싶으면 세찬 바람을 몰고 와서 봄을 맞이한 사람들의 옷깃을 여미게 하는데 어젯밤에는 실비가 내리더니 바람이 몹시 차다. 머뭇거리는 겨울을 봄바람이 밀어내는 것인데 자신의 따뜻한 기운마저 남아있는 겨울에게 빼앗겨버려서인지 매섭고 차갑게 느껴진다.

　緇衣(치의)를 걸친 수행자이기에 사시예불을 마치고 산행이나 할까 싶어서 마당가로 눈을 돌리며 왕백수를 불러도 어라? 이 녀석, 기척이 없다. 평상시에는 자신을 찾거나 안 찾거나 인기척만 있으면 득달 같이 찾아와서 머리부터 들이대는 인사가 보이질 않는다.

어딜 갔나? 하면서 간단한 차림으로 홀로 산을 오르는데 이런 경우는 없었던지라 녀석의 걱정이 머리를 살짝 내리 누른다.

산의 능선을 돌아 정상을 오르려다가 아무래도 대롱이가 마음에 쓰여서 발길을 돌아내려오는데 바람이 어찌나 세찬지 겨울보다도 추운 것 같다.

집으로 들어서면서 불러보아도 아무 기척이 없는데 덜컥 妙(묘)한 생각이 스치며 걱정이 밀려온다. 가끔은 아랫마을로 놀러 다니는 것을 아는지라 아래 마을로 찾아 나섰다

동네의 외딴집에 노부부가 살고 있는데 집안이 너무도 적적하다고 하면서 3~4달 전에 강아지를 가져다 키우는 것을 알고 있어서 혹시나 하며 노부부가 사시는 집을 찾아가서 개집이 있는 비닐하우스 안을 들여다보니 녀석이 그곳에 있었다. 그런데 꼴이 가관이 아니었다.

녀석은 줄로 배와 머리 부분을 감고 있었고 그 집의 작은 개는 녀석의 밑에 깔려 있어서 누군가가 요동을 치면 둘이 함께 고통을 받고 있는 꼴이었다. 4~5시간을 묶여서 실랑이를 했던 터라 꼴이 가관이 아닌데, 내가 나타나니 반가웠는지 육중한 몸을 이리저리 틀면서 요동을 쳐대니 아래에 깔려있는 작은 개는 '날 살려 달라'고 고함을 쳐댄다.

엉킨 줄을 풀어주려니 두 놈이 묶여서 얼마나 실랑이를 했는지 몸에 땀이 흠뻑 젖어 끈적거린다. 일부러 사람이 묶으려 해도 할 수

없을 만큼 두 놈이 단단하게 엉켜있어서 줄을 풀어주려고 실랑이를 벌이고 있는데 노인이 나와서는 "스님, 이젠 개를 묶어서 키우세요. 저놈이 아침때 와서 놀다가 저렇게 묶였는데 덩치가 너무 커서 만질 수가 없었어요" 하신다.

"예, 미안하게 됐습니다."

사과를 하고 녀석을 데리고 돌아와서 마당가의 제집에 묶어놓았다.

농사철에는 남의 농작물에 피해를 줄 수가 있기 때문에 묶어놓는데 올해에는 조금 일찍 묶이는 신세가 되었다.

얼마나 줄에서 빠져나오려고 용을 쓰고 고생을 했으면 먹이를 주어도 먹지 않고 며칠 동안은 불러도 눈만 껌뻑일 뿐 잠만 잔다.

### 정신은 氣魄(기백)과 血魂(혈혼), 形體(형체)의 삼위이다

사람이나 짐승이나 갑자기 몸이 묶이거나 어딘가에 갇히면 命(명)을 지니고 神明(신명)을 담고 있어서 놀래고 불안함을 느낀다. 몸은 신이 거하는 집이요, 정은 신의 근이요, 기는 신을 주재하기 때문에 갑자기 많은 氣(기)를 사용하거나 방출하면 신명이 놀라고 絶(절)하면 사망에 이른다.

몸은 촛불과 같아서 몸에 화기가 쇠진하면 자멸하고, 기혈이 쇠진하면 신명이 물러나서 不生(불생)한다. 신명은 기혈이 조화를 이루는 것이며, 기는 陽(양)이요, 혈은 陰(음)이다.

기혈이 맑으면 신명이 상쾌하고 기혈이 탁하면 정신이 昏迷(혼미)한 것은 누구나 현실의 일이다.

정신은 氣(기), 血(혈), 神(신)이며, 氣魄(기백)과 血魂(혈혼)과 形體(형체)의 삼위이다. 神(신)은 심장과 통하여 있고, 氣(기)는 폐와 신장과 통하여 있으며, 정혈은 간장과 두뇌와 통하여 있다. 기, 혈, 신 삼위가 정신을 이루면 神明(신명)이 일신을 주재한다.

신명은 오행의 生氣(생기)를 복식하는 것이고, 몸은 五味(오미)의 곡식을 복식하고 있다.

天食五氣(천식오기)라 함은 五氣(오기)의 생기(산소)의 호흡을 말하며, 오기를 五臟(오장)에 보내어 삼만 육천 신경활로를 이용하여 생기를 넣으며, 탁기를 걷어내어 밖으로 배출한다. 地食五味(지식오미)라 함은 오미의 온갖 곡식을 몸에서 취하여 六腑(육부)에 보내 소화시키면서 五臟(오장)에 정액을 송달, 찌꺼기는 대소변으로 배설하는 것이다.

오미, 오기, 복식 수행자는 건강하고 무병長壽(장수)하며 五味子(오미자)는 병고허약하고 早死者(조사자)가 많다. 그러므로 신명은 生化(생화)의 근본이요, 精氣(정기)는 만물의 본체이다.


짐승인 개도 자신의 의사에 反(반)하여 갑자기 줄에 묶이거나 가두면 당황하고, 두려워하고, 무서움과 공포를 느끼고 위기를 모면하려고 있는 힘을 다하여 발버둥을 치는 것은 당연한 행동일 것이다.

사람이라고 다를까?

자신의 생각에 의해서 모든 일들을 행하고 있음을 보면 생겨나고 멸하는 생각에 의지하여 살아가는 것을 알 수가 있으며, 한 생각이 일어나고 멸하는 것을 生死(생사)라고 한다.

물질과 정신이 함께하며, 유와 무가 함께하며, 늘어남과 줄어듦이 함께하며, 시작과 끝이 함께하면서 同時(동시)에 이루어져 있으나, 망상 속에 집착된 마음은 한 쪽만을 고집하기에 본래 하나되어 있는 것을 알지 못하며 살고 있다.

執着(집착)된 마음은 스스로를 가두며 묶어놓는다. 누가 뭐라고 해도 스스로 묶어놓은 것이라서 스스로 가두어 놓은 것에서 풀지도 못하고 나오지도 못한다.

사람들이 사회와 집단을 이루며 살아온 많은 세월의 역사를 들여다보면 시대마다, 나라마다 서로가 살아가기 위한 일정한 규범(法)이 있었고, 근세에 이르러서도 법이 사회를 떠받치고 있기에 서로가 그 테두리를 지키며 살아가고 있다. 그러나 더러는 정한 규범을 무시하고 뛰어넘으려다가 囹圄(영어)의 신세가 되기도 한다. 나라나 개인이나 살아가기 위하여 서로가 정한 범위 내에서 금 긋고 울타리를 둘러치고 살아간다. 울타리 안에서도 살고, 밖에서도 사람들이 살고 있는데 그러면 안과 밖이 다른가?

無極(무극)의 혼돈이 太極(태극)을 낳고 태극은 자연히 오행을 만들어가며, 金木水火土(금목수화토)의 오행이 일을 하고 있다.

金(금)은 木(목)을 이기나, 火(화)를 두려워한다. 木(목)은 나무가 흙에 뿌리를 내리며 살아가기에 土(토)는 만만하나, 金(금)을 두려워한다. 水(수)는 불을 끌 수가 있기에 火(화)를 두려워하지 않으나, 土(토)에 매몰됨을 싫어한다. 火(화)는 쇠를 녹일 수가 있어서 金(금)을 두려워하지 않으나, 물(水)을 만나는 것은 싫어한다. 土(토)는 파고드는 나무의 괴롭힘은 싫으나, 무엇을 만나도 다 포용한다.

음양과 오행의 질서 속에 세상만물이 자연을 이루고, 세상을 살아가는 생명체들도 음양오행의 질서 속에서 살아가고 있다.

알아서 인지하든 몰라서 무지하든, 모든 존재물들은 음양과 오행의 질서에 배속되어 살고 있으며, 때를 이루고 있는 모든 것들 또한 오행에서 제외될 수도 없는 것이다.

누구라도 세상을 살아가는 동안 많은 사람들을 만나고 부딪치며 살아간다. 그런데 누가 누구를 만나도 찰라 지간에 好(호), 不好(불호)를 결정하며 그냥 지나치든 인연을 맺든 둘 사이의 관계를 결정하는 데 있어서도 상대의 뜻과는 전혀 상관없이 자신의 신명이 스스로 모든 결정을 하는 것이다. 길을 걷거나 시장의 저자거리에서 많은 사람들을 만날 때 그냥 지나칠 뿐인데도 지나치면서 눈에 보이는 사물들을 순간순간마다 판단하고, 평가하고, 결정을 내리는 것은 누구라도 본래 비어 있는 無心(무심)함을 지니고 있기 때문이다.

순간에 곱다, 예쁘다, 추하다, 길다, 짧다, 좋다, 나쁘다 하면서 나름 결정을 하는 것은, 자신의 神明(신명)이 담고 있는 精氣(정기)

는 본래 비어(空)있기 때문에 모든 사물이나 대상을 인식하면서도 비어 있기 때문에 무심코 순간순간을 판단하고 인지하게 되어 있다.

때마다 인식하고 인지하는 기가 다름은 음양의 기운과 오행의 기운이 때마다 다르고, 사물에 따라 다르고, 정신을 담고 있는 신명의 기운에 따라서도 다름을 말한다. 이것은 體(체), 相(상), 用(용)의 각각의 기(오행)가 때마다 다르기 때문이다.

### ✄ 빈항아리가 眞空(진공)임을!

대우주의 생성, 즉 태양계와 지구가 생겨난 자리는 본래 빈자리인 空(공)이다. 우주를 담고 있는 하늘에는 태양과 달이 음양을 이루고, 인간들이 둥지를 틀고 사는 지구의 대륙은 양, 바다는 음, 그리고 사람은 여자와 남자가 음양을 이루고 있다.

하늘이 맑은 날도 있고 흐린 날도 있듯이 세상을 살아가는 사람들에게도 맑아서 기분이 상쾌할 때도 있고, 날씨가 흐리거나 궂으면 사람들의 기운은 음양에 민감하기 때문에 우울한 사람도 많을 것이다. 어느 때는 안(內)이 좋아 안쪽을 찾아들다가도 때론 밖(外)이 좋아 밖으로만 돌아다니는 것도 모두가 때의 일이며, 精氣(정기)와 神明(신명)이 하는 일이다.

세상은 본래 공한 것이어서 서로가 알 수가 없다. 서로 알 수가 없기에 동문서답의 행보를 보이며 살아가면서도 누구라도 알 수가 없는 것이다.

백제라는 동네에서 신라의 얘기를 꺼내면 호기심이야 보이겠지만 정작 신라인이 백제에서는 살 수가 없을 것이고, 신라라는 동네에서 고구려나 백제의 얘기를 꺼내 놓아도 신라인은 고구려나 백제에 가서 살려고 하지는 않을 것이다.

나라나 단체나 백성들마저도 때의 시대적 정신과 시대적 정의를 품고서 세상을 살아가지만 항상 함이 없는 세상이기에 부딪히고 부딪히면서도 정신은 空(공)한 자루에 담겨있어서 멸하지 않고 들고 난다.

魂(혼)은 신령스럽고 신명하기에 담고 있는 마음이 때론 도와주는 生(생)의 기운을 만나거나 때론 極(극)하고 畏(외)하는 기운을 만나 부딪치고 부딪혀도 없어지거나 소멸하지 않고 정신 속에 오롯이 담겨 어떤 역경이 닥쳐도 이기고 헤쳐 나가는 것이다.

음지가 양지가 되고 양지가 음지가 되며, 안에 있어도 그놈, 밖에 있어도 그놈인데 어디로 가야 자유로울까? 우주가 허공에 달려 있고 지구 또한 허공에 달려있다. 물론 사람들 또한 허공에 매달려 살아가고 있음을 알아야 하지 않을까? 그러니 이제라도 어디를 둘러봐도 空(공)함 속에서 들고나는 것임을 알아차리라는 것이다. 빈 항아리가 眞空(진공)임을!

# 12. 천지의 妙音(묘음),
# 三三(삼삼)은 九(구)

　아침부터 마을의 방송이 시끄럽더니 외출을 하려고 아래쪽 마을을 지나가는데 많은 차들이 마을 어귀에 들어차있다. 오래전부터 마을사람들이 친목의 날을 정하여 해마다 행사를 해왔는데 오늘이 그 날이라고 한다. 뿔뿔이 흩어져 살고 있는 많은 이들이 마을을 찾아와서 어른들을 위하여 잔치를 벌이는 날이란다. 나만 살기 위하여 주위를 돌아다보지 않는 세태에 이런 좋은 풍습을 만들어 계승하려는 마을 사람들의 훈훈하고 넉넉한 마음을 알 수가 있었다.

　밖에서의 일을 마치고 마을로 들어서서 잔치판이 벌어져 있는 마을회관을 지나려니 어디서 모셔왔는지 예쁘고 고운 자태의 춤꾼들이 춤을 추고 각설이가 부르는 팔도 각설이타령에 모두들 흥겨워하며 무대가 어디랄 것도 없이 흥이 넘친다.

잠시 차를 세우고 구경하다가 노래자랑 시간이 되어 한껏 노래실력을 뽐내며 목청을 높이는 가락을 뒤로 하고 절로 올라왔다.

누구나 흥이 나면 흥에 겨워 노래를 부르고 춤을 춘다. 인간들이 공동생활을 영위하고 자연에 순응하며 살면서 때마다의 계절에는 날을 정하여 신을 위하고 자신들의 결속을 다지기 위하여 춤을 추고 노래를 부르며 살아왔다.

끊어질듯 이어지는 가락에 몸을 맡기고 손동작 발동작 하나에 혼을 싣고 넋을 실어 추는 살풀이춤이 있는가 하면, 빠른 리듬에 몸을 내던지듯이 흔들어대는 춤동작도 있으며, 그냥 좋아서 손발과 엉덩이를 흔들어대는 막춤도 있다. 그러나 어느 춤이건 간에 춤은 때의 신명이 만들어내고 그 姿態(자태)가 感(감)을 만들어내기 때문에 보는 이들을 즐겁게 해주고 있는 것이다.

소리(聲)는 자연과 계절이 변하여 느끼게 하는 소리가 있는가 하면, 사람의 성대에서 나는 소리가 있고, 악기가 내는 소리가 있다. 모든 소리는 공명에서 나온다. 空(공)함이 있어야 울림을 갖게 되며, 그 울림이 感(감)을 느끼고 때리기 때문에 때마다의 소리가 다르고, 지역마다의 소리가 각기 다르게 발전하고 변하는 것이리라.

소리 또한 듣고 느끼는 感(감)에 따라서 각각 다를 것이니 묘함이 있지 않은가.

## 🌙 누가 부처(佛) 아님이 있으며, 君子(군자) 아님이 있는가

천지음양 대자연의 운화순환의 이치(理)에 대우주는 공각(허공)에 매달려있어서 空(공)에 의지하고 있으니 묘하다고 할 것이다.

하늘에 태양(陽)과 달(陰)을 만들고 대지(地)의 음양은 대륙(陽)과 바다(陰)이며, 사람(人)은 남(陽)과 여(陰)가 오행과 더불어 대지에 의지하여 살아가고 있다.

六祖(육조) 대사(혜능)가 말씀하시기를 "금강경을 공부하는 자(수행자)는 모양이 없는 것(無相)을 뿌리(爲宗)로 하고, 머묾이 없는 것(無住)을 몸(爲体)으로 하며, 묘함(妙有)을 사용한다(爲用)고 하였으니 체와 상은 몸을 이루고 있어 필히 묘함을 쓸 수밖에 없는데, 묘함이 무엇인가? 깊은 생각을 해 봐야 하겠다.

達磨祖師(달마조사)의 詩(시)에 "一身始終一(일신시종일) 闔闢動靜工(합벽동정공) 呑吐乾坤客(탄토건곤객) 呼吸太虛翁(호흡태허옹). 舌造風雷火(설조풍뢰화) 眼開日月通(안개일월통) 曹溪一占水(조계일점수) 升降活印空(승강활인공)"이라 하셨으며, 제불보살이 "全在於一身修煉(전재어일신수련)하니 吸舐撮閉(흡지촬폐)"라 하시었는데, 萬歲(만세)를 지나 지금에 이르러서도 진실로 불생불멸의 도를 통달하신 眞神聖人(진신성인)이시다.

妙(묘)함은 呼吸(호흡)과 소리(音)에 있으며, 妙有爲用(묘유위용)은 妙音爲用(묘음위용)이라 일러주심을 알겠다.

호흡은 생기인 산소를 복식하는 것이며, 五音(오음)은 五氣(오기)

인 五行(오행)의 금목수화토이며, 천지의 正音(정음)은 宮(궁), 商(상), 角(각), 微(치), 羽(우)이다.

宮(궁)은 중앙 五十(오십)土聲(토성)이며, 唵(옴)이다.

商(상)은 서방 四九(사구)金聲(금성)이며, 呀(아)이다.

角(각)은 동방 三八(삼팔)木聲(목성)이며, 唹(어)이다.

微(치)는 남방 二七(이칠)火聲(화성)이며, 唎(리)이다.

羽(우)는 북방 一六(일육)水聲(수성)이며, 吁(우)이다.

중앙 五十(오십) 脾土(비토)가 体(체)가 되고 肺金(폐금), 肝木(간목), 心火(심화), 腎水(신수)가 用(용)이다. 一太陽(일태양) 本心(본심) 中央(중앙)의 戊己眞土(무기진토)에서 始(시)하고 終(종)한다.

陽局(양국)은 順轉生數(순전생수)라. 옴, 아, 우, 어, 리, 天(천) 一轉(일전)하고 陰局(음국)은 逆轉成數(역전성수)라. 옴, 우, 리, 아, 어, 地(지)하고 또 一轉(일전)하며 옴, 우, 리, 아, 어, 人(인)하니 천, 지, 인 三才(삼재)가 이루어짐을 알 수가 있으리라. 이는 天道(천도)의 運行(운행)이며, 地道(지도)의 運行(운행)이자 人道(인도)의 運化(운화)이다. 三才循環(삼재순환)의 數(수)이며 三三(삼삼)은 九(구)를 이루니 이를 九轉煉心煉丹(구전련심련단) 法(법)이라 한다.

구전련심련단법은 五臟五行(오장오행)의 상생과 상극으로 成器(성기)하는 법이기에 生(생)하고 克(극)하는 變化(변화) 중에 氣血神(기혈신)이 造化(조화)를 이루고 청정하면 神丹(신단)이 造成(조성)된다.

천지대자연정음은 黃中(황중), 비토정음인 홈이며, 천지의 중앙인

토성의 소리이다. (옴 아우어리훔, 옴 우리아어훔, 옴 우리아어훔) 모든 인류중생들의 신령스러운 靈明活動(영명활동)이 五音相和(오음상화)의 조화에 있으며, 황중 비토정음을 생사의 本(본)이라 한다. 천지정음의 앞에서는 천만의 흉살악귀도 접근조차도 못하며, 무릎을 꿇고 소멸되며 백억의 聖神(성신)과 吉神(길신)들이 호위하고 도와주어 흉한 자는 和吉(화길)하고 病者(병자)는 스스로 병이 치료가 되며, 夭者(요자)는 수명을 잇는다.

천지대자연정음으로 수련하여 장부기혈이 순환청정하면 풍한서습 조열의 百千(백천)邪魅(사매)가 침범하지 못하고 느끼질 못하여 무병자는 건강장수하고, 병자는 스스로 보전하고 치료가 되며, 壽者(수자)는 장생하고 장생자는 僞仙(위선)한다고 하였다.

大道(대도)는 천지대자연정음으로 진실한 마음과 誠心(성심)을 내어 수련하면 道成立德(도성입덕)할 수가 있으리라. 無私(무사)요, 無爲(무위)라, 타고난 저마다의 天賦素質(천부소질)대로 간단하고 쉬우니 生死(생사)의 오고감도 하늘이 정한 바대로 오고가며, 인생의 富貴貧賤(부귀빈천)도 하늘에서 태어날 때에 자신의 몫을 담고 태어난다. 누가 부처(佛) 아님이 있으며, 누가 君子(군자) 아님이 있는가.

### 자연은 본래 다툼이 없다

언젠가 마을버스를 탔다. 많지 않은 손님들은 주로 나이든 여인네들이었다. 뒷자리에 앉아서 조용히 차창 밖을 내다보는데 여인들의 얘기소리가 귀에 들어온다.

여인(50대)이 딸 자랑을 늘어놓는다. 우리 딸이 얼마나 야무진지 제 신랑을 확 휘어잡고 사는데 며칠 전에 사위가 취미로 자전거를 타겠다고 하면서 자전거를 구입했는데 가격이 만만치가 않은 금액이라 딸이 그렇게 돈이 들어가고 위험한 취미는 하지 말라고 말려서 자전거를 반품했다고 한다. 그러면서 이번 일만이 아니고 모든 일의 결정은 딸이 쥐고 있고 사위는 딸의 氣(기)에 눌려서 일만 하는 ×이라 하면서 아무리 봐도 딸이 기특하다고 자랑을 늘어놓았다. 그러자 옆자리에 있던 여인도 딸의 자랑을 늘어놓는데 두 여인의 딸 자랑이 듣고 있기가 민망했다. 그때 옆자리에서 두 여인의 얘기를 듣고 있던 나이 든 아주머니가 두 여인을 향해 큰소리로 "남편의 기를 꺾고 남편을 치마폭에 넣으면 그게 잘사는 건가? 남자들은 기로 살아가는데 기가 꺾인 남자가 밖에 나가서 무얼 제대로 할 수 있다고 제 자식만 보고 사위는 생각하지도 않는 말을 함부로 하는 것인가. 그게 부모가. 나도 딸을 여섯이나 낳아서 출가를 시켰어도 딸년들에게 남편의 기를 꺾지 말고 살라고 했지, 남편의 기를 꺾어가며 살라는 말은 한 번도 한 적도 없지만 모두가 잘 살고 있어! 자식이 잘못하면 부모가 제대로 가르쳐야지 그걸 자랑이라고 해!"라고 말하고 나서 "기사양반 내가 조금 큰소리를 해서 미안해요" 하신다.

듣는 순간 속에 든 체증이 내려가는 듯한 시원함을 느끼며 두 여인의 반격이 있을 것이라 생각을 했는데, 차 안은 조용했다.

내릴 곳에서 차를 내리는데 딸 자랑하던 두 여인도 뒤따라 내린다. 잠깐 옆을 스치는 여인에게 "아까, 왜 아무 말도 안하셨어요?" 하고 물으니, "그 아주머니의 딸들은 모두가 잘 살고 있는 것을 알기에 옳은 얘기를 하신다 싶어서 아무 말을 못했다"고 한다.

"그럼 알고 있는 사이였군요?"

"예. 저 아주머니를 근동에서는 모르는 사람이 없을 겁니다."

"아! 그래요."

그리고 여인들은 지나쳐 갔다.

자연은 본래 다툼이 없다. 암놈의 껍데기를 걸치고 나왔다고 다 암놈의 짓으로 살아가는 것은 아니고, 수놈이라도 마찬가지다. 때의 짓거리를 하고 살건만 어찌 그것을 알겠는가.

강물이 바다로 흘러들어도 다툼이 없고 낮이 밤을 만나도 언제 다툼이 있던가?

이기고 지고, 늘어나고 줄어들고 높고 얕음이 항상 동시에 함께 하는데 망상에 가려 딸만 보이고 사위는 안 보이면, 스스로 반쪽만 보고 살고 있는 것을 모르니 언제나 제대로 볼까?

두 눈으로 보면서도 한 눈을 보고, 한 눈이면서 두 눈으로 볼 줄 아는 이가 아쉽구나. 본래 터져있건만 慾望(욕망)과 執着(집착)에 가려 天地大事(천지대사)를 망치는구나.

# 13. 공부는 뭣 땜에 하냐?

조용하던 절 마당이 시끄러워지며 한 무리의 대학생들이 들이닥친다. 처음 보는 사람들인지라 대롱이가 목청 높여 짖어댄다. 제 할 일을 하는 것이라 나무랄 수는 없는 일인데 무리의 속에서 윤정이가 나서며 인사를 한다.

"아니 학생들이 한가하셨나?" 하니, "스님, 내가 친구들에게 스님 자랑을 늘상 하니까 같은 과 친구들이 한번 찾아가 뵙자고 해서, 스님에게 법문도 듣고 암수운세법도 들으려고 왔습니다" 하면서 친구들에게 스님에게 인사를 하라고 시킨다.

방으로 들어서니 방이 꽉 찬다. 인사를 하라고 하니 그냥 인사를 하는 놈이 있는가 하면 어떻게 할 줄 몰라 뻘쭘하게 서 있는 놈들도 있고 가지각색이다.

서툰 인사를 나누고 물을 끓여 찻상을 앞으로 놓으며 "그래 아까 윤정이가 법문을 들으려고 왔다고 했는데 법문이 따로 있나? 세상 살아가는 모든 얘기가 법문이지"하면서 윤정이를 보니 열심히 찻잔을 닦아 엎어 놓는다.

## 🌙 윤정이가 끌고 온 한 무더기의 젊은이들

차를 마시며 잠시 생각을 해보니 젊은이들에게는 진부할 것 같은 얘기보다는 생활과 닿아 있는 얘기나 앞으로의 진로에 대한 얘기를 해주는 것이 좋을 것 같다는 생각에 질문을 받기로 하였다.

"그래 귀한 발걸음들을 하셨으니 궁금하거나 묻고 싶은 얘기가 있으면 말을 해봐라"하니, 키가 큰 재우가 손을 들고 "스님, 어떻게 공부를 해야 잘하는 겁니까?"라고 한다.

"그래 학생으로서 공부를 잘해 보려는 마음에서 물었을 것이니 모두 잘들 들어라.

세상의 모든 우주만물은 대우주를 품은 자연을 중심으로 이루어져 있으며, 계절이 오고 가면서 세월을 만들어내고 있다. 겨울에 꽁꽁 얼어 좀체 풀리지 않을 것 같은 산하대지도 대자연의 순환법칙에 따라서 봄이 되면 스스로 녹아 땅에서 싹을 틔우고 싹은 태양의 열기를 먹고 품으며 열심히 자라 꽃을 피우고 여름을 맞는다. 여름에 핀 꽃은 열매를 맺으며 자연의 혹독한 시련인 장마나 태풍을 이기며 가을을 맞이한다. 가을은 열매를 익혀서 세상만인들의 목구멍으로 넘어가는 곡물을 만들어내고 다음해를 위하여 잘 갈무리하여 저장을 한다. 이렇게 계절은 순환되는 것이다.

공부를 하는 것도 계절이 제 때를 알아 곡물을 만들어가는 것과 다르지 않음을 알아서 때에 열심히 하면 된다. 공부를 잘하려고 하는 것은 때에 때를 알아서 제대로 익어 때에 맛을 내기 위한 것인 줄을 알아서 할 수 있을 때에 한눈팔지 않고 열심히 공부를 하는 것이다.

봄 농사를 준비하는 이는 거름과 씨앗을 준비해야 될 것인데 수확을 위한 가마니를 준비한다거나 가을에 농사지은 것을 수확하려면 담을 것을 준비해야 하는데 삽이나 호미를 들고 들판에 나선다면 어찌 때에 일을 잘한다고 할 수가 있겠냐?

세상살이는 때의 일이고 무엇을 잘한다는 것은 제 때에 제가 할 일을 알아서 열심히 일을 한다는 것이다.

때에 일을 하지 않거나 모른다고 넘어 갈 수도 있을 것이다. 그러나 세상에는 할 일을 스스로 하는 사람과 할 일을 하지 않는 사람을 말하지 않아도 다들 알고 있다. 그래서 덜 익어 맛이 없는 과일과 같은 것은 그 누구도 손을 내밀지 않을 것이며, 누구라도 먹지 않을 것이다. 특히 덜 익은 것을 좋아하는 이들이 없다는 것을 안다면 때에 할 일을 스스로 알아서 해야 하는 것이다.

몰랐다는 변명이나 사정상의 이유를 들어 발뺌을 하는 것이 바로 덜 익은 짓거리임을 알아야 한다. 혹시 더 묻고 싶은 말이 있으면 해봐라.”

조용히 듣고 있던 일행들이 더 이상의 질문이 없다고 이구동성으로 말을 한다.

“그래 질문이 없냐?” 하니, 모두가 고개를 끄덕인다.

“그러면 내가 질문을 하마. 아직은 세상을 배우는 학생들이니 어떻게 세상을 살아야 잘사는 것인가에 대하여 한번쯤은 생각들을 했을 것인데 과연 세상을 잘 살려고 한다면 어떤 자세와 생각으로 살아가야 할까?”

이 말을 묻고 일행을 둘러보니 ‘어!’ 하는 표정들뿐 말들이 없다.

“답이 없으니 내가 얘기를 하마. 세상에 존재하며 살아가는 모든 것들은 모두가 존재 자체로도 貴(귀)한 것이다. 사람은 두 말할 필요도 없지. 그래서 사람이 세상을 살아가면서 어려운 일이지만, 자신을 낮추어 下心(하심)을 하고 살면 세상이 편해진다. 대하는 모든 이들을 위에 두고 대한다면 남들에게 敵(적)이 되지 않으니 모든 이들이 좋아할 것이다. 그리고 생각은 매사 긍정적인 생각과 행동을 지니고 산다면 세상을 편히 살아갈 수가 있을 것이다. 세상은 변하며 사람과 사람의 관계도 때에 따라서 변하는 것이며, 때에 더러는 잘 나아 보이지도 않은 이가 출세를 했다고 하더라도 부정적으로 보지 말고 ‘허! 그 사람이 재주가 있는 사람이었구나’ 하면서 긍정적으로 봐야 할 것이다. 모든 일들은 때의 일이며, 때에 출세했다고 해서 좋고 나쁜 것도 아니다. 그 사람이 때에 출세를 하였으나 능력이 없으면 아무리 좋은 자리를 내주어도 감당할 수가 없기 때문에 자리를 보존할 수가 없다는 것을 알아야 할 것이다."

## ⚓ 공부는 세상을 유익하게 하고 자신과 나라를 위해서 해야

"내가 질문을 하고 답을 하는 것도 우스운 얘기이나 하나만 더 물어보자. 너희들, 공부는 뭣 땜에 하나?"

다들 서로를 쳐다보며 말이 없는데 두안이가 나서며 "잘 먹고 잘 살려고 공부하는 것이 아닌가요?" 하고 말한다.

듣고서도 대답을 하지 않고 있었더니, 대우가 "부모님에게 효도하려고 공부를 합니다"라고 말한다.

대우는 말을 해놓고서도 돌아서서 웃는다.

옆에 앉아있는 용삼이가 머뭇거리다가 입을 열며 "좋은 직장에 취직하여 행복하게 살려고 공부하는 것이라 생각합니다"라고 말을 하고나서 자신의 대답이 시원치가 않아서인지 자신(용삼이)도 웃는다.

그러자 지혜가 머뭇거리다가 입을 연다.

"공부하면 좋은 직장과 좋은 배우자를 만나서 남보다도 잘살기 위해서가 아닌가 싶습니다."

"야! 너희들 대단한 생각들을 하고 있구나. 지금 너희들의 때에는 세상을 들었다 놨다 하는 큰 생각으로 오대양 육대주를 누빌 것을 전제로 공부를 하고 있는 줄 알았는데 전부가 一身(일신)의 안위와 생활을 위하고 자신만이 잘살아보려는 생각에서 공부들을 하고 있다는 것을 듣고 나니 너희들의 너무 안이한 생각과 개인으로서는 대단하다는 생각이 든다. 세상에 오는 것도 자신과 무관하게 오고 누가 무엇을 한들 정해진 것이 없으니 공부를 하는 것도 누구라도 같을 수는 없는 일이며, 공부를 하는 것의 답이 '이것이다' 라는 답이 없으니 무어라 얘기하는 것도 우스운 일이다. 그렇지만 예전에 들은 어느 스승님과 제자의 얘기를 해야겠다.

不惑(불혹)의 나이가 되도록 막행막식을 하며 살던 제자가 출가의 緣(연)으로 공부하겠다고 할 때에 누구도 거두어주지 않았건만 그 스승은 나이는 먹었으나 시절의 인연이라고 하면서 받아주었고, 제자가 원하는 공부를 하도록 도와주었다. 그런데 제자는 세상에서 많은 일을 겪었기에 스승에게 공부의 지름길을 청하는데, 스승은 묵살하고 기초 한문인 千字文(천자문)부터 공부를 시켰단다.

하늘 천(天) 따지(地) 검을현(玄) 누루 황(黃), 집우(宇) 집주(宙) 넓을홍(洪) 거칠황(荒)….

공부의 지름길을 찾던 제자가 천자문을 공부하면서 스승에 뜻을 알아차리기는 했으나 어디 공부가 쉬운 일인가?

어느 날 스승은 무엇을 하려고 공부를 하냐고 묻는다. 질문을 받은 제자가 잠시 머뭇거리자 스승은 자신의 스승이 자신에게 해주었던 말이라고 하면서 '공부란 여러 이유가 있겠지만 먼저 세상에 유익한 공부가 되어야 하며 이웃에게 힘을 주고 나라에 봉사를 하려는 마음으로 공부를 해야 한다' 는 말을 해주었단다.

세상의 누구라도 자신이 배운 것으로 때의 세상에 유익을 주기 위하여 열심히 배우고 익히는 것인데 학자는 자신의 학문으로, 노래하는 사람은 노래로, 춤을 배운 사람은 춤으로, 장사꾼은 장사로, 의사는 의술로, 기술을 익힌 사람은 기술로, 집짓는 사람은 집을 지으며, 농사를 짓는 사람은 농사로, 세상을 유익하게 하고 자신을 위하고 나라를 위하여 일하는 것이다. 때의 모든 이들이 자신을 세상에 드러낼 때에는 자신의 일을 하기 위하여 자신이 배운 것을 세상에 들고 나오는 것이다.

여름에 매미의 울음소리를 들으면 누구라도 여름이 익어가는 것에 시원해 하지만 정작 매미의 생애를 들여다보면 매미의 울음이 진정 울음인 것을 알아야 할 것이다. 7~8년을 어두운 땅속에서 굼벵이로 살다가 여름 한철 세상의 빛을 보고 기쁘고 기쁘나 짧은 생애를 알고 있기에 또한 슬퍼서 우는 것이 아니겠는가. 매미의 한철 생이나 인간이 가죽을 두르고 사는 한철의 생이 무엇이 다를까?

초·중등 교육의 시기에는 항아리를 비우고 자연을 많이 접하는 생활이 우선되어야 한다. 그 시기는 남의 아이들보다 인위적인 지식을 먼저 알고 많이 아는 것이 그리 중요하지가 않은 때이다. 자연을 많이 접하고 자연과 사물의 눈을 뜨고 나서 교육을 해도 늦지 않는다. 왜냐하면 어린이들이 자라서 어른이 되면 이 땅을 물려받는 주인이 되는데 자연과 사물을 먼저 아는 것도 상당히 중요한 일이 되기 때문이다.

언젠가, 巡禮(순례)길에서 절에 들렀다가 그곳의 스님과 차를 나누게 되었다. 이런저런 덕담이 오가고 '스님은 수행생활을 여법이 하시는 걸로 알고 있는데, 오랜 세월 수행을 하시면서 특별히 안고 계시는 기둥이 있으시면 한 말씀 일러 주시지요?' 하였더니, 스님은 잠시 생각을 하시다가 '父母未生以前(부모미생이전)의 一句(일구)를 품고 수행생활을 해왔다'고 하신다. 어! 이건 禪家(선가)의 話頭(화두)가 아닌가! 나를 낳아준 부모님이 세상에 태어나기도 전에 '나'를 말하라는 것이니 어찌 무슨 대답이 있겠는가. 허나 本來(본래) 세상이 空(공)함을 안다면 문제도 되지 않는 문제인지라 '스님은 기둥을 안고만 계십니까, 아니면 풀어서 기둥 위에 대들보라도 올려놓으셨습니까?' 하고 물으니, 대답이 없으시다. 지금껏 품고만 살아왔기에 기둥에 대들보를 걸어 자신의 집을 지을 준비는 미처 못한 것 같아서 '스님, 본래가 空(공)함을 알면 부모미생이전의 일구보다도 수천수만 겁 이전의 일구도 머묾이 없을 겁니다' 하며 자리를 물러 나왔다.

천지는 오고감이 없이 부동이나 變(변)하고 化(화)하며 세상을 바꾸어가도 본래의 자리는 언제나 해와 달처럼 빛나고 있다. 주고받고 머물고 오고감이 때의 일인지라 언제 '나'의 주인이, 나라(國)의 주인이 언제 始(시)하고 終(종)하던가! 함이 없는 것이다.

목구멍에 넘기는 음식도 덜 익었거나 맛이 없는 것은 누구라도 싫어할 것이며, 젊은 시절의 뜻은 크고, 깊고, 넓게 가져야지 자신만 잘 먹고 잘살려는 생각은 안전한 생각일 것이지만 세상에서의 많은 부딪힘이 따르는 것임을 알아야 한다. 세상에는 여러 사람들이 함께 나누어가지는 일들이 있으며, 응당 공분을 위한 일을 찾아서 묵묵히 행한다면 세상은 분명 훌륭한 사람이라고 칭찬을 아끼지 않을 것이다.”

약간의 시차를 두고 분위기를 돌려보고자 한 학생에게 물었다.

“용삼아, 좀 전에 말하기 전에 많이 망설이는 것을 보니 너는 껍데기만 수놈이지 너의 계절은 암놈이 분명해 보이는데 몇 월생이냐?”

용삼이가 답을 한다.

이를 토대로 보니 “천간이 壬(임)생, 己(기)월이구나. 그러면 용삼이는 암놈의 계절이 틀림이 없구나” 하니, 여기저기에서 처음 들어보는 소리에 자신은 어떠냐고 많은 질문을 쏟아놓는다.

한참동안 암수를 알려주고 있는데 “스님, 뜻을 크게 갖는다는 것이 어떤 겁니까?” 하고 용삼이가 용기를 내어 묻는다.

“한 소리에 천지를 가르고, 한 호흡에 바다를 말리고, 한 손짓에 태양을 가려 암흑을 만들고, 大洋(대양)이 얕고 좁아서 몸을 돌릴 수가 없을 만큼이지. 대장부의 살림살이가 이만큼은 되어야 하지 않겠냐? 그리고 세상을 살면서 나(我)를 죽여야 성공할 것이다.” (어?

벙벙!)

　　윤정이가 몰고 왔던 일행들을 끌고 산길을 내려간다. 일행들을
보내고 돌아서는데 해는 언제나처럼 밝은 하늘을 만들고 있다.

# 제10부
# 마음은 때(계절)의
# 짓거리를 만든다

# 14. 더 어려운 사람을 주세요(?)

사람을 사회적 동물이라고 한다.

사람이 살아가기에는 사람들이 많이 모여 사는 곳이 낫다는 말 중에 '말이 태어나면 제주도로 보내고 사람이 태어나면 서울로 보내라'고 했다. 그래서인지 작은 땅덩어리의 서울에는 전체 국민의 2할이 넘는 사람들이 들어앉아서 복작거리며 살고 있음을 보게 된다.

어디라도 서로 의지하며 등 맞대고 살면 되련만 왜 복잡한 서울을 찾아 들까? 하는 생각도 해보는데 나라의 중심, 그것도 일자리가 많아서 좋고 살기에 편하고 자식들 때문에? 아니면 시골에 사는 촌놈보다는 서울에 살면서 '서울깍쟁이' 소리를 듣고 싶어서인가?

많은 이들로 서울이 넘쳐나면서 '토종깍쟁이' 찾아보기가 어려운 세상이 되었다.

예전에 서울도 우마차가 다니고 한가한 전차가 다녔는데, 언제부터인지 콩나물 버스에 출퇴근길의 복잡함이 기억에 남아있다. 요즘에 가끔 발을 들여놓으면 예전의 복잡함을 넘어 눈길이 스치는 곳마다 높은 건물들이 들어 차있어서인지 머리를 어지럽힌다.

하늘을 찌를 듯 높이 솟아 있는 건물들이나 잘 정리된 도심은 보기가 좋아 보이는데 오가는 사람들의 표정마저도 밝아 보이면 좋으련만 오가는 사람들의 표정은 그리 밝아 보이지가 않다. 모두 바빠서인가?

### 파지 줍는 할머니의 이웃을 위한 따뜻한 배려

십년 쯤 됐나, 겨울이었다. 지인과의 약속이 있어서 남대문 부근의 육교 밑에 잠시 차를 세우고 약속한 사람을 기다리고 있었는데 날씨가 추워서 온통 빙판이 되어버린 길에서 웬 할머니가 작은 손수레를 끌며 건물 주위에 있는 파지를 수거하는 모습이 눈에 들어왔다.

'이렇게 추운 날인데!' 하는 생각이 들어 지폐 두 장을 손에 쥐고 차 밖으로 나서서 마침 건물에서 나오시는 할머니에게 "이렇게 추운 날에도 고생이 심하십니다. 따뜻한 국밥이라도 사서 드세요"라며 돈을 손에 쥐어드리려고 하였다. 그런데 할머니는 손을 빼고 웃으시며 "스님! 스님이 보시는 것처럼 나는 가난한 사람이 아닙니다. 이 일은 함께 살고 있는 친구들이 있는데 나이 먹고 병들어 거동을 못하는 늙은이들이라 그래도 나는 건강하고 힘이 있어서 이렇게 일을 하여 친구들에게 과자나 사탕을 사주려고 내가 좋아서 하고 있는 일입니다. 나는 보이는 것처럼 가난한 사람이 아니니 스님, 이 돈은 나보다도 더 어려운 사람을 만나시면 주세요" 하신다.

내민 손이 부끄러웠으나 합장을 하고 "나무 관세음보살" 하고 돌아서는데, 눈앞은 불보살의 장엄한 화장세계였다.

얼마나 서 있었나? 뒤를 돌아다보니 할머니와 수레는 보이지가 않는데 웃음을 머금고 얘기하시던 할머니의 잔영이 웃고 있는 듯이 보였다. 아! 대자대비하신 관세음보살을 친견했나?

남대문에서 일을 마치고 절로 돌아오면서 금강경의 한 구절이 머리에 내려 머문다.

"무릇 눈에 보이는 모든 것들은 허망하다. 만약에 모든 모양에서 모양이 아님(까지)을 본다면 즉시 부처를 보리라."

凡所有相(범소유상) 皆是虛妄(개시허망) 若見(약견) 諸相非相(제상비상) 卽見如來(즉견여래).

수행자들이 치의를 걸치고 세세생생에 지은 숙업을 떨쳐내고 한소식(본래자리)을 얻으려 갖은 고행을 하면서 相(상)을 떨쳐내려 수행을 하지만 어디 답이 쉬운가?

얼마나 많은 백미 흑미를 죽이면서도 시절(때)의 인연(스승)을 못 만나서 부처님의 탁잣밥만 축을 내며 죽이고 있는 세월이 얼마인데, 어찌 중생들이야? (쉬운 일은 아니지!)

속설에 입은 거지는 얻어먹어도 입지 못한 거지는 얻어먹지도 못한다는 말이 있다.

그래서인가? 모두들 모양내고 겉치장하기에 혈안들이니 안타깝다고 해야 하나? 아니면 그렇지 못함이 미련함인가? 껍데기(모양)만 비비다가 정작 맛도 못보고 가는 세상을 살면서 익었다고 하며 밤길에 춤을 추는데, 과연 그 멋이 보이는 만큼 익어서 맛대가리가 있을까?

세상이 변하며 사람들은 자기중심의 개인주의가 팽배해지고 물질만능의 시대가 되었다.

어디, 누구 할 것 없이 재물(모양)을 취하려고 혈안이며 누가 되었든 재물 앞에서는 양보가 없는 세상이 되어버렸다. 자신이 스스로 일구어 가며 財(재)를 쌓으려는 사람들도 있지만 그렇지 않은 사람들도 많이 보게 되는 세상이다.

물질만능의 시대를 살면서 눈에 보이는 풍족함을 쫓아 허영에 찬 사람들이 생겨나면서 스스로 일하여 벌어들이려 하지도 않고 어떻게든지 물질(財)만을 취하려는 공짜 근성을 지닌 사람들이 많아졌다. 인륜도 도덕도 물질을 숭배하는 이들에게는 헛된 구호가 되고, 남을 의식하거나 인식하려들지 않으니 세상은 점점 각박해져만 가는 시대가 되었다.

　사람의 마음에는 본래 神明(신명)과 신령스러움을 담고 있어서 스스로 항상 밝은 마음을 내며 살아가도록 되어 있다. 그렇건만 물질만을 취하려는 마음에 욕심을 내면 神明(신명) 중에서 神(신)이 떠나고, 심하게 기뻐하고 슬퍼해도 몸에 거하는 신명 중에 明(명)이 몸을 떠나 밝은 신명을 잃고 나면 스스로의 마음은 어두워진다. 누가 세상을 만들어가나? 스스로의 신명이 세상을 만들어가는 것이다.

　멀리 볼 것이 있나, 우리라는 무리가 있어야 개인도 그 속에서 보호받으며 살 수가 있는 것인데 세상은 점점 모양을 중시하며 자신만이라는 개인주의로 빠져드는 세태인지라 맛대가리 없는 코미디 같은 세상으로 가고 있다. 그러나 이 또한 변화하는 때의 일임을 알면서도 맛으로는 찜찜하다.


　마당으로 차 한 대가 들어와 멎으니 대롱이가 짖으며 스님을 부른다.

　밖으로 나와 "아! 이놈아 안면이 있는 사람은 짖지를 말아야지 막 짖으면 되냐!" 하면서 막 차에서 내리는 한 회장에게 합장을 올리니, 그도 인사를 하며 "'자주 와야지' 하는 마음인데도 자주 못 찾아뵈어 미안하다"고 하면서 입을 연다.

　"사업하시는 분이 바쁘실 텐데, 이리 마음만 내주시는 것으로도 감사한데 어디 세상이 사람을 한가하게 놔둡니까? 다들 할 일 들을 하시기에 바쁜 거지요" 하니, 오늘도 양로원과 복지회관을 둘러보고 스님과 시간을 보내려고 올라왔다고 하면서 운전기사를 불러서 잠시 얘기를 나누더니 운전기사가 인사를 하고는 이내 차를 몰고 내려간다.

방으로 들어와 한가한 마음으로 차를 마시며 이런 저런 일들과 세상 살아가는 얘기를 나누었다.

"이렇게 세상을 편하게 살아가는 것이 쉬운 얘기 같아도 스스로 버릴 것을 버리지 못한 사람은 결코 누리지 못하는 것입니다. 말하기는 쉬워도 이렇게 얘기하는 사람이 얼마나 되겠습니까."

이렇게 말한 한 회장이 환한 너털웃음을 보인다.

"그렇지요. 凡人(범인)들은 쉽지가 않은 얘기지요" 하면서 맞장구를 쳐주니, 한 회장이 "새삼스러울지 몰라도 항상 스님께 감사하다"는 말을 한다.

무슨 말씀이냐며 손을 내저었으나, 한 회장이 감사하다는 말 속에는 그동안 지내오면서 있었던 일들에 대하여 감사하다는 말을 한 것이리라.


## 큰아들을 위한다고 이혼을 요구한 아내

나라 경제가 어려움에 처하자 들어보지도 못한 IMF(구제금융)의 경제 폭탄을 맞고서 모든 기업들이나 온 국민들이 경제에 대하여 새로운 것을 배우게 되는 때가 있었다.

건설업과 장비 임대업이 주종이었던 한 회장도 IMF를 맞으며 막대한 손실을 입게 되어 근근이 회사를 꾸려나가게 되었다. 당시에 2~3년은 '평생의 고생'을 한꺼번에 한 것 같은 고생이었다고 언젠가 털어놓았었다. 그러나 한 회장의 더 큰 고생은 내부(가정)에서 일어났다. 부인이 이혼을 요구한 것이다. 한 회장은 기가 막혔다. 살면서 부인에게 소홀하거나 홀대하지 않았고 부부가 살면서 별다른 이견이 없이 사이좋게 살아왔는데 이혼이라니! 날벼락 같은 부인의 요구에 놀란 가슴을 진정시키며 무엇 때문에 이혼을 요구하는지 부인과 대화를 나누어보니, 부인은 자신이 희생되어야 자식(큰아들)이 올바로 사회생활을 할 수가 있을 것이라는 생각에 이혼을 결심하게 되었다는 것이었다.

한 회장에게는 아들이 둘 있는데 큰아들은 공부에 취미가 없어서 성의 없이 대학을 나오고 유학도 다녀왔지만 부모가 봐도 무엇에 관심이 있고 무엇을 잘 하는지도 모를 정도였다. 작은 아들은 그림에 재능이 있어서인지 만화나 삽화를 잘 그려서 전문적인 교육을 받고 자신이 작은 미술공방을 차려서 친구들과 만화 그리는 일을 하고 있었다.

부인의 얘기인즉슨 큰아들이 결혼도 하여 아이도 낳았고 나이가 삼십이 넘도록 자신의 일을 찾지 못해 아버지의 회사에서 관리직으로 일하면서 잔심부름이나 하며 지내는 것이 안타깝게 생각을 하고 있었다. 그런데 큰아들이 아버지에게는 말도 꺼내지 못하면서 자신의 포부를 엄마에게만 쏟아 놓으니 부인은 큰아들을 위하여 사업자금을 만들어주겠다는 생각을 굳히고 이혼을 요구하게 된 것이다.

부부와 관계되는 이유가 아니라서 한 회장은 아들을 불러서 여러 차례 얘기를 나누어 보았으나 자신은 관계가 없는 일이라면서 어떤 얘기(포부)도 하질 않았고, 어디론가 나가서 소식조차도 모르게 되었다. 부인과 아들을 만나서 아들이 자신이 하고 싶은 일(사업)에 대하여 얘기를 털어 놓으면 한 회장은 아들에게 사업자금을 마련해주려고 하였다. 그러나 부인과 아들은 점점 한 회장과 만나는 것을 피하였다.

이혼만은 피해야지 하는 생각으로 답답한 나날을 보내던 시기에 한 회장이 우연히 절을 찾아와서 만나게 되었다.

자신의 처한 처지를 얘기하며 어떻게 해야 할지를 몰라 답답하다는 한 회장에게 "이번 일은 부인만의 얘기가 아니고 처가와 며느리의 사돈댁과 얽혀있는 일이며 달라는 사람은 주면 되고, 가겠단 사람은 보내면 되고, 오겠다는 사람은 맞으면 될 것을 뭐 그리 답답하게 고민을 안고 계십니까? 세상에 올 때에 누가 재물을 짊어지고 나오며, 누가 갈 때에 재물을 가지고 갑니까? 해달라는 요구에 할 수가 없으면 고민을 해보겠지만 할 수 있는 일을 가지고 고민을 하시는 것은 잘못이고 깊어지면 병이됩니다. 몸을 보전하세요"라고 말을 해주었다.

"아니, 우리 마누라만의 얘기가 아니고 처가와 사돈과도 관계가 되어 있다니 무슨 말씀입니까?"

"아니 모르시겠소. 부인과 이혼을 하면 부인은 필히 재산 분할 청구를 할 것이며, 그 돈으로 큰아들 사업자금을 만들어준다는 명목이지만 그것은 껍데기의 얘기고 실제로는 처가와 사돈과도 관계가 되어 있을 것은 뻔한 일인 것을 어찌 모른다는 말씀이오? 부인이 요구하는 이상으로 과감하게 풀어나가시오. 부인도 法(법)을 알고 시작한 일이라 요구하는 것이 있을 것인데, 부인이 요구하는 것보다도 더 많이 주시려는 마음을 내시면 원만히 해결되고 부인과의 이혼도 면할 것 같소. 그것은 부인이 가정에 애정이 없어서 헤어지자고 한 것이 아니기 때문이오. 아무쪼록 용감하게 풀어보시오."

이 말을 해주고 가정의 안녕을 바라는 글을 써서 주었다.

한 회장은 "용기를 얻고 갑니다"라고 하면서 산을 내려갔다.

한 회장이 내려가는 뒷모습을 보니 아무리 세상이 변했다지만 모성애를 팔아 지아비를 버리려는 세태가 입맛을 씁쓸하게 만든다. 왜들 그러시나!


3~4달이 지나서인가, 한 회장이 절을 찾아 왔다.

수척한 얼굴이었으나 표정은 밝아보였다.

"스님이 일러준 대로 용감하게 일을 잘 마무리하여 이혼을 면했습니다. 재물을 지니고 사는 것도 제 몫을 할 수가 있어야 재물도 흩어지지 않고 지킬 수가 있을 것인데…" 하며 걱정을 하고 있었다.

"한 회장님, 일을 어떻게 하셨는지 모르겠지만 잘 마무리하셨으면 됐지 무얼 그리 걱정을 하세요. 바람이 불면 가랑잎이 모이고 흩어지는 것처럼 모두가 때의 일이니 지난 일들에 대해서는 걱정을 하지 마세요" 하니, 고개를 끄덕이다가 부인과 아들에게 충분한 재산을(50억 원 정도) 주었단다.

그리고 스님의 말씀이 옳다고 생각이 드는 것은 얼마 되지 않은 일인데 처남의 차가 바뀌고 며느리의 차가 바뀌었다고 한다. 한 회장은 "자신이 고생고생하며 모은 재산인데 그렇게 허술하고 실속 없는 곳에 사용하는 것을 보고 어찌 사람들이 그럴 수가 있는지 그것도 가족들이…" 하시며 뒷말을 잇지 못한다.

"아직도 비울 것이 남았습니까? 본래 빈손(空)으로 왔다가 빈손으로 가는 것이 사람의 生(생)인 것을, 그리고 지금 갖고 있는 것도 버리고 가실 것인데 이왕 버리시려면 살아서 버리시는 것이 좋을 것입니다. 회장님 한 사람이 쥐고 있던 것을 덜어내니까 많은 사람이 좋아하고 기뻐하는 것을 아시면 재물도 마땅히 때에 덜어내고 비워야 한다는 것을 아셔야 할 것입니다."

애기를 듣고 난 한 회장이 "아직은 거기까지는 생각을 안 해봤다"고 하면서 그날은 절을 내려갔다.

얼마 지나지 않아서 절을 또 찾아와서 "스님의 말씀을 듣고 나서 많은 고민을 했다"고 하면서 자신의 재산으로 여러 사람이 좋아할 일을 했으면 싶다고 운을 떼어서, 어려운 사람을 도와주는 일은 많은 이들에게 좋은 일을 하는 것이라고 일러주었다.

그 후로 한 회장은 자신의 재산으로 여러 사람들을 위한 복지회관을 지어서 어려운 이웃들과 함께 나누며 사는 일을 하고, 살림이 어려운 양로원에도 도움 주는 일을 쭉 해오고 있었다.

지난 10년 세월 부인은 한동안은 아들내외와 살다가 슬며시 집으로 들어왔고, 어머니가 희생을 감수하며 마련해준 재물로 사업을 한답시고 뛰어다녔다. 그러나 어디 세상일이 만만한가. 아까운 재산만 날리게 되면서 아들 부부는 이혼을 하였고, 아들 혼자서 아이들(손자)을 키우는 것이 안타깝고 불쌍하여 최근에 부인이 아들을 받아주자고 하여 아들과 손자들과 함께 지내고 있단다.

누가 일을 좋아하고 돈을 싫어할까? 재물도 담길 그릇에 담기는 것을 왜 모르시나.

누가 봐도 어려운 처지라는 것을 알아서 따뜻한 국밥이라도 드시라며 내민 손을 부끄럽게 하신 남대문에서의 할머니가 하신 말이 지금도 귀전을 때린다.

"스님, 더 어려운 사람을 주세요."

누구라도 잘살길 원하고 바랄 것인데 누가 가진 것을 덜어내려고 할까?

진정 富(부)를 누리려면 욕심을 버리고 하늘(天)이 본래 空(공)함을 알아야 한다. 그리고 진정 富者(부자)가 되려면 '세상엔 공짜가 없음'도 확연히 알아야 한다.

　무엇보다도 천하를 얻으려는 욕심을 품은 자는 하늘이 높은 줄을 먼저 알아야 할 것이다.

# 15. 삐삐 쳐!

　세상은 변하고 있다. 무엇이 변해야겠다고 하면서 변하는 것도 아니며, 무심코 지내다보면 세월 따라 변하는데 변하는 것을 들여다보면 항상 현재에 움직이고 활동하는 것들이 조금씩 변해가는 것을 알 수가 있다.

　하루, 이틀 사이에 세상이 변하지는 않겠지만 때의 움직임 속에 세상은 조금씩, 조금씩 변하며 바뀌어가고 있다.

### "우리 신랑 출근하면 삐삐 쳐!"

　언젠가. 10년은 훨씬 넘었고 20년쯤 되었을 기억이 머리를 스친다.

낯모를 동네에 사는 친지를 찾아갔었는데 도심에 사는 사람을 찾는 일이 어디 쉬운 일인가. 한참을 헤매며 돌아다녔으나 만나려는 사람은 찾지 못하고 망설이는데, 놀이터에서 놀고 있는 4~8세 정도의 여자아이들이 모래를 만지면서 흙장난을 하며 놀고 있는 모습이 눈에 들어왔다. 잠시 아이들의 노는 모습을 무심코 지켜보게 되었다.

열심히 손으로는 모래를 파서 손등에 올리며 두껍이집을 지으며 "두껍아! 두껍아! 헌집 줄게 새집다오. 두껍아! 두껍아! 헌집 줄게 새집다오" 하면서 열심히 흙을 가지고 놀고 있는 어린아이들, 그리고 그 옆에서는 다른 아들들이 흙을 만지며 놀면서 신랑각시놀이를 하고 있었다.

"응, 어제저녁에는 친구들과 고스톱치고 놀았는데 자기는 뭐하고 놀았어?" "응, 어제는 일찍 집에 들어갔는데 마누라가 볶아대는 바람에 일찍 자지도 못했어." "응, 마누라가 왜 그렇게 볶아대지, 자기가 마누라한테 너무 잘해주니까 그러는 거 아냐?" "몰라. 집에만 오면 스트레스가 더 쌓이는 것 같애." "왜 속상해하면서 사냐? 그나저나 자기야, 내일 우리 신랑 출근하면 삐삐 쳐! 내가 스트레스를 날려줄게."

여자아이 둘이서 흙을 만지며 나눈 신랑각시놀이의 대화이다. 그날 만나려던 친지는 만나지 못하고 발길을 돌렸으나, 어린아이들이 어디선가 들었기에 무심코 놀면서 하던 "우리 신랑 출근하면 삐삐 쳐!" 하는 소리는 세월이 지나도 허공에 머물며 잊히지가 않는다.

생명이 잉태되어 태어나는 것이 신비하기가 그지없고 생명이 태어나는 자체가 경이롭기에 모두의 생명은 귀한 것이라 아니할 수가 없다.

어떤 이유와 인연으로 이 땅에 오게 되며, 어떤 이유와 인연으로 가문(성씨)이 결정되어, 어떤 이유와 인연으로서 부모자식의 관계가 되는지 누가 알 것인가? 누구도 모르니 신비롭고 경이로울 뿐이다.

사람의 생명은 부모의 情(정)에 의해서, 모태에 착상되어, 10개월 동안 모태의 양수에 쌓여서 수중생활을 마치고 세상에 나와 모태와의 탯줄을 끊으며, 사람으로서의 대접을 받게 된다.

태아의 성장은 모체에 입태 되어 다섯 달 동안에 모든 장기와 골격이 형성되는 시기이다. 이 시기에 사람으로서의 형상을 갖추고, 이후의 시기에는 외부의 상황을 입력하며 뇌의 발달과 함께 인격이 형성되는 시기이자 각 장기가 자라는 시기이다.

사람이 살아가면서 인격을 형성하는 시기는 모체의 태중에서 거의 70~80%가 형성이 되며 태어나서 말을 못하는 시기(1세~3세)에 주위환경을 접하면서 자신이 가지고 나온 씨 주머니의 일들은 습득한다. 이때가 자연의 싹들이 발아하여 꽃을 피우고 열매를 맺어가는 과정을 준비하며 스스로 자신의 짓(암, 수)을 익혀나가는 시기이다.

자식에게는 부모의 일거수일투족이 거의 입력이 되어 있다.

언젠가 식당에서의 일이다.

때가 5월말쯤인가. 식당에 들어서서 자리를 잡고 앉아있었다. 옆자리의 어린아이(3살~4살)의 부모는 음식 주문을 마치고 기다리면서 벽의 '냉면 개시'라는 글과 냉면 그림을 보고 "아직 날씨를 보면 냉면을 먹기에는 이르지 않겠냐"고 대화를 나누고 있는데, 옆에서 잘 놀던 어린아이가 부모의 대화를 듣고는 갑자기 냉면의 그림을 가리키며 냉면을 먹겠다고 떼를 쓰며 졸라대었다. 그러니 부모는 할 수 없이 냉면을 주문하며 "엄마도 냉면을 좋아하지만 아직은 때가 이른 것 같아서 안 시켰는데" 하는 말을 덧붙인다.

바로 옆자리라서 엄마에게 물어보았다.

"아이가 냉면을 먹어 본 적이 있나요?"

"아이에게 냉면을 먹인 적은 없구요. 제가 냉면을 좋아해서 아이를 가졌을 때에 자주 먹었습니다."

"아! 그래요. 아이는 몇 살입니까?" 하니 나이는 4살인데 30개월 되었다고 하였다.

아이의 엄마와 얘기를 마치고 생각을 해보니 분명 아이는 태중에 있을 때 엄마가 냉면을 좋아하고 자주 냉면을 먹어봤기에 냉면의 맛을 알고 있으며, 냉면이라는 단어를 듣고 자신이 맛을 본 기억이 나서 부모에게 냉면을 먹겠다고 졸랐을 것이다.

주문한 냉면이 탁자에 올라오니 아이는 서툰 젓가락질을 하면서 적지 않은 양인데도 부모의 손길을 제치며 제법 맛을 음미하면서 맛있게 먹는다.

어린아이들이 말문이 터지고 의사표현을 할 때쯤이면 인격의 형성은 거의 채운 때이고 말을 하면서부터는 자신이 입력한 것들을 때마다 실행하면서 정리를 하는데 7~9세가 지나면 사람으로서의 모든 것들을 대부분 숙지하게 된다.

보고 듣고 판단하는 것을 알았다고 하여도 일정기간 연습과 훈련을 하는 기간을 갖게 되는데, 그 기간은 10~16세나 17세까지이다.

인생의 봄은 20세까지의 시기를 말하는데 겨울을 이겨낸 씨가 싹을 틔워 자신의 농사를 짓기 시작하는 때이며, 양의 수놈은 수놈대로 음의 암놈은 암놈대로 다음의 계절인 여름에 할 일들을 알아서 준비하는 시기이다. 수놈이라 하여 다 숫스러울 수가 없고 암놈의 껍질을 쓰고 태어났다고 하여도 암놈일 수가 없음은 태세의 하늘이 때에 암수를 결정하기 때문이다.

## 🌙 때에 교육을 잘 받아야 때의 일을 제대로 할 수가 있다

사람이 살아가면서 자신이 보고 듣고 저장되어져 있는 정보를 평생 동안 들이고 내며 사용을 하는데, 자신이 알고 행하는 것들을 약간 수정을 하는 시기가 있다. 그것은 나이가 39~41세의 때이며, 계절로는 여름을 지나 가을로 들어서는 환절기의 때이다. 이 시기는 봄을 지나고 여름을 지나면서 여름의 끝자락에 더위를 이기고 가을의 결실기로 들어서는 때이며, 진정한 생의 일을 주관하며 결실을 맺기 시작하는 때의 변화이고, 자신이 지니고 있는 것들을 취사선택하여 일부를 버리기도 하고, 취하기도 하는 때이다.

사람의 인성(성품)교육은 모친의 태중에서 많은 것들을 익혀서 태어나고 말을 하기 이전부터 스스로 알고 있기 때문에 일찍 시작하는 것이 바람직하고, 3~4세부터 시작된다. 10세 이전에 모든 인성교육은 끝이 나고, 16~17세가 되면 신체의 발달 면에서 어리지만 성인으로서의 모든 자질을 다 갖춘다고 볼 수 있다.

사람의 인성교육은 모친의 복중에 태아가 있을 때가 매우 중요하고, 그 다음은 3~4살 때이고, 그 다음은 10세 미만의 때이고, 그 다음은 16~17세의 때이다.

17세가 넘으면 암, 수의 구별이 뚜렷해지며 암수는 암수 특유의 행동을 스스로 해보는 시기이며, 이 시기에는 교육을 시켜도 암수는 특유의 색다른 행동으로 받아들인다. 사람들이 살아가는 것도 자연의 계절과 함께하기에 17세의 나이에 이르면 다음에 오는 계절(여름)의 영향을 받게 되므로 때의 계절에 암, 수가 정해져 있으므로 정해진 암수의 짓거리를 미리 익혀두려는 시기가 된다,

사람에 성품은 씨(남자)에 달려있는 것이 아니라 모친이 아이를 태중에 담고 있을 때에 긍정적이었으면 긍정적인 사고(思考)의 사람이 되고, 모친이 불안한 마음으로 담고 있었으면 아이는 부정적인

사고의 아이가 되어 태어나서도 불안함을 지니게 되며, 부정적인 사고를 지닌 아이가 된다. 모친이 태중에 아이를 담고 생각하고 행동하는 모든 일들이 아이의 성품에 미치는 영향은 지대하기 때문에 사람의 종자 개량은 모친에 의해서 결정된다고 하겠다.

부부가 서로 애정과 사랑으로 가정을 꾸려나가면 아이들은 으레 부모들은 저렇게 사랑하며 살아가는구나 하면서 가르쳐 주지 않아도 긍정적인 부모의 모습을 담을 것이다. 그러나 부모가 서로를 미워하고 큰소리치고 욕을 하거나 윽박지르는 생활을 한다면, 그런 가정에서의 아이들은 으레 부부는 저렇게 큰소리로 다투고 싸움을 하면서 살아가는 것이라고 알 것이며, 매사 투쟁과 부정적인 아이로 자랄 것이다.

한 백성이 있어야 나라가 있음을 알아서 나무라는 뿌리에 줄기와 가지를 이루는 것이 부모라면, 새싹과 새순이 아이들이라 할 것이니 부모는 자식들에게 무한의 사랑과 애정을 주며 보살펴야 할 것이다.

세상이 변하며 암, 수의 자리도 예전에 비해서는 암수의 자리가 굳어졌다고는 하나, 암, 수의 자리는 여전히 여성에게 불리한 일들을 많이 만나게 된다. 상하좌우가 같을 수는 없을 것이나 태어남에 위아래가 어디에 있고, 세상을 함께 이루어 가는 것이 무엇인지를 알아야 하지 않을까?

세상엔 어느 것 하나도 내 것이 없다. 살면서 많은 재물을 모았다고 해서 갈 때에 누가 가져갈 수가 있나? 모든 것은 시절의 인연으로 離合集散(이합집산)하는 것을 알아야 하며, 내가 나(我)라고 내세우는 나조차도 내가 아님을 알아야 할 것이다.

때에 태어나면서 암, 수의 몸을 받아 때에 배우고 익혀서 암놈은 암놈으로, 수놈은 수놈으로 살아갈 것인데 때에 교육을 제대로 받아 익어야 때의 일을 제대로 할 수가 있는 것이다.

# 16. '대박'이면 얼마?

　매서운 추위를 이겨낸 봄의 기운이 산천을 감도니 겨우내 잠들어 있던 나무들도 꿈에서 깨어나 싹을 틔우려한다. 온 산하가 운무에 쌓인 듯 봄의 꿈속에 잠겨 때의 세상을 맞이하는데, 짓궂은 바람은 겨울의 끝자락을 잡고서 봄을 밀어 낼 듯이 매섭게 휘몰아친다.

　집배원 아저씨의 오토바이가 집으로 들어 와서 몇 통의 우편물을 주고 가는데 뜯어보니 대전 근교에 사시는 이형에게서 온 편지이다. 해가 바뀌었으나 찾아보지 못하여 미안하며 바쁘게 서둘 일은 아니지만 시간을 내어 만나보자는 내용이었다. 편지의 내용으로는 바쁜 일은 아닐 듯한데, 요즘처럼 통화가 자유로운 때에 편지를 받고 보니 왜 편지로 부쳤을까? 하는 궁금증이 발동하여 방으로 들어와 전화를 잡고 이형에게 전화를 걸었다.

무슨 일이기에 편지를 그리도 싱겁게 보냈느냐고 했더니 이형은 만나서 얘기를 나눈 것이 오래된 일이 되었기에 만나서 얘기라도 나누고 싶었다고 한다. 그리고 올해에는 직업을 바꿔 볼까 싶어서 편지를 하였고, 자신의 친구가 있는데 내려오면 긴히 상의할 일이 있다고 덧붙인다.


南原(남원) 아래쪽의 지리산을 끼고 있는 넓은 지역에는 양질의 맥반석이 분포하고 있어 이 주변에는 맥반석을 채취, 가공하는 광산이 많이 있다. 남원에 살고 있는 진 사장도 넓은 맥반석광산과 가공공장을 가지고 계신분인데 오랜 세월 자연 속에서 돌을 다루고 돌과 함께 생활을 하다 보니 자연스레 '돌 道士(도사)가' 다 되었다는 분이다. 어떤 인연으로 나와도 오랜 세월을 막역하게 지내고 있다.

언제부턴가 맥반석을 채굴하여 가공하는 것만으로는 사업이 벽에 부딪힐 것이라는 예상을 하여 맥반석을 이용한 새로운 사업을 구상하고 있는 진 사장으로부터 전화가 왔다.

그동안 사업을 구상하느라 쉬는 날이 없어서 아플 정신도 없었다고 하면서 맥반석과 황토를 접목시켜서 황토방을 만들었는데 자신이 생각하기엔 흡족하나, 도사님이 오셔서 평가를 해주어야 마음을 놓고 사업을 시작할 수가 있을 거라면서 속히 내려와 달라는 전화였다.

섣달 정월달에는 내방객들이 심심치 않았으나 이월에 들어서서는 내방객들이 줄어 다소 뜨막하여 심심하기도 하던 차에 잘됐다 싶었다. 그래서 망설일 것도 없이 내일이라도 내려가보겠노라고 하며 전화를 끊었다.

## 한 사람은 흥하고, 한 사람은 재물이 새어 나갈 운명

남원을 가려면 대전을 경유해야 하기에 몇 일전에 통화했던 이형과도 약속을 하고 남쪽으로 길을 잡았다. 봄의 냄새가 차창으로 들어오는 바람만으로도 싱그럽다.

대전에 도착하여 약속한 장소를 찾아서 들어서보니 이형이 혼자서 자리를 잡고 있었으며, 동행은 없는 걸로 보아 친구 되시는 분은 아직 오시질 않은 것 같았다.

자리에 앉으며 인사를 하고 서로 안부를 물으니 이형은 그동안 큰 변동 없이 잘 지내는데 요즘 들어서는 직업을 바꿔볼까 하는 생각이 든다고 한다. 그래서 이형은 金(금)이 밥그릇이라 지금 하시는 일이 차량정비와 부품판매업이니 계절의 밥그릇을 잘 끼고 앉아 있는 격인데 다른 분야에 일을 하거나 투자를 하면 결과는 재미가 없을 것이므로 직업을 바꾸려는 생각을 버리라고 하였다. 직업을 바꾸려는 생각을 갖게 되는 것은 太歲(태세)의 오행이 木(목), 火(화)의 기운이기에 金(금)을 쥐고 있는 입장에서는 만만하게 보이겠지만 마른 나무에 불을 피운다면 금이나 쇠는 흔적도 없이 사라지는 것을 알아야 할 것인데, 누군가 옆에서 다른 사업을 해보라고 충동질 하는 사람이 분명히 있는 것 같았다. 하고 있는 일을 버리고 다른 분야의 일을 하지 말라고는 하였으나, 내가 하라고 한다고 하고 하지 말란다고 안하겠는가. 잘 알아서 하겠지만 태세의 흐름으로 보아 직업에 변동을 주면 별로 재미가 없을 것이라고 말을 해주니 알았다고는 하시나, 괜한 얘기에 지나지 않는 말이었다. 더구나 태도를 보니 이미 새로운 일을 시작한 것 같았다.

그때에 이형의 친구라는 분이 오셔서 인사를 나누고 대화가 바뀌어 신상에 대한 얘기를 나누게 되었다. 고상태라는 분은 壬(임)년, 甲(갑)월, 庚(경)일이 천간을 이루며 천수의 나이와 계절을 맞춰보니 삼십을 지나 사십 넘어서까지도 고생이지만, 때의 운기가 조금씩 변하여 我身(아신)을 도와주려는 형국이 만들어지고 있어서 조금만 지나면 그간 고생을 뒤로 하고 좋은 날이 올 것이라고 말을 해주었다.

다부진 체격에 별말이 없는 편이고 그동안은 고생이 극심했으나 생활이 조금씩 나아지고 있다고 말을 하신다. 학창시절에는 남들보다 제법 성적이 좋아서 열심히만 한다면 안 될 일도 아닐 것이라는 생각에 사법고시에 도전을 하였단다. 될 것만 같은 아쉬움으로 고시에 도전을 하여 1차에는 항상 붙었으나 2차에서 계속 떨어졌다. 1차마저도 합격이 안 되었으면 쉽게 포기라도 할 텐데 매양 2차에서 떨어지다 보니 될 것 같은 마음이라서 많은 시간을 보내며 여러 차례 떨어지다 보니 세월만 죽인 꼴이었다고 한다.

결혼을 하여 두 딸을 낳은 부인도 더는 기다릴 수가 없다고 하면서 딸들을 데리고 나가서 다른 살림을 차렸단다.

부인과 헤어지고 나서도 얼마동안은 공부하면 될 것 같은 생각에 미련을 못 버리고 고시공부에 매달렸으나 결과가 없어서 생활고에 시달리게 되었다고 한다. 할 수 없이 공부를 접고 돈을 벌려고 이 것저것 안 해본 일이 없을 정도로 고생스럽게 살아온 터였다.

공부 말고는 해본 일이 없는지라 연탄장사, 번개탄장사, 파리 · 모기약장사, 막일꾼, 벽돌공장, 철근공, 산의 벌목꾼, 조립식 건물기사 등등의 일들을 했으며, 지난해에 아시는 선배님의 소개로 법무사 사무실에서 일을 하게 되었다고 한다. 혼자 생활을 하고 있어서 여자문제와 앞으로의 생활과 고시공부에 대한 미련을 못 버려서인지 그 부분도 은근이 물어보신다.

신상을 정리해보니 천간이 壬(임)진생, 甲(갑)진월, 庚(경)인일이었다.

각각의 천간은 지지와 이십년씩 일을 하며 각기 한 기둥이 한 계절을 일하는데 나이가 41세를 넘겼으니 계절은 가을이며, 庚(경)금이 일을 하는 때가 되어 직업은 무난하고, 주위에 여자는 있으나 깊은 인연의 여인은 없으며, 이젠 고시공부에 대한 미련을 버리시라고 일러주었다.

천간의 계절과 지지의 밥그릇을 보니 고목의 박달나무가 도끼의 다스림을 기다리고 있으나 아직은 힘 있는 金(금)의 시기가 아니라

寅(인)목이 다듬어지지가 않았지만 태세에 金(금)의 도움을 받는다면 생각지 못한 財貨(재화)가 숨어 있음이 보인다.

아직은 익지 않아서 먹지 못하는 재물이지만 언젠가는 '대박'이 터지는 듯한 좋은 일이 있겠다고 일러주니, "무슨 그런 일이 있겠느냐"며 웃어넘기신다. 만약 그런 횡재가 있다면 나에게도 한주먹 쥐어주기로 하고 그날의 얘기를 마쳤다. 그리고 이형에게도 누가 옆에서 뭐라고 하든지 지금 하시는 일을 계속하셔야지 다른 일을 하시면 결과는 재미없을 거라고 말을 해드리고 헤어져 발길을 남원으로 향하였다.

차를 몰고 가면서 밖의 정경을 보니 봄의 기운이 완연하고 부는 바람의 훈풍 속에서 봄의 기운을 느낄 수 있었다. 그러나 마음의 한구석에는 조금 전에 만났던 두 분 중 한 분은 때의 계절에 힘이 실려 있고 때가 익어가기에 세상살이가 재미있다고 하면서 생활을 할 것이고, 한 분은 '그동안 모아 쥐고 있는 재물이 새어 나갈 것인데…' 하는 생각을 하니 안타깝다.

남원에서도 더 아래쪽으로 길을 잡아들어 진 사장의 집에 당도하니 진 사장이 기다리고 있었다고 하면서 반갑게 맞아 준다. 진 사장은 새로 개발한 황토방에 대한 설명으로 바로 이어진다.

광산의 이곳저곳에는 그동안의 고생을 말해주듯 여기저기에 짓다가 허문 건물들과 돌의 잔해가 눈에 들어오고, 작은 산의 능선을 돌아 내려가 보니 새로 지은 건물에 새롭고 산뜻하게 꾸며 놓은 황토방 건물이 눈에 들어왔다. 새로 지은 황토방에 불가마를 봐야 된다고 하면서 안내한 곳에 이르니 새로 지은 시설 내부의 시공은 맥반석의 기운과 황토의 기운을 합쳐 만들어서인지, 들어서니 상쾌함이 느껴진다. 이곳에서는 독한 술과 독한 담배도 맹물이 되고, 무맛이 된다는 설명을 곁들인다. 현대인의 성인병이나 스트레스로 인한 병들에도 탁월한 효과가 있는데 가까운 곳에 사시는 분들이 이용을 하고서 한결같이 효험이 있다고들 하신단다. 그곳에 머무르는 내내 많은 사람들이 다녀가고 황토방을 이용하는 고객들의 반응도 상당히 좋게 평가하는 것을 보았다.

산에 의지하여 살아왔고 산을 일구고 가꾸며 때론 훼손도 하며 살아가야 하니 그 터의 신들을 위해야 하질 않겠는가. 날을 잡아 산신과 터의 신을 위한 제를 올리고 진 사장의 배려로 며칠을 잘 지내다가 올라왔다. 올라오면서 진 사장이 그간 오랜 고생을 몰아내고 새로 시작한 황토방 사업으로 대박이 날 것임을 알 수가 있었다.


가까이 살던 사람이라 이형은 가끔씩은 만나게 되고 이형의 친구이신 고상태 씨와도 세월이 흐르면서 이런저런 일로 만나게 되어 안면을 익힐 만큼은 되었을 즈음에, 고상태 씨가 조용히 만나 상의할 일이 있다면서 연락을 해왔다.

누구나 개인의 사정을 남에게 얘기할 때에는 숨기고 싶은 것들도 때론 있기에 조용히 조심스레 얘기하자는 것이 아닐까 싶어 공휴일로 약속을 정하고 대전으로 향하였다. 고상태 씨는 시내의 중심이 아닌 도심을 약간 벗어난 곳에 살고 있었다. 언젠가 시내에 살면 편할 텐데 왜 이런 불편한 곳에 살고 있냐고 물었더니, 예전에 고시공부를 하려고 들어온 곳인데 지금껏 살다보니 주위의 사람들과도 정이 들었고 주변이 개발되고 발전이 되면서 이제는 살기에 불편함이 없다고 하였다.

대전 시내를 지나 유성 온천지 부근의 고상태 씨의 집에 도착을 하니 휴일이라 도로가 복잡하지는 않았느냐며 반갑게 맞아준다.

방에 들어서니 늦은 점심이지만 식사는 해야 할 것 같아 차려놓았다고 하면서 손수 장만한 것인데 하면서 상보를 걷는다. 상을 보니 정갈하게 음식이 차려져 있다. "아니 남자가 이렇게 음식솜씨가 좋으니 웬 여자가 들어올까요?" 하니, 그래도 이 상을 받으려는 여성 후보들은 제법 많다고 응수하신다. 시장했던 탓인가 맛있게 먹었다.

식사를 마치고 차를 마시며 이런저런 얘기를 나누다 언젠가 친구(이형)와 함께 있을 때 해준 얘기(대박)를 기억하느냐고 물어 오신다. 아! 4년 전에 처음 만나서 나누었던 얘기를 물어보시는 것이라 기억이 난다고 말을 하니, 그때 말해준 대박이 무엇을 말하며 대박이라면 금액으론 얼마나 되겠냐고 물으신다. 대박이라 함은 큰 바가지를 말함이나 우리네의 생활 속에서의 큰 바가지라 함은 무언가 큰 것이나 양이 많은 것을 말하는 것이고, 나의 노력이나 행동으로 얻어지는 이익이 자신이 생각하고 상상했던 것을 훨씬 뛰어넘는 어떤 이익이 아닐까 생각되며, 대박을 금액으로 말하기는 곤란하지만 지금 고상태 씨의 氣(기)나 天數(천수)로 계산해보면 수십억은 될 것이라는 말을 해주었다. 그렇게나 많은 액수냐며 되물으며 이야기를 이어나간다.

4년 전에 대박이라는 얘기를 처음 들었을 때에는 고시공부를 한답시고 허송세월만 보냈고, 사업한답시고 벌리면 실패하여 고생스럽고 남들 보기에도 어렵고 힘들게 사는 것을 알고 운세라는 이름을 빌어서 격려해 주는 의미로 들었단다.

오래전에 부인이 헐값에 폐광을 사서 그 광산의 아래쪽 물줄기에까지 채굴권을 신청하여 허가를 얻어서 사업을 하였는데, 여자가 사업을 하면서 사람들에게 시달리다 못해서 광산의 허가를 고상태 씨의 명의로 해두었다고 한다. 명의만 등재되어 있지 실제로 사업을 하는 것이 아니었기에 본인도 까맣게 잊고 지냈는데 근자에는 지자체에서도 이곳저곳을 개발하다 보니 하천을 이용하여 도로를 낸다거나 교량을 놓아야 되는 일들이 생기면서 이미 허가를 받은 광산의 채굴권을 훼손하게 되었다. 그러자 지자체나 공사의 발주처에서는 광산 채굴권 사용에 대한 문의를 해왔는데, 보상 문제를 협의하자고 하면서 일부의 어느 곳에서는 보상을 해주기 위해서 보상감정이 진행 중에 있기도 하고, 어느 곳은 보상금액이 책정되었으니 수

령해 가라는 곳도 있단다.

그래서 필자가 얘기해준 대박의 실체와 덩어리가 점점 궁금해지고 언제까지 보상이 이어지나 싶은 생각이 들어서 필자를 보자고 청한 것이었다.

## ✦ 본래가 空(공)하고 본래가 無(무)한 자리

木(목)나무의 종류만 보더라도 얼마나 많고, 그 각각의 나무들은 쓰임으로 보면 얼마나 많은 곳에 쓰이고 있는가. 약재로 쓰이는 것만 보더라도 얼마나 많으며 종이나 돈을 만드는 데 원료로 쓰이는 닥나무, 제사지내는 단의 재료인 박달나무 등 어찌 일일이 적을 수가 있겠는가. 木(목)나무는 자라는 기운이니 젊음이요, 동쪽이요, 아침이요, 교육을 뜻하고, 누구에게도 봄의 기운이며, 청운의 푸른 꿈을 품고 있다고 하겠다. 자란다는 것은 어떤 용도에 쓰인다는 것이며, 이미 어떤 용도의 用器(용기)인가는 나무가 이름과 함께 정해져 있다고 하겠다. 딸을 낳으면 딸의 혼숫감으로 오동나무를 심는 것은 오동나무는 가볍고 좀 벌레의 피해가 없어 가구의 재목으로 적합하기에 오래 전부터 딸의 혼숫감으로 오동나무를 심어왔던 것이다.

나무는 쇠(金)의 기운을 두려워하지만 다 자란 나무는 쇠(금)의 기운도 두려워하지 않으며, 톱이나 도끼의 기운을 받아 새롭게 化(화)

하는 것을 기다리고 있다.

모든 것은 정해진 틀이나 생각대로 되는 것이 아니라 때에 때의 기운이 세상의 모습을 바꾸어가고 있다. 변하는 것은 새로운 이름을 달고 다시 태어나는 것이다.

세상이 바뀐다는 10년 세월을 지나오는 동안 庚寅(경인)의 박달나무 도장이 열심히 일을 잘하여 내가 허언하지 않았음도 알게 되었건만, 이따금 지나면서 만나 보면 어디에서 얼마의 보상이 나올 것이고 어느 곳은 감정이 끝나서 보상이 결정됐다는 말을 늘어놓는다. 하지만 수십억의 보상을 자신의 이름으로 받았으면서도 또 보상이 언제 되니, 잘되니, 안 되니 하는 소리만 늘어놓는 것을 듣고 있자면 언젠가 내게 준다던 한주먹을 더 기다려 봐야 할지, 아니면 이미 한주먹 받아쓰고 기다리고 있는 것은 아닌가 싶어진다.

늘어나고 줄어듦이나, 시작이나 끝이나, 오고 가는 것이나 본래가 空(공)하고 본래가 無(무)한 자리에서 들고나며, 자신의 거울을 보면서 그냥 보면 될 텐데 왜들 닦으려 하는지, 닦을 것이 어디에 있다고?

# 17. 마음은 때(계절)의 짓거리를 만든다

산자락에 붙어 살다보니 산을 자주 찾게 된다.

오를 때에는 힘이 들어도 산의 능선에만 오르면 자연의 경관에 매료되어서인지 오를 때에 힘들었던 생각은 멀리 도망을 가며 생각도 없다.

산이 주는 매력은 오를 때마다 느낌과 생각이 달라지는데 매일 오르는 산도 매일 매일이 다르게 느껴지고, 때마다의 생각도 달라지게 하는 묘한 매력이 있다.

언젠가, 예불을 마치고 욕심을 내어 산의 정상인 主峰(주봉)을 돌아내려와야겠다는 생각(왕복 8시간)에 간단한 차림으로 산에 오르려는데 마당가에 매놓은 대롱이가 먼저 좋아하며 펄쩍펄쩍 날뛴다.

누가 산에 오른다고 일러주지 않아도 어떻게 아는 건지 개의 행동을 보면 때론 묘한 맛을 느낀다. 물과 먹이를 챙기고 산을 오르는데 여름 산답게 신록이 우거져서인지 산에서 나는 풀냄새가 싱그럽다. 한낮의 해가 뜨겁고 햇살은 눈이 부신데 앞장서가는 녀석은 온산에 자신의 흔적을 남기려 열심히 작대기를 내리고 앞, 뒷발길질로 땅을 파대는 것이 무척이나 기분이 좋은가보다. 그런데 산의 정상이 가까운 곳에 이르렀는데 갑자기 하늘에 먹구름이 드리워지고 밝고 맑던 하늘은 어디로 사라지고 온통 주위가 어두워지며 먼 곳에서는 천둥치는 소리가 들려온다. '허어! 이런 낭패가 있나' 하면서도 알 수는 없으나 잠깐 지나가는 소나기려니 하며 계속 산길을 오르는데 빗줄기는 더욱 거세진다.

'어제 저녁의 일기예보에는 내일 비가 온다는 말이 없었는데' 하는 생각을 떠올리며 비가 오면 발길을 돌릴 만도 한데 발걸음은 얼마 남지 않은 정상을 향하여 걸음을 계속하고 있었으니 미련함인가, 방송(일기예보)을 믿어서인가.

정상에 도달했어도 비는 그칠 줄 모르고 세찬 바람까지 몰고 와서 퍼붓듯이 내린다. '뭐야! 지나가는 소낙비치고는 너무하잖아!' 하면서 대롱이에게 먹이와 물을 주고 비를 피하여 나무 밑에 쭈그리고 앉아있어도 좀체 개일 것 같지가 않다. 한참을 지나도 비는 그치질 않고 바람도 더 거세지는데 산에서 비 맞으며 밤을 맞이할 수는 없는 일이라는 생각이 들어 내리는 비에 몸을 맞기고 산을 내려

왔다.

이제 작은 능선의 봉우리만 돌아가면 절이 보이는 곳에 이르는데, 내리던 빗줄기가 작아지고 하늘에 끼었던 먹구름이 벗어나며 대지가 밝아진다. 작은 봉우리에 오르니 언제 비가 왔었냐는 듯이 하루의 고된 일을 마친 석양의 해가 갓 피어난 꽃 봉우리처럼 화사한 얼굴을 내민다. 때의 구름이 일을 하려고 해를 가렸을 뿐, 해는 언제나처럼 밝게 빛나고 있었을 테지만 땅에 터 잡고 살아가는 사람들이야 어찌 하늘을 볼 수가 있겠는가. 잠시 하늘을 가린 구름이 일을 하고 지나가는 것을 기다릴 수밖에.

한치 앞을 알 수 없는 것이 세상사라고 하는 말이 실감이 나는 하루였다.

## 🌙 사람의 마음에는 神明(신명)과 신령함이 들어 있다

사람이 살아가면서 누구라도 나(我)를 내세우고 산다. 즉 나, 내가 존재하면서 세상의 모든 일들이 전개되는데 과연 내가 나라고 내세우는 내가 과연 어떤 물건이며, 무엇을 한들 내가 무엇을 하고 있다는 의식을 갖고 행하고 있는가? 사대(지, 수, 화, 풍)가 잠시 모여서 몸뚱이를 이루고 신명(마음)을 담고 변화무상하게 살아가고들 있으나 몸뚱이가 나(我)이며, 진정 내가 존재하고 있는지 잠시 의심을 가져볼 필요가 있겠다.

어느 생명이라도 그 생명에 이름이 붙여지기 이전부터 신령스러움으로 존재하였으며, 사람도 인간의 몸을 받아서 세상에 존재하기 이전부터 신령스러운 영체로 존재하였다.

자연의 계절은 때가 되면 계절이 일을 하기에 싹이 나고, 꽃이 피고, 열매가 맺히며, 열매가 익은 뒤 따서 저장하여 두고두고 먹게 된다.

그래서 자연의 모든 일들은 때의 일이며 시절의 인연이라고 한다.

사람이 시절의 인연으로 생명을 받아 세상에 태어나는 것도 때의 일이며, 모두 자연의 법칙에 따라 오고가는 것임을 알아야 할 것이다.

살면서 자신이 알든 모르든 신령스럽고 신통한 것을 마음(心)에 담고 살아가는데 마음이란 놈이 사람의 몸 어디에 있단 말인가? 마음, 마음하면서 있는 것처럼 얘기하여 그리 알고 있으며, 마음이 몸의 어딘가에 있다고들 하는데 대체 어디에 들어 있는 것인가?

사람의 기관은 오장과 육부로 나뉘어져 있고 사지와 머리로 형상이 이루어져 있는데, 마음이 들어 있는 장기는 어디에 있단 말인가? 심장에 있나? 폐에 있나? 간에 있나? 두뇌에 들었나? 가슴에 들어 있다고들 하는데 과연 가슴에 들어 있나?

어디에 들어 있는지 모르지만 분명 마음을 안고 살아가고 있기에 신령스럽다고들 하고 있으며 신통하다고들 하고 있다. 사람의 마음에는 神明(신명)이 들어 있고 신령함도 함께 들어 있다. 사람에게는 신명과 신령스러움을 담고 있는 마음이 있는데, 이 마음이 모든 것을 주관하고 있다.

생각이 일어나고 멸하는 것도 누가 생각을 하라고 해서 생각이 일어나는 것이 아니며, 누가 생각을 하지 말라고 해서 생각이 없어지는 것 또한 아닌 것이다.

자연의 하늘(空)은 어디에도 걸림이 없으며, 사람 또한 하늘과 동일하다.

하늘은 걸림이 없기에 때에 계절을 만들어내고 空(공)하기에 만물을 만들어내고 들인다.

사람의 본바닥도 본래부터 공하기에 무엇을 한들 걸림이 없다. 한 생각이 들고나며 무수한 변화를 만들고 이어가도 어디 끝이 있나 함이 없이 들고나고 들고나도 始(시)하고 終(종)하지 않은가. 사람의 마음과 생각도 하늘을 닮고 하늘과 닿아 있어서 본래 걸림이 없음을 알아야 하겠다.

하늘(天)이 비를 내리든, 천둥과 번개를 치든, 태풍을 만들어 땅을 휩쓸고 가든, 비를 안 주어 가뭄을 내리든, 온난한 대지가 凍土(동토)가 되어도 누가 하늘에게 무엇을 할 수나 있는가? 하늘은 하늘의 일을 하는 것이며, 대지에 몸담고 사는 사람은 사람이 할 수 있는 일밖에는 더는 할 수가 없는 것이다.

사람의 생각이나 행동도 때에 일을 하며 살아간다. 때가 되지 않으면 생각이 나오지도 않고 때가 되지 않으면 행동이 나오지도 않는다.

善(선)하든 惡(악)하든 그것은 때에 보는 사람의 얘기이고, 본래 선도 악도 없는 것이다. 그러나 사람은 자신의 因果(인과)에 묶여 있기 때문에 때의 행위나 생각이 때에 인과의 일(풀든, 맺든)을 하며 살아간다.

## 사람은 적응하며 살기 위해 때의 계절에 따라 변한다

하늘에 구멍이 난 것처럼 비를 쫄딱 맞고 와서 저녁공양을 마치고 뉴스 끝자락에 방송하는 일기예보를 들었다. 서해안에서 갑자기 ○○기류가 발달하여 한반도의 ○○지역에 오늘 폭우가 내렸다고 전한다. 갑자기 만들어질 기류를 예측하는 것이 기상대에서 하는 일일 텐데, 지나가는 얘기처럼 일기예보를 하는 것이 왠지 성의가 없어 보인다. 그러면서도 기상대에선들 하늘이 하는 일을 다 알 수가 없을 것이라는 생각을 하니 그들이 전하는 일기예보가 일견 이해가 간다.

하늘이 예측불허로 돌변하는 것이나 사람의 행위가 돌변하는 것을 누가 알기나 하랴마는 가끔 개천에서 용이 나왔다고 떠드는 소리나 미꾸라지가 용이 되었다는 소리를 간혹 접하기도 한다. 어찌 실개천에서 용이 나오고 미꾸라지가 용이 될 수가 있겠나. 그렇게 말을 끌어다가 미화할 뿐이지.

그러나 사람은 자신의 계절이 있어 때의 계절을 맞으면 계절에 적응하며 살기 위하여 변한다. 봄에는 봄의 일을, 여름에는 여름의 일을, 가을에는 가을의 일을 하기 위하여 때의 계절에 맞는 짓거리를 할 것이니 계절이 변하면서 사람의 행동은 자연히 변하게 되어 있는 것이다. 無盡(무진)의 변화도 공하기에 들고나며 세상은 변해 가고 있는 것이다.

# 18. 평일에나 오세요

봄이 익어가고 날씨가 더워지면서 긴팔의 옷을 걸치는 것이 무덥고 거추장스럽다.

해마다 진달래 꽃잎을 따서 茶(차)로 이용해왔기에 올해에도 꽃잎을 따다가 차를 만들어야지 하면서도 생각뿐이었다. 무엇이 그리도 바쁜지 차일피일 미루다가 때를 놓치지나 않았나 하며 긴 소매 옷을 챙겨 입고 뒷산의 진달래 밭을 찾아가보니 작년만큼 꽃잎이 풍성하지가 않다.

일행들과 열심히 꽃잎을 따 모으니 작년만큼은 되지 않았으나 그래도 흡족하다.

일행들과 산을 내려오며 집을 쳐다보니 앞마당에 오토바이가 서 있고 웬 남자가 대롱이와 놀고 있다. 나이가 든 녀석이라 녀석이 짖지 않는 것을 보면 안면이 있다는 것인데 하는 생각을 하며 가까이 가서 인사를 나누고 안으로 안내를 하였다. 그는 안으로 들며 3년 전에 다녀갔다고 하면서 "스님 말씀을 안 듣고 일을 벌였다가 돈은 돈대로 버리고 고생은 고생대로 했다"고 말한다.

## 🔥 점집에서 음식장사를 해보라고 권해서…

언제 적인가, 기억을 더듬어 생각을 해보니 같이 오신 부인이 무척이나 부지런하고 활동적이라 장사를 하신다면 잘할 수 있을 거라는 얘기도 나눈 것이 생각이 나서 기록을 찾아서 보았다.

손님은 天干(천간)이 丁(정), 癸(계), 癸(계)요. 부인은 甲(갑), 乙(을), 丁(정)이고, 地支(지지)는 각각 亥(해), 卯(묘), 亥(해)와 午(오), 卯(묘), 亥(해)였다. 기록을 옆으로 밀치고 "그동안 잘 지내셨냐?"고 하니, 지내기는 잘 지냈으나 별로 재미가 없었다고 하시며 그동안의 일들을 늘어놓으신다.

3년 전에 이곳을 찾아왔을 때에는 자동차의 간단한 부품교환이나 수리를 하는 서비스업을 하고 있다고 하였다. 나이가 들어가면서 힘쓰는 일이 점차 어려워지고 수입도 신통치가 않아서 뭔가 힘이 덜 들고 나이 들어서도 할 수 있는 일을 찾아야겠다는 생각이 들었다고 한다. 어떤 일을 할까? 하며 일을 찾으면서 이런 저런 일들을 생각해보고 주위에 아는 사람들과도 얘기를 나누며 물어보고 알아보던 중에 어디(점집)를 찾아가서 물어보았는데, 그곳에서 목구멍에 넘어가는 것을 하면 좋을 것이라고 하면서 음식장사를 해보라고 하였단다.

그렇지 않아도 부인의 음식솜씨가 좋다고들 하여 항상 주위 사람들이 음식점을 해보라고 권하는 소리를 자주 들었왔던 터였다. 그렇기에 부인과 함께 음식장사를 하면 되겠구나! 하는 생각을 굳혔다. 어찌 생각해보면 여자라고 다 음식을 잘하는 것은 아닐 텐데 부인은 타고난 재주가 있어서 어느 음식이라도 만지기만 하면 음식의 맛을 맛있게 내곤 했다. 음식장사를 하라고 타고난 팔잔가? 하는 생각까지 갖게 되었단다.

음식을 업으로 장사한다는 것이 생각하는 것만큼 쉬운 것이 아니라는 부인의 반대를 겨우 설득하고 어떤 품목을 어디에서 어떤 규모로 할 것인가 궁리를 하게 되었다.

강원도 속초시에 누이동생이 살고 있는데 어느 날인가 누이동생과 전화로 서로의 안부를 나누던 중에 동생이 동해안 유원지의 상가지역에 땅을 사서 건물을 지어 세를 놓고 있다는 걸 알게 되었다. 누이동생의 말에 의하면 주위에 건물들이 많이 지어지고 새로운 상가가 타운 형태로 형성되어 나날이 달라지고 있다는 말도 전해 들었다. 누이동생의 말을 듣고 차를 수리하는 일이 나이가 먹어서인지 이젠 힘이 들어서 힘이 덜 드는 일로 바꿔볼까 하는 생각을 한다고 동생에게 말을 하였다. 그랬더니 동생은 올케 언니가 음식솜씨가 좋으니 장사를 해도 괜찮을 것이라면서, 그런 생각이면 관광 유원지이기 때문에 다른 곳보다는 장사하기에 유리한 이곳에 오셔서 둘러보시라고 하였단다.

동생과 통화를 하고나서 속초에 3~4번 다녀왔는데 가서보니 새로 상가들이 형성화되어 상권도 괜찮아 보였고 그곳에서 장사하시는 분들도 시장이 활성화되어 장사가 점점 나아지고 있으니 장사를 하신다면 괜찮을 거라고 권하기도 하더란다.

장사를 하려면 남의 가게를 빌려야 하는데 누이동생의 가게를 얻는 것이 조금은 나을 거란 생각에 누이동생의 가게를 얻어 장사하기로 마음을 정하고 주변의 일들을 정리하던 때에 아는 친지분이 이사는 아무 때나 아무 방향으로나 함부로 가는 것이 아니라는 말을 하였다. 지금 살고 있는 성남에서 이사 가는 곳이 속초라면 동쪽 방향인데 올해는 안 좋은 방향이기 때문에 결정된 이사라면 厄防(액방)을 하고 이사하는 것이 좋을 거라는 그분의 말을 듣고 은근히 고민하던 차에 지인의 소개로 절을 찾아왔었다.

나를 찾아오셔서도 친지분이 말했던 이사 가는 것도, 장사하는 것도 정해진 거니 어찌할 수가 없고 동쪽으로 이사를 하면 안 좋은 사람이라도 어쩔 수없이 이사를 해야 할 경우에 아무 탈이 없이 잘 넘어가도록 방편을 해달라고 하였다. 얘기를 듣고 누구나 알게 모르게 방향을 이탈했을 때 터(방위)의 신을 달래는 데 사용하는 방위 이탈 해소원축을 써서 주었었다.

모든 사람들이 다 좋을 수만은 없고 모든 사람들이 다 싫을 수만은 없는 일인데 먹을거리 하나를 놓고서도 맛으로 먹는 자와, 멋으로 먹는 자와, 또는 기분이나 분위기를 찾는 자와, 실제 배고파서 주린 배에 허기를 달래는 자가 있듯이 먹는 것 하나를 놓고서도 각각의 사정은 다를 것이다.

음식의 종류도 다양하여 크게 가른다면 '육·해·공군'이 있다.

때에 자신의 계절에 든 밥그릇이 해군이라면 횟집이나 물고기, 바다고기, 건어물, 해초류 또는 젓갈을 포함한 염장류를 포함한 해군을 취급해야 한다. 그러나 해군을 취급해야 할 사람이 공군을 취급한다면 이익을 기대하기 어렵고 시작한 일이 손해를 보는 것은 자명한 일일 것이다.

때에 자신의 밥그릇이 공군인 사람이 돼지고기, 소고기와 같은 육류의 육군을 취급하는 것도 결과는 재미가 없다. 자신의 계절을 제대로 알고 계절의 먹을거리도 제대로 알아서 계절에 맞는 장사를 해야 한다. 때에 자신의 계절에 든 먹을거리를 취급한다면 변해가는 계절에 맛이 들고 계절이 가면서 익은 맛을 낼 것이며 또한 재미가 있는 것이다.

부인의 손끝에서 만들어지는 맛만 알고 계절이 일을 하며 내는 맛을 무시했으니 변해가는 계절의 맛을 알지 못하여 스스로 자초한 일이건만 손님은 그때에는 자신이 가지고 나온 밥그릇이나 계절이 익어가며 내는 맛이 무엇인지도 몰랐으며, 먹을거리에도 육·해·

공군이 있다는 말도 귀담아 듣지 않았을 것이다.

## 🌙 인생의 겨울은 유지, 관리, 보수하는 시기

세상이 변한다는 것은 때의 변화이며, 계절의 변화이다. 누구에게나 오는 계절이요, 때가 되면 가는 계절이다. 그 계절만이 하는 고유의 짓거리가 있는데 봄은 봄의 짓거리를, 여름은 여름의 짓거리를, 가을은 가을의 짓거리를 하며, 겨울도 겨울의 짓거리를 한다.

누구나 생을 영위하며 산다는 것은 계절의 농사를 짓고, 그 계절이 하는 짓거리와 함께 자연스럽게 일하며 산다는 것이다.

겨울은 자연에서는 농사를 지을 수가 없으며, 봄여름가을에 지은 농사의 수확으로 살아가야 한다. 계절로서의 겨울은 생의 활동을 할 수가 없는 시기라서 지난 봄여름가을에 농사지어 수확을 잘 했는지 못 했는지에 대한 평가의 시기라 할 수 있다.

겨울은 계절의 끝(終)이요, 시작(始)이며, 지난 계절에 지은 농사의 열매로 살아가는 때이다. 콩 심었던 사람은 콩을 먹고, 감자 심었던 사람은 감자를 먹으며 살겠고, 보리를 심은 사람은 보리를 먹고, 벼를 심은 사람은 쌀밥을 먹고 살아갈 것이다. 많이 심어서 잘 가꾼 사람은 풍족할 것이고, 많이 심었으나 관리를 잘못했거나 적게 심어 적은 수확을 얻었다면 어려운 대로 근근이 살아야 할 것이다. 남들은 농사지을 때 옆에서 구경하고 시원한 그늘만 찾아 이곳저곳 놀러만 다니며 농사에 전념치 않거나 농사를 짓지 않아서 수확할 것이 없다면 겨울의 계절에 들면 남의 눈치를 보고 빌어먹으며 살게 되고, 배고프고 허기져서 고통을 안고 살아가야 하며, 제 계절에 일을 하지 않았기 때문에 쓸쓸하고 외롭게 지낼 것이다.

겨울은 봄(春)을 품고 있으며, 계절의 시작이다. 자연은 어느 것 하나 머무름이 없으니 봄이 되어 농사를 짓기 전에 종자로 쓰일 씨앗이나 농사에 쓰일 기구들과 연장들을 수리하고, 없다면 새로 구입도 하고, 농막과 창고, 가축들의 축사도 개보수를 하는 시기이다. 자연의 태양이 봄여름가을처럼 농산물을 생산하는 시기가 아닌 겨울은 유지, 관리, 보수하는 시기임을 알아 두어야겠다.


손님은 속초로 가서 만두와 잔치국수, 냉면을 위주로 장사를 하였다. 처음 시작할 때에는 고생이 많았으나 부부가 열심히 해서인지 점점 장사는 나아졌다. 그런대도 어찌된 일인지 돈은 생각처럼 모이지가 않더란다.

2년이 지나서인가, 우연히 주위에서 함께 장사를 하고 있는 가게들의 시세를 알게 되었는데 동생 건물의 세가 주위의 다른 건물의 임대시세보다 비싼 것을 알게 되었고, 그 중에서도 유독 자신의 가게세가 비싼 것을 알게 되었다.

이를 누구에게 말할 수도 없고 세가 주위의 가게보다 비싸다는 걸 안 후로는 부부가 말다툼이 생겨 장사에 대한 의욕도 떨어지고 장사의 매상도 줄어들었다. 그런데 어느 날 동생을 만나서 가게 세에 대해서 얘기를 하였다. 그러나 동생은 자신의 가게세가 비싼 것이 아니고 주위의 상가들이 세가 안 나가서 세를 싸게 놓았기 때문이라고 하였다. 그러면서 다른 상가의 세도 새로 재계약을 한다면 가게의 세들이 다들 오를 것이라면서 자신의 가게세가 비싼 것이 결코 아니라고 하더란다. 손님은 너무나도 기가 막혔으나 동생에게 그동안 가게 계약기간이 3년이므로, 지금 2년이 지나 3년째에 접어들었으니 계약기간까지만 장사하고 그만두겠으니 가게를 세놓고 가게의 세가 나가든 안 나가든 보증금이나 실수하지 말라고 당부를 하였다고 한다.

그 후로는 장사에 대한 열정이 식은 것보다도 누이동생이 자신을 속인 것이란 생각에 분함을 삭혀야 했다. 그럭저럭 지내면서 장사를 하고 계약이 만료되었지만 가게는 세가 나가질 않고 누이동생은 세를 빼줄 생각이 없는지 조금만 기다리면 세를 빼주겠다는 약속을 여러 번이나 어겼다. 아무리 동생이지만 너무한다 싶어 어느 날은 짐을 다 싸놓고 이사를 가야겠으니 가게보증금을 달라고 해서 손해를 감수하고서 보증금을 되돌려 받고 씁쓸한 심정으로 이사를 왔단다.

나이가 들면서 나이에 맞는 일을 찾은 것이라 생각하고 시작한 장사였는데 지난 몇 년 고생만 하고 남은 것이 없어서 과연 나와 맞는 건지 안 맞는 건지 알고 싶었다는 손님은 앞으로 무슨 일을 해야 하는지 이 궁리 저 궁리 하다가 몇 년 전에 들렀던 생각이 나서 스님을 찾아 왔다고 한다.

세상에 살아있는 생물들은 사람의 목구멍이 저승길이니 날아다니는 새를 누가 무서워하며, 들의 짐승을 누가 겁을 내며, 물에 사는 고래인들 누가 무서워하겠는가? 풀뿌리, 나무뿌리, 어느 것 하나 목구멍의 저승길을 피할 수가 있으며, 세상의 온갖 생물들이 먹을거리 아닌 것이 어디 있는가?

돼지 亥(해)와 토끼 卯(묘)는 일반적인 먹을거리로 이용하고 있으니 자신들이 앉아있는 자리의 고기를 취급해야 하거늘, 어찌 다른 곳에서 먹을거리를 찾는단 말인가.

하늘과 땅은 사람이 살아가는 根本(근본)이며 하늘과 땅 사이에서 인간들이 터 잡고 살아가는 것이다. 사람들에게 갖가지의 먹을거리가 많을 것이다. 그 중에서 어느 것을 놓고 보면 좋아서 먹는다든가, 싫어하여 안 먹는다든가, 안 먹어 본 것이라서 못 먹겠다든가 하는 것들도 있을 것이다. 또한 먹을 때가 있는데 때가 아직 이르지 않아서 먹지 못하는 것도 있을 것이다.

손님과 이런저런 얘기를 해보니 당장에라도 장사를 하든가, 아니면 다른 일이라도 하고 싶다고는 하지만 어찌 아무 일이나 한다고 될 일인가. 모든 일에는 때와 순서가 있는 법. 손님과 부인의 앉은 자리를 살펴보니 나이 들어 배부른 박쥐와 젊은 노루가 뛰어 노는 철이라 암수를 이루면 더 좋겠으나 그래도 극성의 성질이 아님은 젊은이와 늙은이이기에 다툼은 없을 것 같다. 올해엔 장사를 벌려도 좋은 해이나 아직은 때가 덜 익었으니 급할수록 천천히 돌아가라는 말이 있듯이 계절의 때가 익을 때까지 조금만 기다리면 될 것이라 일러주었다. 그리고 가끔 이곳에 오시더라도 부인과 함께 오시라고 하며 부뚜막신인 竈王(조왕)을 위하는 글을 써주었다.

## 이제 남의집살이 그만하시고 가게 터를 잡아보라

內外(내외)를 한다는 것은, 암놈과 수놈은 함께 자리를 하다 보면 자연이 암수의 짓거리를 하게 된다는 것이기에 암수의 가림도 없이 무분별하게 함께 자리함을 염려하는 뜻에서 나온 말이다. 나이를 먹어 늙은이든 나이어린 젊은이든 내외의 정신을 지니고 사는 것이 당연하다 하겠으나, 나이 들어 힘이 없어지면 젊은이와는 달리 암수를 구분하는 내외의 의미는 퇴색이 되는데 丁(정)의 젊은이와 癸(계)의 늙은이가 시샘이나 질투, 투쟁의 일들은 없으리라 보여 태세가 익으면 장사를 해도 무방함을 알 수가 있었다.

때를 기다리며 손님은 지하철 공사장에서 막일을 하였고, 부인은 주위 사람의 소개로 식당의 주방에 나가서 일을 하게 되었다. 그리고 부부는 가끔 쉬는 날이면 찾아오곤 하였는데 여름이 가고 가을이 깊어가는 어느 날, 손님과 부인이 오셨기에 토지의 신을 위하는 글을 써주며 이제는 남의집살이 그만하시고 가게 터를 잡아보시라 일러주었다.

쉬우면서도 어려운 것이 요식업인데 이제는 실수나 실패해서는 아니 되니 발품을 팔아서라도 좋은 자리의 가게를 잡아야 하며, 아무리 조건이 좋아도 운영하는 사람과 터가 상생이 되어야 하므로 가게 자리가 나오면 결정하기 전에 내게 먼저 보여주라고 일렀다.

그날 이후로 마음에 드는 가게가 나왔다 하면 가서 보기를 여러 번을 하였다. 그런데도 자리를 잡지 못하고 계절이 바뀌고 해가 바뀌어서 겨울의 동장군이 기승을 부릴 때, 성남의 모란시장 부근의 점포가 나왔다. 가서 보니 지은 지가 얼마 되지 않았고 터가 좋았다. 주위의 상권도 좋았고 그동안 발품을 판 보람이 있구나 하면서 세를 감당할 수 있겠느냐고 물어보니, 세나 권리금이 생각보다 싸서 감당할 만하다고 한다. 이전에 이곳은 PC방을 하던 자리인데 장사가 안 되어 가게가 비어 있었다고 하여 그럼 내부나 깨끗이 수리하여 장사 잘하라 하고 돌아왔었다.


地支(지지)의 동물이 열두 마리가 있으니 子(자)쥐, 丑(축)소, 寅(인)호랑이, 卯(묘)토끼, 辰(진)용, 巳(사)뱀, 午(오)말, 未(미)염소, 申(신)원숭이, 酉(유)닭, 戌(술)개, 亥(해)돼지이다.

열두 마리 중에서 먹을거리에 드는 것과 먹을거리에 들지 못하는 것이 있는데 자, 인, 진, 오, 신, 술의 여섯 마리는 먹을거리에 들지 못하는 것이고, 축, 묘, 사, 미, 유, 해의 여섯 마리는 먹을거리에 들어 이용하고 있음을 알 수가 있다. 각각의 계절에 먹을 수 있는 동물이 들어 있으면 그 계절에는 먹을거리를 취급하거나 경영을 함에도 이로울 것이다.

봄의 계절에 경영이란 말이 안 되는 시기이며, 주로 여름이나 가을에 이용을 하게 된다.

먹을거리를 경영하려면 자신의 地支(지지)에 축, 묘, 사, 미, 유, 해가 있는지를 살펴봐야 한다. 조금 생각을 해보면 뱀인 巳(사)가 먹을거리에 들어 있음은 지지의 동물 중에서 유일하게 약으로 이용할 수 있기 때문이다. 그리고 개인들이 개(戌)를 보양 식용으로 많이 애용하는데 개(戌)는 세대의 변천에 의해 뱀을 약용으로도 구하기가 어려워지면서 뱀의 대용 약으로 이용하는 것이다. 몸이 망가지거나 병든 이들이 잠시 약으로 복용은 가능하겠지만 개를 식용으로 취하면 안 될 것이다.

겨울도 가고 봄도 익어가면서 지난해에는 잊을만하면 들리던 사람들이 가게 자리를 잡아주고 난 뒤로는 전혀 소식이 없어 장사는 잘 하나 하는 생각이 들며 궁금했었는데, 어느 날인가 부인에게서 전화가 왔다. 받아보니 장사라고 벌리고 보니 항상 바쁘고 힘이 들어서 못 찾아뵈어서 미안하다며, 언제 쉬는 날에 시간을 내서 찾아뵙겠단다. 그리고는 휴일이나 주말엔 손님이 많아서 바쁘니 스님이 오신다면 "평일에나 오세요" 하신다.

장사가 잘되고 있다니 정말이지 고마운 일이 아닐 수가 없다.

요즘처럼 먹을거리 사업을 열 명이 시작을 하면 2~3명이 밥을 먹고, 6~7명은 어려워서 문을 닫는다고들 하는데 개점공신인 스님을 초청하면서도 주말이나 휴일에는 오지 말고 평일에나 오라고 하니 정말이지 고맙다.

개점을 하고서 여러 계절이 지나갔건만 그들은 바빠서 시간을 못 내고 나도 평일엔 시간을 내기가 쉽지 않으니 음식 맛대가리를 보기는 봐야 할 텐데 언제쯤에나 볼까 싶다.

# 19. 얼마나 고르고 골랐는데

　이제는 나이가 들어 밖에 나와 다니기도 귀찮아졌다며 오랜만에 조 할머님이 비슷한 연배의 손님을 한 분 모시고 대문으로 들어서신다. 봄이 지나가는 환절기라 잘 지내시냐며 인사를 나누자, 스님 덕분에 아들이나 손자도 잘 지내고 집안이 편안하다고 하신다. 그리고 함께 오신 분을 가리키며 사촌동생이라고 소개하신다.

　"이년이 여기까진 왔어도 좋은 신랑 만나 산다고, 무척 콧대가 쌔다"고 소개를 하시는데 아무래도 살아오시면서 동생에게 뭔가 서운한 앙금이 있으신가 보다.

　사촌 동생도 환갑을 넘기신 초로의 할머니이시다.

　동생이신 작은 할머니도 자신은 그동안 남편(장성 예편)을 잘 만나, 살아오면서 어려움이나 큰 고생 없이 지냈고, 슬하에 아들만 둘을 두었는데 아이들도 걱정 없이 잘 자라주었다고 한다.

큰아들은 은행의 본사에 근무하고 작은 아들은 전공을 공부하느라 외국 유학을 다녀와 대학 강단에서 강의하는 교수님이라 주위 사람들이 부러워하기도 한단다.

두 아들 모두 결혼했지만 큰아들 장가보낼 때에는 큰 며느리가 잘 들어와야 집안이 잘된다는 생각에 욕심이라 할 만큼 이곳저곳의 유명하다는 곳을, 팔도가 좁을 만큼 돌아다니며 고르고 골랐다고 한다. 많은 이들이 天生配匹(천생배필)이라고들 하여 잘 살겠지! 하며 짝을 맺어 주었단다.

부부가 살면서 항상 좋을 수만은 없겠지만 요즘 들어서 아들과 며느리의 행태를 보면 둘의 사이에 무언가 불만이 있는지, 가끔씩 들여다보면 서로 자신의 주장을 내세우며 언성이 높아지고 때론 서로 대화가 며칠씩 없다가도 격렬하게 부딪히는 등 주위에서 보면 염려스러울 정도의 행동들이 보여서, 이러면 안 되는데 하며 걱정하던 차에 언니와 얘기를 나누다가 찾아오게 되었다고 한다.


어느 부모가 자식 잘 살길 바라지 않겠는가. 나이가 어리든 나이를 먹었든 부모에게 자식은 언제나 자식인 것을. 아들과 며느리의 신상을 물어보니 아들은 丁未(정미)생, 癸卯(계묘)월이고, 며느리는 辛亥(신해)생, 辛卯(신묘)월 이며, 생일은 같은 날이란다.

젊은 염소가 힘이 센 장년의 돼지와 봄의 계절은 그럭저럭 잘 지냈으나 계절이 바뀌어 더운 여름을 지날 때에는 덥고 힘들고 짜증이 나서 부딪침이 심해지고 서로 반목하며 지내는 것이다. 癸卯(계묘)의 늙은 토끼보다는 젊음과 힘이 넘치는 辛卯(신묘)의 토끼가 나이 먹은 토끼를 만나서 초기에는 나이 때문에 어른대하듯 존중하고 모셨을 것이나, 자신의 힘이 넘치는 계절을 맞아 늙어서 힘없는 토끼를 제압하려 드는 것이다. 2월은 지지에 있는 동물 중에 토끼(卯)의 달이며 오행으로는 木(목, 나무)의 달이다. 만물이 지난해에 저장하고 갈무리한 씨를 내어 땅에 뿌리고 싹이 나와 자라남을 뜻하며, 이 시기는 계절이 봄이라서 일 년을 시작하고 경영을 도모해야 하는 때이다. 토끼는 민첩하게 움직이고 일을 도모함에 계획을 세워서 영리하게 열심히 일을 한다는 뜻도 지니고 있으며, 빠르게 성장하고 재치가 있다. 그러나 뒷감당의 계산은 느린 편이다. 나무도 나무마다의 특성이 있기 때문에 나무마다의 특성을 알아서 가꾸어야 할 것이다.

### ☄ 天才(천재)와 地才(지재), 人才(인재)를 三才(삼재)라 한다

天生緣分(천생연분)이나 天生配匹(천생배필)이라는 말이 있다. 부부의 살아가는 모습이 하늘에서 점지해 준 듯 남들이 보기에 좋아 보인다는 뜻이다. 그러나 어디 하늘에서 정해준 짝이 있을 수가 있나? 그저 좋아 보이기에 하는 말들일 것이다.

같은 달, 같은 날 태어났어도 하늘에서 정해진 나이가 다르고 암수도 다르며 각각의 생이 다르다. 어디 그뿐인가. 때의 운기가 다르고 생각과 행동이 다르며, 살던 곳(전생)이 달라 좋아하고 싫어하는 모든 것들이 다르다. 부부는 서로 때마다 부딪히고 산다. 서로가 살면서 이해하고 참고 기다리며 서로를 이해해 가려는 생각으로 살아간다.

하늘이 열리고 땅이 굳어져 자연이 생겨나면서 우주만물의 보금자리가 생겨났으며, 사람들이 살아갈 수 있는 보금자리도 생겨났다. 天地(천지)가 자연을 이루며 天(천), 地(지), 人(인) 어느 것 하나라도 따로 떨어져 생각할 수 없고, 떨어져서는 우주만물이 존재할 수도 없는 것이다.

하늘의 열린 공간에 天才(천재)가 자리를 잡고, 땅이 굳어진 자연에 地才(지재)가 자리를 잡으며, 하늘과 땅 사이의 자리에 사람들이 살며 人才(인재)가 자리를 잡고 있다. 천재, 지재, 인재를 三才(삼재)라 한다. 하늘이 열리며 생성된 순서의 수를 天數(천수)라 하고, 땅이 굳어 만물의 터로 형성된 순서의 수를 地數(지수)라 하며, 사람이 생겨 만들어져 태어나는 순서를 人數(인수)라 한다. 오는 것도 가는 것도 수이며, 삼재의 수가 변하고 변하면서 만물의 수를 엮어내며 일하고 있음을 알아야겠다.

무궁의 변화도, 무궁의 수도, 무궁의 모양을 달리하여도 항상 하나이고 셋이며, 또한 하나이다. 앞이 있고, 뒤가 있고, 먼저 나온 것이 있기에 뒤에 나오는 것이 있으리라. 생기고 태어남 또한 정한 이 치이니 이미 天(천)의 수와 地(지)의 수와 人(인)의 수가 정해져 있음을 알아야 한다.

아들내외의 일은 옆에서 보는 어른의 생각처럼 심각한 것은 아니고 바람이 바뀌고 계절이 바뀌는 '환절기'에 일어나는 일들이기에 계절방위를 다스리는 글을 써서 다스리면 된다는 말씀을 드렸더니 안심이 된다고 하시며 일러준 대로 준비하여 다시 찾아오겠다는 말을 남기고 자리를 뜨신다.

이튿날 이른 시간인데 영업용 택시가 들어 와서 멈추며 어제 다녀가셨던 작은 할머니가 차에서 내리며 급히 들어오신다. 타고 온 차로 나가겠다고 하시며 준비해 가지고 온 것을 건네주신다. 주말에나 그 이후 편한 시간에 오시라고 하였더니 알았다고 하시며 바쁜 일이 있는 듯이 차를 타고 되돌아가셨다.

자연이 만들어내는 四時(사시)는 사계절을 말하고, 계절과 계절이 바뀌는 시기를 환절기라고 한다. 봄바람은 동쪽이나 동남간의 바람이요, 여름의 바람은 남쪽의 바람이요, 가을은 서쪽이요, 겨울의 바람은 북쪽에서 불어오는 바람이다. 봄이 여름으로 바뀌는 환절기에는 동풍이 동남풍으로 바뀌며, 동남풍은 남풍으로 바뀌어 바람이 분다. 여름이 가을로 바뀌는 환절기에 바람은 남풍이 남서풍으로 방

향을 틀어서 불고, 남서풍의 바람은 서풍으로 변하여 분다. (이하 생략)

자연의 바람이 계절이 바뀌면서 변하듯 사람이 살아가는 세상도 때의 계절과 함께 하고 있기 때문에 계절이 바뀌면서 환절기의 때가 있다. 봄의 환절기는 세상을 배우고 익히는 시절이라 많은 이들을 만나고 헤어지는 19~21세의 시기이다. 여름의 환절기는 39~41세의 때이며, 여름에서 가을로 넘어가는 시기가 자연에서는 가장 더운 때이듯이 서로가 배우자와의 관계가 예민해지고, 다음에 오는 계절을 준비하며, 나이에 맞는 행동을 준비한다. 가을의 환절기는 61~63세의 시기이며, 활동하던 것들을 정리하고 겨울준비를 하는 때이다. 사람이 살아가는 시기가 같은 계절과 같은 때를 살아도 각자 각자의 바람과 부는 방향이 서로 다르다는 것을 알아야겠다.

## 🌙 三才(삼재)로 다스리는, 글을 써서 기도하는 방법

며칠이 지났나 싶은데 작은 할머니로부터 전화가 왔다. 버스를 타고 왔는데 함께 온 일행이 여럿이라 동네어귀까지 마중을 나와 달라고 하시며 전화를 끊었는데, 목소리에 기운이 넘치고 힘이 실려 있다. 허긴 계절이 수놈이며 장군이 아니던가.

큰길까지 나가서 일행들을 모시고 집에 당도하여 일행들이 차에서 내려서 주위를 둘러보시며 감탄의 말들을 쏟아놓으신다. 이렇게 경치가 좋은 곳인 줄은 몰랐다고 한마디씩 하시는데 무심한 세월이 지나가며 나이는 먹었으나 자연의 아름다움은 나이와 무슨 상관이 있을까? 마치 소풍 나온 소녀들마냥 좋아들 하신다.

하긴 이곳에 살고 있으면서도 좋은데 어쩌다 와서 구경하는 이들은 이곳의 자연 경관에 감탄하지 않을 수 없다는 생각이 든다.

낮에 보는 경치도 좋지만 달빛이 은은한 밤에 보면 온 천지의 나무들이 섬섬옥수와도 같은 은빛의 비단옷을 입고 있는 정경이기에 동리의 골짜기를 美羅月(미라월)이라 했던가. 어찌 달밤에만 아름답겠나. 낮은 낮대로 아름다운데 동네어귀에서 갈라지는 뒤편골짜기 마을의 이름을 보면 壁水谷(벽수골)이라 부르고 있으니 바위벽에 부딪쳐 떨어지는 물소리가 어느 악기의 달인이 내는 소리보다도 더 곱고 고운 소리라서 신선들의 귀를 즐겁게 하였다고 한다. 그러니 이곳을 지나며 신선들이 즐겼다는 소리에 취한 이들이 어디 한둘이었겠는가. 이조 중엽에 시인 묵객들이 이곳을 지나다가 자연의 풍광에 도취하여 시를 짓고 가락으로 읊으셨다는데, 그때 지은 詩句(시구)에서 벽수라는 이름을 따와서 동리의 이름으로 사용을 하고 있단다.

그때나 지금에나 신선들의 놀이터에 비유했던 자연이니 아름다움이야 어찌 필설이 감히 감당할 수가 있겠는가.

그나저나 산속까지 힘들여 찾아들 오셨으니 각각의 보따리를 풀어봐야 하지 않겠나 하여 각자의 짐들을 풀어보니 아들이 중국에 가서 공부하여 학위까지 받아왔는데 중국에서 취득한 학위를 국내에서는 인정하지 않아 자신의 일을 잡지 못하여 고급 백수가 되어 걱정이란다.

교사 임용시험에 합격을 하였는데 대기발령기간이 길어져 걱정이 되어 찾아 오셨고, 딸이 방송시나리오 작가로 작은 작품은 여러 편을 하였는데 언제쯤에나 빛을 볼 것인가 물어 오셨고, 혼사를 치러야 할 과년한 자식이 있는데 언제쯤에나 인연을 만나게 될 것인가 하는 것들을 들고 오셨다.

누구나 태어나면서 짊어지고 나오는 천수의 나이나 짓거리도, 씨도, 먹을거리도, 계절도 다르다. 땅을 의지하여 살아가는 모든 이들이 태어나면서 짊어지고 나오는 것은 하늘에서 정해진 것이라서 살아가면서 때의 행동이 다르고, 나이도 다르고, 조상이 다르니 성씨도 다르고 성명도 다르며, 모두가 각각이며, 다르다.

자연의 모든 순환질서는 춘하추동의 4계절이 때마다 변하면서 일을 한다.

때의 계절에 제대로 익은 것도 있고, 덜 익은 것도 있을 것이다. 그러나 덜 익었다면 그것을 익히는 방법으로는 三才(삼재)로 다스리는 방법이 있다. 이는 글을 써서 기도하는 방법이다. 글은 거짓이 없고 나이를 먹었기에 사람을 대신하여 글에게 일을 시키는 것이다. 하늘 길도, 땅의 길도, 사람(조상)에게 가는 길도 감히 누가 갈 수가 있겠는가. 글이 살아 있어서 우리와 함께하기에 글로써 기도를 하는 것이다. 그렇게 글로서 기도를 하여 익히면 먹을 수가 있다.

오신 분들에게 삼재를 다루는 이치를 말해주고 작은 할머니에게는 써놨던 글을 드렸다. 글을 드리면서 아들과 며느리의 암수의 전쟁은 아들의 계절로는 끝이지만, 며느리의 계절로는 이제부터 시작이 된 것이기 때문에 두어 번은 더 오셔야겠다고 말씀을 드렸다. 방법이 없다든가 모른다면야 어쩔 수가 없겠지만 자식들이 잘 지낼수가 있다고 하니 열심히 찾아오시겠다고 하시며 집을 나섰다. 천천히 주위의 좋은 경치도 구경하고 운동 삼아서 걸어서 가시겠다고 하여 문밖에서 배웅을 해드렸다.

## 부부는 천수의 나이가 많은 사람이 더 많은 일을 한다

얼마 뒤 조 할머니가 동생과 같이 오셨다. 그동안 부모로서 자식에 대한 기도가 남달라서인지 아들내외가 지내는 것을 옆에서 보면, 서로에게 많이 편해진 것 같아 보이고 둘의 부딪힘도 예전처럼 눈에 띄지 않는다고 한다. 그리고 며느리가 어른들과 식구들에게 예전처럼 잘하며 지낸다면서 고마워하신다.

조 할머니도 동생의 집에 가끔씩 놀러 가거나 들러서 보면, 며늘아기가 예전보다는 명랑해지고 행동이나 표정도 밝아 보였다고 하시며 거들고 나서신다.

시간이 가고 계절이 바뀌면 癸卯(계묘)의 늙은 토끼보다는 辛卯(신묘)의 힘센 토끼가 힘 있는 짓거리를 할 것이다. 그것은 누가 정해주는 것이 아니라 태어나면서 짊어지고 나온 것이기 때문에 시간이 흐르고 계절이 바뀌면 자연히 그리 될 것이다.

　허나 옆에서 보는 시어미는 자신이 시집와서 남편을 모시듯 살아 왔기에 아들과 며느리의 행동이나 짓거리가 마음에 들지 않고 눈에 차지 않는 것은 당연하겠지만, 남자가 위이고 여자가 아랫사람이라 는 생각은 잘못된 생각이다. 그것은 자연의 음양을 모르기 때문이며, 자연은 음이나 양이나 함께 공존하는 것임을 알아야 하겠다. 男尊女 卑(남존여비)의 사상은 지난 시대가 만들어낸 잘못된 일임을 알고 양 이나 음이나 함께 살아가는 공기주머니 속에서 함께 존재하며, 서로 가 귀하고 상하좌우 그 어느 것도 공평하고 같음도 알아야 한다.

　아들과 며느리의 나이의 계절은 여름이다. 아들의 나이를 보면 丁(정)은 네 살, 癸(계)는 열 살, 丙(병)은 세 살로, 더하면 천수의 나 이는 17살이다. 며느리는 辛(신)은 여덟 살, 辛(신)은 여덟 살, 癸(계) 는 열 살로, 더하면 26살이 됨을 알 수가 있다.

　부부는 천수의 나이가 많은 사람이 일을 많이 하게 되어 있는데 가정에서의 나이를 더 먹은 쪽이 더 큰 역할을 하려는 것은 당연한 일이다. 아들인 남편이 처를 무시하고 살아온 습성대로, 또 남자이 기에 관습대로 어른의 짓거리를 하려고 하여 생긴 일들이나 아들이 가을의 계절로 들게 되면, 암수도 바뀌고 천수의 나이도 더 익어 서 로 때의 일을 할 것이니 부부가 평안할 것이리라.

　하늘을 보니 떠오를 때 밝고 붉었던 해는 어디로 가고 쇠잔한 백 색의 해가 되어 석양을 이루며 지고 있으니 이제 곧 어둠의 밤과 임무를 교대할 것이다. 해가 물러나 밤이 되었다고 해서 해와 달이 서로 질투나 싸움이 있었던가. 언제 음양을 이루는 해와 달이 다툼이 있었는가. 언제 밤과 낮이 서로 싸움을 벌였는가 말이다. 이처럼 사람이라는 껍데기를 쓰고 부부라는 이름의 인연으로 만나 함께 때와 계절을 살면서 자신의 역할을 다하며 살아가는 것에 서로가 고마움을 안다면, 다툼이나 싸울 일은 결코 없을 것이다.

부부라는 이름으로 본래 空(공)이 만난 것을 안다면, 빈항아리를 안고 살면서 무슨 욕심을 낼 것이며, 다툼이나 시샘으로 세월을 보내야 하나?

# 제11부
# 음양이 암수이다

# 20. 잡을 힘이 없어서

해가 지고 어스름한 저녁에 한 여인이 찾아왔다

누구나 낯선 곳에 가면 사방을 두리번거리며 주위를 인지하려는
것은 당연한 행동이나 여인의 두리번거림을 보고 있자니 누구에겐
가 쫓기는 듯한 불안한 마음에서 습관적으로 무의식중에 배인 습성
이라는 생각이 든다.

방으로 안내하며 편히 앉으시라 권하고 자리에 앉은 여인을 보니
고운 얼굴에는 무언가 수심이 가득하고 시원하게 생긴 눈가에는 눈
물이 가득하다.

여인은 자신의 핸드백을 열어서 신상을 적은 듯한 메모를 내밀면
서 이름은 김은영, 거기에 적힌 사람과는 내연의 관계인데 어찌해

야 될지 모르겠다며 말문을 연다.

나이와 계절을 계산해보니 여름을 지나 가을에 들어선 때이니 일주가 일하는 시기라 여인은 2월 乙卯(을묘)월에 일주는 辛亥(신해)요, 남자는 5월 庚午(경오)월에 戊申(무신)일주였다.

지나온 여름의 끝자락을 보면 이월은 토끼의 달이니 乙卯(을묘)의 어린토끼가 영리한 원숭이에게 이리저리 끌려 다니는 형국이었으니 그 고통을 어찌 말로 다하겠는가.

다행한 것은 여인의 계절이 바뀌면 辛亥(신해) 일주가 되며, 힘 있는 수놈의 시기가 되고, 남자는 영리한 원숭이가 재주피우다가 나무에서 떨어지며 힘이 없는 시기의 유년으로 가고 있어 여인의 입장에서 보면 여간 다행이 아닐 수가 없다.

수놈의 원숭이가 내 밭에 들어와서 이것저것을 뒤집고 파헤쳐도 乙卯(을묘)의 어린 토끼가 기운에 밀리고 나이에 밀려서 잔재주가 많은 원숭이가 자신을 괴롭혀도 어찌할 수가 없고, 원숭이가 발밑의 땅을 파헤치거나 나무를 흔들며 놀리고 괴롭혀도 대항할 수가 없는 형국이다. 그러나 힘이 없으니 무엇을 어떻게 할 수 있겠는가.

여인에게 그동안의 시기가 고통을 받는 시기였으나 올해를 넘기면 두 사람의 관계에서 일어났던 일들은 자연히 정리가 될 것이라고 일러주었더니 믿기지가 않는다는 듯이 정말이냐며 되묻는다.

손바닥도 둘이 부딪혀야 소리가 나는 것이며, 한 손으로는 아무리 소리를 내려 해도 부딪힘이 없으면 바람만 가를 뿐 소리를 낼 수가 없는 것이다. 아무리 좋고 귀한 물건이 있다 한들 자신이 잡을 힘이 없다면 어찌 그것을 내 그릇에 담을 수 있겠는가? 간단하게 설명을 해주고 글을 적어 주면서 글은 하늘과 땅과 인간의 三才(삼재)를 능히 다스려왔기에 갖고 싶어도, 담고 싶어도, 알 수가 없어 가질 수도 없고, 담을 수도 없었으며, 어느 짓거리를 하려해도 알 수가 없고, 사람이 하고자 하나 할 수가 없는 일들을 글이 일을 하게 하는 것이니 시간이 지나면 자연히 이런저런 일들이 풀려 나갈 것이라고 말을 해 주었다

## 🌠 내연남과의 관계에서 불거진 견딜 수 없는 고통

남자의 몸을 받아 태어났다고 해서 다 수놈의 짓거리를 하는 것은 아니며, 여자라고 해서 다 암놈의 짓거리를 하며 살아가는 것은 아니다. 제 각각은 껍데기(암, 수)가 일하는 것이 아니라 각각의 계절이 일을 하며, 그 계절의 암수가 결정되어 있어서 서로가 정해진 제 계절에는 암, 수가 바뀌며 일을 한다는 것을 알아야겠다.

서로가 좋을 때에는 떨어져서는 한시도 못 살만큼 지랄발광들을 하며 살지만 서로를 위하자고 하면서 돈과 연관을 지어 장사를 하거나 사업을 벌이면 돈과 함께하는 곳에는 필히 눈동자가 욕심으로 돌아가는 욕심쟁이가 생기며, 그러다보면 서로의 욕심에 누군가는 피해를 보게 되며, 좋았던 사이가 항아리에 금이 가며 깨지는 것은 당연한 일이 아니겠는가.

자신이 만든 일이라 어느 만큼은 감당하려고 하나 이제는 두렵고 무서움이 앞선단다. 손찌검을 하는 것은 예삿일이 되었고 남들 앞에서 창피를 준다거나 바쁜 일이 있다면 심통을 내어 온종일 끌고 다니다 시피하며, 어느 날인가는 저녁때 인적 없는 산에 가서 차를 세우더니 차에 있던 공기총을 꺼내어 위협한 적도 있었다고 한다. 그리고 때론 사소한 일을 가지고 트집을 잡으면서 위협할 때에는 정말이지 저승사자에게 잡히면 이런 기분이 드는 것인가 하는 공포의 마음이 든 때도 있었단다.

힘이 없어 잡을 수 없는 것도 자연의 계절이 하는 일이며, 자연은 거짓이 없음을 아시고 이제까지의 모든 일들은 자신이 만든 인연이고 업보이니 누구도 원망하거나 미워하지 말고 담담하게 마음이 편한 바를 찾아 올바른 짓거리를 하라고 일러주었다.

여인이 태어난 일주가 辛亥(신해)라 하였고, 내연의 남자는 戊申(무신)날 태어났으니 申酉(신유)는 오행으로 金(금)에 속하는데 酉(유)금은 가공을 하여 사용하는 금이라 보석이요, 申(신)금은 가공을 안 한 원석이니 바위요, 돌멩이다. 남들에게 모양도 내보고 자랑도 하려하지만 누가 돌멩이를 보석이라고 알아주기나 하겠는가. 제 자랑을 하다가 결국에는 넘어지는 형국이라 하겠다.

## 🎏 계절이 하는 일을 알고 행한다면 자연히 행복할 것

언제나 겨울이 지나면 봄이 찾아들고, 나무에 물이 오르고, 봄꽃들이 망울을 터트리며 대지가 화사한 꽃으로 옷을 갈아입는 어느 봄날에 은영이가 찾아왔다. 얼굴이며 행색이 지난번에 올 때와는 달리 많이 맑아졌고 밝아보였다

"요즘 시절이 어수선한데 잘 지냈냐?"고 하니, 아무 탈 없이 잘 지내고 있으며, 내연 남자와도 잘 정리가 되었단다. 이제는 지난 일을 거울삼아 못된 짓거리 안하고 살아갈 것이라며 연신 감사하다는 말을 늘어놓는다. 그녀의 얘기는 내연 남자가 여름을 지나 초가을까지도 극성스러울 만큼 그녀에게 집착을 보이고 간섭하며 무서우리만치 괴롭히며 그녀를 아는 주위의 사람들에게도 적잖은 피해를 주었다. 그런데 그가 벌린 부동산사업이 잘못되면서 여러 사람에게 사업상 금전관계로 쫓기는 신세가 되었단다. 여인에게도 이따금씩 드물게 통화를 하게 되었고, 그나마도 한동안은 연락이 없더니 얼마 전에 전화가 와서 받아보니 그 남자가 그동안 자신이 너무 욕심을 내고 자신만의 생각으로 여인을 좋아한다는 것(못나고 못된 짓을 한 것)에 대해서 용서를 구하며 미안하다는 말을 했단다.

자신은 사업이 잘못되면서 고향에라도 내려와 살려고 했으나 그마저도 여의치가 않아서 고향의 근처에 터를 잡고 지내고 있다는 말도 하였다고 한다.

그때 스님이 말씀하신 아무리 좋은 것이라도 내가 힘이 없으면 잡을 수 없다는 말이 생각이 났는데 이제부터라도 한눈팔지 않고 열심히 살겠노라고 말을 한다.

항상 함이 어디에 있고 행복과 불행이 어디에 있는가? 나의 계절을 알고, 계절이 하는 일을 알고 짓거리를 한다면 자연히 행복할 것이고, 나의 계절을 모르고 엉뚱한 짓거리를 하면 불행을 불러 오는 것은 당연한 것이 아닌가. 지금 한 말을 잊지 말고 계절이 하는 짓거리를 알고 살아가라고 일러주며 그녀를 보냈다

하늘아래 땅을 밟아야만 살아갈 수가 있는 사람이니 사람의 생성 오행, 즉 人才(인재)의 수인 인수를 알아보면 수화목금토가 됨을 알 수가 있으니 인수 생성의 수는 어린 태아의 생성을 말함이 아니겠는가. 부모의 정액이 화기로서 기혈을 이루고 모태에 착상하여 자라며 모발과 골격이 생겨 갖추어지고 피부가 생겨 태아의 형체를 갖추니 이때까지가 5개월이며, 6개월부터 출산할 때까지 태아는 성장하면서 모태 바깥의 세상을 듣고 배우는 시기이니 인격의 형성에 매우 중요한 시기라 하겠다.

생명이 생명을 만들고, 보살피고, 가꾸며, 키우는 것만큼 고귀한 것도 없으니 암, 수에 관계없이 생명의 귀함을 알아야겠고, 有無(유무)가 함께하고, 행복과 불행이 함께하며, 물질(色)과 空(공)이 동시에 함께함을 알아야 하겠다.

# 21. 사람 꽃(?)

간밤엔 비가 쉼 없이 내리더니 아침에 일어나 앞개울에 나가보니 물이 제법 불어 있다. 일기예보로는 장마라고 했으나, 그동안 비다운 비가 내리질 않아서 장마에 가뭄이 든다고들 했는데, 어제 밤새 온 비가 흡족하게 내려 그동안 메말랐던 땅이나 목말랐던 작물들은 해갈이 되지 않았나 싶다.

비가 많이 와도 걱정이요, 비가 적게 와도 걱정이니 이래저래 땅껍데기에 머물며 둥지 틀고 살아가는 우리네들이 짊어지고 사는 것이 걱정거리가 아닌가 싶다. 이젠 그만와도 될 텐데 하며 돌아서서 또 걱정을 하니 이놈의 걱정이라는 놈에 붙은 찹(습)은 너나할 것 없이 땅 밟고 사는 한은, 떼기가 힘들 것 같다.

하늘이 생겨 공간을 만들어주어 땅 껍데기에 자리 잡고 줄긋고 살면서 이것저것, 이편저편 가르고 크게 자리를 잡아 덩치가 크면 큰놈이요, 작으면 작은놈. 작으면 작은 대로, 크면 큰 대로 모든 것이 조화임을 안다면 너도 나도 존재하고 있는 것만으로도 서로에게 고마운 일이건만, 잠깐 들리는 뉴스에는 오늘도 고래싸움에 등터지는 새우의 소식을 전하고 있으니 답답함을 금할 길이 없다. 허허, 이것도 걱정이란 놈이 쳐놓은 그물인가.

### 🌀 파란만장 동현이네 가정사

예불을 드리고 땀에 젖은 옷을 갈아입고 있는데 밖에 기척이 있어 문을 열어보니 냉면집을 운영하고 있는 동현이 모친이신 하 여사와 두 여인이 들어서며 손을 모으며 인사를 한다.

"아니, 이 시간이면 가게 문을 열고 장사준비를 해야 할 시간인데, 어인 일로 발걸음을 했나요?" 하니, 간밤에 비가 너무 많이 왔기에 스님께서 우중에 잘 계시나 싶어서 올라왔다며 발길을 법당으로 돌린다.

한 4년은 지난 것 같은데, 하 여사가 처음 암자를 찾아 왔을 때에도 오늘처럼 비가 많이 와서 앞개울에 흐르는 물소리가 제법 크게 들리던 날이었다. 돌이켜보니 엊그제의 일 같기도 하고, 긴 무량의 세월이 지난 것 같은 생각이 드는 건 사바의 삶이 살아가기에 버겁고 힘이 들어 어려운 시기였기에 그런 생각을 하게 되는 것이리라.

　이 부부는 부지런하고 몸이 튼튼하여 좋은 일거리든 궂은일이든 남들이 선뜻 나서지 않는 일이라도 부지런히 가리지 않고 열심히 하다 보니 생활이 나아지고, 아이들 공부를 시키는 데에도 지장이 없을 만하다싶어서 뭔가 자그마한 일이라도 할 수 있는 일이 있으면 한 살이라도 젊을 때에 사업을 시작하는 것이 좋겠다싶어 일거리를 찾아보던 중이었다. 우연히 일가의 어른 되시는 분이 오셔서 무엇을 하든 한술 밥에 배부를 수는 없는 법이니 지금처럼만 열심히 살면 된다고 하시면서 집안이자 일가인 누구를 아느냐고 하기에, 안다고 하니 혹여 일을 하든 사업을 하든 한번 찾아가 보라고 했단다. 그러면서 그분이 어른께서 연락을 취해 줄 테니 찾아가면 무슨 일이든 있을 거라고 하며 가시기에, 마침 직업을 바꾸어서 일을 해 보려던 참이라 잘됐다는 심정으로 동현이 아빠가 시간을 내어 집안의 친지를 찾아가셨단다.

　지금 살아가는 모습은 서로 달라도, 어릴 적 시골에서 자랄 때에는 서로 이웃에서 함께 놀며 함께 뒹굴던 사이였으니 오랜만에 서로 살아온 얘기를 나누게 되었고, 얘기를 하다가 자신이 찾아오게 된 연유도 말을 하였다.

　그러면서 공장도 둘러보니 공장의 규모도 크고, 종업원의 수도 많은 것을 보게 되었다. 그리고 공장에서 하는 일이 완제품을 생산하는 것이 아니라, 부품을 조립하여 완제품을 만든다는 걸 알게 되었고, 부품은 집에서나 소규모의 업자에게 하청을 주어 걷어다가 완제품을 만든다는 사실도 알게 되었단다.

그래서 친지 분에게 내가 짊어질 만큼만 일을 하게 해달라고 하여 부품 하청의 일을 시작하였다. 한 1년을 해보니 하는 일에 비해서 수입도 좋아서 2년 차에는 일감을 더 부탁하고 시설도 조금 늘리고 운영을 해보니 그런대로 재미도 있고 수입도 늘어났다. 그래서 3년 차에는 사장인 친지에게 시설을 늘리고 자동화 기계도 들여놓을 테니 일감을 밀어 줄 수가 있겠느냐고 물었다. 그분은 자신의 회사에 들어온 일들은 전부라도 밀어줄 수가 있으나, 지금의 추이로 보면 지금 하고 있는 사업도 인건비가 싼 중국이나 동남아 쪽으로 일감 자체를 빼앗길 것 같은데 없는 돈으로 사업을 확장하는 것은 시기적으로 바람직하지 못하다며 잘 생각을 해보라고 하더란다.

그러나 사업에 재미가 붙어 뭔가 더 재미가 있을 거란 생각을 하고 있는 사람이 옆에서 무슨 말을 한들 귀에 들어 오기나 하겠는가. 다른 곳의 일도 더 할 수가 있다면 좋겠지만, 지금 일하고 있는 회사의 일만이라도 이삼 년만 하면 투자를 하더라도 손해는 없겠다는 계산으로 시설에 대한 투자를 하게 되었다. 기계의 자동화라는 것이 어찌 생각만으로 되는 것이던가. 그동안 모아놓았던 돈으로는 턱없이 모자라서 이곳저곳에서 돈을 빌리고 담보를 잡을 수 있는 것은 모두 잡혀서 시설을 차렸다. 그래도 한동안은 일이 바쁘게 잘 돌아가서 다행이다 싶었는데, 자동화로 증설을 하고 1년도 못 되면서

부터는 일감이 줄어들고, 일이 줄어드니 같은 업종끼리 일을 더해 보려고 덤핑을 치게 되는 실정이 되었다. 그나마도 얼마를 지나가니 일감이 아예 없어지더란다.

자동화시설을 하고 2년도 못 채우고 기계를 세우게 되어 공장이 문을 닫았다. 그러니 당장 급한 것은 남들에게 빌린 돈. 세상인심 무서운 줄을 알았지만, 그때에 새삼 알게 되었단다.

언제고 편한 대로 갖다 쓰라며 돈을 디밀던 사람도 사업이 망했다고 하니까, 자신들이 빌려준 돈을 못 받을까봐 별의별 생각조차 하기 어려운 방법들을 동원하여 괴롭히더란다.

처지를 잘 아는 어떤 이는 찾아와서 이곳에서 이렇게 고통스럽게 살지 말고 다른 곳으로 뚝 떨어져서 이사라도 가면 좀 낫지 않겠느냐고도 권했지만, 마음씨가 착해서인지 바보스러워서인지 "어디를 간들 남에게 빌린 돈을 내가 갚지를 않으면 누가 갚아주나요" 하면서 마다했다. 이곳에서 돈도 빌렸으니 이곳에 살면서 갚아나가고, 더욱 중요하게 마음에 자리 잡고 있는 것은 남에게 돈을 빌려 쓰고 도망가듯이 다른 곳으로 야반도주를 한다면 당장의 고통이야 다소 면한다고 해도 훗날에 자식들에게 떳떳치가 못할 것이기에 그것 때문에라도 이곳에서 살면서 꼭 남에게 빌린 돈은 갚을 거라고 하니, 그분도 기가 막히는지 혀를 차며 돌아가시더란다.

사업이 망해서 정신없이 지나던 해가 동현이가 고 3학년이라 대학입시를 치루는 해였다. 공부는 잘해서 우수한 대학에 합격을 하고서도 집안의 형편이 어려워서 그 학교를 포기하고 장학금 혜택이 있는 다른 학교에 장학생으로 학교를 다니게 되니 부모 된 마음이야 오죽했겠는가.

남들은 못가서 안달인 대학을 붙었어도 형편이 어려워서 그 학교를 보낼 수가 없었으니 자식의 앞길을 막은 부모가 되었다 싶으니 한동안은 마음고생이 심하였다. 그러나 '내 복이 그것뿐이니 어찌하겠느냐'고 스스로 위로를 하고, 아들 스스로도 "나는 괜찮으니 학교 문제로 속상해하지 마시라"며 위로를 하니 안정이 되더란다.

학교를 다니다 군대에도 다녀오고 내년이면 졸업도 할 때쯤에는 아들이 졸업하고 취업만 되면 고생이 좀 덜어지겠지 하는 생각을 했었다. 그런데 아들이 막상 졸업을 하고서도 직장을 잡질 못하여 집에서 빈집이나 지키고 가끔씩 도서관에나 다녀오곤 하니 학교에 다닐 때보다도 속이 편치가 않고 집안의 형편도 나아지지가 않았단다.

그러던 어느 날, 언젠가 다녀가셨던 집안의 어른 되시는 분이 찾아오셨다. 사업을 하다가 망했다는 말을 듣고 어른도 마음이 많이 불편했다고 하시면서 봉투를 건넸다.

"이 돈은 자식들이 준 용돈을 모은 것이니 갚을 생각은 안 해도 되고, 작은 돈이지만 이것을 종잣돈으로 하여 남의 품팔이만 하지 말고 뭔가 새로운 일거리를 잡아 보라"고 하시며 주고 가셨다.

어른이 가신 뒤에 봉투에 든 돈을 세어보니 천만 원이나 되더란다.

생각지도 않았던 돈이 생기니 이 돈으로 무얼 어떻게 해야 하나 하고 이리 생각, 저리 생각을 하다가 누구나 먹어야 살 수가 있고, 먹는장사는 크게 망할 리는 없겠다는 생각에 음식을 다루는 일을 해야겠다고 생각을 하였다. 그리하여 이리 궁리, 저리 궁리를 하다가 어릴 적에 어머니께서 가끔씩 해주시면 맛있게 먹었던 냉면을 생각해 내고는, 계절에 따라서는 장사의 기복은 심하겠지만 맛이 있다면 사철 장사도 가능하리란 생각에 냉면을 주 메뉴로 한 장사를 하기로 하였단다.

냉면 장사는 육수의 맛과 양념장의 맛이 성패를 가르기 때문에 그날부터 낮에는 직장일을 하면서 퇴근하여 시간이 나면 육수와 양념장의 맛을 내기 위하여 매달려서 연구와 실험을 거듭하였다. 그렇게 일 년여의 시간을 보내고서야 겨우 맛을 내는 재료를 찾아서 만족할 만한 맛을 내는 육수와 양념장을 얻게 되었단다.

가진 자본이 넉넉지가 않아 대로변의 큰 가게는 생각지도 못하고 동네어귀의 점포를 얻어서 장사를 시작하였는데, 장사는 그런대로 잘되었다. 그런데 장사를 하다 보니 생각지도 못했던 묘한 일의 생기더란다.

남의 집이니 주인의 위세란 것을 전혀 배제할 수는 없는 노릇이지만, 2층에 살고 있는 주인집 할머니가 할 일도 없고, 시간이 남아돌아서인지 시도 때도 없이 가게에 내려와서 사람을 붙들고 얘기를 하고 손님들과 얘기를 하다가는 시비가 일어나 소란을 피우는 일이 빈번해졌다. 장사에 신경을 써야 하고 손님들에게 신경을 써야 하는데, 어느 날부터는 '주인집 할머니가 오늘은 안 내려와야 장사를 할 텐데' 하는 생각이 앞서게 되더란다. 그렇다고 이사를 할 형편도 못되기에 고민고민 하다가 필자를 찾아온 것이다. 그날도 오늘처럼 전날 비가 많이 왔었기에 기억이 쉽게 났다.

## 🌑 덜 익은 자식 걱정에 괴로운 여인

"들어들 오세요" 하니 동현이 모친과 함께 온 여인이 방으로 들어서며 예를 차리고 절을 올린다. 절을 하는 자리, 받는 자리가 그 자리니 "이 공덕 삼계에 두루 회향합니다" 하는 축원을 하고나니 자리를 잡고서 앉는다.

"그래, 우중에 어인 일들입니까?" 하니, 서로 얼굴들만 보고 별말들이 없다.

"아니, 뭔가 보따리를 가지고 왔으면 내보여봐야지, 도로 가지고 갈 거면 이 산중까지 발품은 왜 팔았나요?" 하니, 그제서야 하 여사와 동행인 여인이 입을 열어 말을 꺼낸다.

"나이 먹은 아들이 있는데, 아직껏 제 인연을 못 만나서 걱정을 하고 있었습니다. 이웃 아주머니가 절에 간다고 하여 같이 나선 길입니다. 아들은 쥐띠 오월입니다."

그래서 정리를 해보니 壬子(임자)생, 丙午(병오)월이었다. 암놈의 늙은 쥐가 나이를 먹어서인지 일은 하기가 싫을 것이요, 오월이라면 젊은 암놈의 달이니 뜨거운 여름을 살아가기에는 어리기 때문에 모양은 보기에 좋을 것이나, 스스로는 감당하기에 벅찬 일들이 많아서 혼인문제는 조금 기다려야 할 것 같다. 부모로서 책임을 질 일이 있는데, 그것은 자식을 덜 익혀서 끄집어내었기에 그에 대한 책임을 져야 할 거라고 하니, 여인은 한참을 생각하더니 실제 그 아이를 낳을 때에 아이를 낳는다는 것이 겁도 나고 무서운 차에 병원에서 수술을 하면 아이나 산모가 큰 고통도 없고 수술 후에도 좋다고 권하여서 제왕절개수술을 하여 낳았단다.

그러면서 "이제라도 어떻게 하면 우리 애가 장가라도 가고 사회생활을 제대로 할 수 있겠느냐?"며 되묻는다.

덜 익었다면, 익히면 되는 것이 아니겠는가. 늦은 감은 있지만 이제라도 익히면 될 것이며, 번거롭고 수고를 하시더라도 자식을 위하여 하시겠다고 하기에 방법을 일러주고 보냈다.


봄에 꽃을 피워서 열매가 맺히면 꽃은 제 할 일을 다 하였기에 떨어져 흩어지며, 맺힌 열매는 자연이라는 강자와의 한판 승부가 남아있으니 이 시기에 열매가 자신을 소홀히 한다면 가을의 맛은 볼 수가 없을 것이다. 때문에 맺힌 열매는 어떻게 하든지 여름이라는 시기를 잘 익혀야 맛있는 가을을 맛볼 수가 있으리라. 영양의 공급이나 해충, 천적들, 태풍, 폭우, 우박 등 자연에서의 일 어느 것 하나라도 열매를 키워나가야 하는 입장에서는 만만치가 않을 것이다.

사람의 시기로 보면 21세~41세에 이르는 이때는 태어난 달의 天干(천간)과 地支(지지)가 일을 하는 시기이자 태어난 달이 일을 하는 시기, 암수가 결정되어 때의 암수가 일을 하며 지나는 시기이다.

여름의 시기도 초여름과 늦여름의 시기로 나눌 수가 있다. 누구에게나 같은 시기이나 암수의 짓거리에 따라서는 많은 차이가 난다. 따라서 결실에 신중함을 알고 짓거리를 해야 하는 시기이다.

처음 누군가와 함께 절을 찾아온 하 여사는 장사를 하는데 이층 주인집 할머니가 영업을 방해하여 아무리 말로 설득해도 들은 건지 안 들은 건지 손님들과의 마찰이 계속되어서 좋은 방법이 있는지 상의해보고자 하는 이유였다. 이 말을 듣고 처음엔 참 별일이다 싶은 생각도 들었으나, 본인이 얼마나 고통스러웠으면 이 산중에까지 찾아와서 하소연을 할까 하고 생각해보니 그 고충이 이해가 됐다.

그런 일이야 글을 써서 글로 다스리면 두세 번이면 된다고 하니 하 여사는 믿지 못하겠다는 눈치다.

"글이란 길을 말함인데 어떤 방법이든 길이 필요하여 글로써 일을 시키면, 글이 길을 만들 듯이 일을 처리하여 나아갈 길을 만들어 간다"고 설명을 하니, 조금은 알듯 말듯 하다며 글을 써주시면 받아가겠다고 하여, 며칠 후에 연락을 하고 오라며 보냈다.

### 🌠 글이란 길이 있어 소통이 되고 역사가 있다

글을 써서 일을 하게 하는 것도 시간과 공간이 일을 하는 것이며, 우리네들이 무엇을 하다가도 '무슨 좋은 수가 없을까?' 하고, 배가 고프면 '어떻게 해야 밥을 먹을 수가 없을까?' 하며, 목이 마르다면 '어떻게 해야 물을 마실 수가 있을까?' 하듯이 살아서 움직이는 것 어느 것 하나하나가 수 아님이 없으며, 무엇을 어떻게 하든 수를 제대로 알고 수를 제대로 찾아야 만이 어느 것이든 정리를 할 수가 있으리라.

정리를 한다, 정리가 됐다 함은 바라는 것이나 기대하던 것 무엇이 잘 소통됨을 말하는 것이니 소통을 시킨다 함은 시간적, 공간적인 요소를 뛰어 넘어야 한다. 그러니 시간이나 공간을 뛰어넘어 우리네들에게 존재하는 것은 글이기 때문에 글로써 소통을 시키는 것임을 알아야겠다. 글은 글로만 있는 것이 아니고, 태어나면서부터 지금에 이르기까지 일을 하여 뭔가를 소통시키고 길을 만들어 왔다는 것도 알아야 하겠다.

오래전 수천 년 전의 역사나, 그 시대의 왕조들이나, 오래전에 이 땅을 다녀가신 聖人(성인)들께서도 글이란 길로 우리에게 오셔서 우리네들이 배우고 따르고 있다. 이 땅에서 일어났던 일들이 역사라는 이름으로 남아 있는 것도 글이 있기에 가능한 것이다. 글이라는 길로 몇 백 년, 몇 천 년이 지나도 소통이 되어 어제 오늘의 일처럼 우리네들이 알고 있고, 간직하여 나아갈 것이고, 남의 땅에서 일어났던 과거의 역사를 알고 있는 것도 또한 글이라는 길이 소통되고 있기 때문임을 알아야 하겠다.

허나 口傳(구전)되거나 기록이 소실되어 우리네들에게 전해지지가 않은 것들이 많이 있는데, 그 중에서 꽃피우듯 만들어졌던 高麗(고려)시대의 靑瓷(청자)를 꼽을 수가 있겠다. 어느 곳에서도 흉내낼 수가 없는 이 땅에서 만들어진 우수한 시대적인 산물이지만, 만드는 데 필요한 기술적인 기록을 도공들이 남기지를 않았으니 만드는 길을 알 수가 있겠는가. 그러나 독창적이고 우수한 이 땅의 산물이기에 시대를 뛰어넘어서 이 땅의 도공들이 천 년 전의 가마터도 찾아내고, 흙도 찾아내어 재현하고 복원하려는 정성과 노력으로 빚어 만들어서 99%의 고려청자를 만들어 냈다고 한다. 하지만 청록색 유약과 환상적인 철분의 함량으로 구어 만들어진 빛깔이나 힘차고 요요하고 도도한 자태, 투박하며 서민적인 맛의 품새를 재현할 길이 없으니 글이 없어 길을 못 찾아 1%만큼 덜어내고 보고 또 봐야 하는 것이 안타깝기 그지없는 일이 아닌가.

글이 일을 한다 함은 살아있음을 뜻하는데, 생겨날 때에 짊어진 字源(자원)이 그것이니 글자마다 각각의 할 일이 다른 것도 알아야 할 것이다.

## 🎋 아이들은 어른들의 행동을 보고 배운다

며칠이 지난 후 전화가 걸려 와서 받아보니 동현이 모친이시다. 스님에게 글을 받아야 할 때가 된 것 같아서 전화를 했단다. 아무 때나 시간이 나면 올라오시라고 하니, 급한 마음이었는지 수화기를 놓고 얼마 지나지 않았는데 찻소리가 나며 집으로 들어오신다.

써놓은 글을 읽어주고 잘 챙겨 가지고 가서 일러준 대로만 하면 주위의 모든 일들이 조용해질 것이라 일러주었다. 그러면서 "바쁠 텐데 어서 내려 가보라"고 해도, 동현이 모친은 뭔가 할 말이 더 있는 듯이 머뭇거린다.

아들 동현이 때문에 걱정이 되고 속이 상하신다며 어떻게 무슨 방법이 없겠느냐는 것이다. 무슨 방법이 있겠는가. 자연을 거스르고 계절이 차질 않아 덜 익은 것을 어찌하겠는가 말이다. 속이 상하겠지만, 상했다면 어제 오늘의 일이 아닐 테니 상한 속이 있다면 여기다가 두고 어서 내려가서 일이나 하고, 다음날 아무 때라도 시간이 있을 때에 얘기하자며 등 떠밀 듯 내려 보내고 방으로 들어와 기록을 찾아 동현이의 태어난 신상의 기록을 보았다. 丙辰(병진)생, 丙申(병신)월이라. 수컷이 암놈의 옷을 입고 있으니 짓거리나 생긴 모양도 암놈일 것이며, 덜 익어 아직 때가 아님은 丙(병)화가 申(신)금을 데우고 있다. 쇠라고는 하지만, 쇠란 광물질이 돌멩이를 가공하고 제련함에서 얻어지는 것. 申(신)금은 가공이 안 된 돌멩이이며, 원석의 바위덩어리이니 丙(병)화의 불이 수고를 더하여야 할 것 같다.

계절이 초여름에서 익은 여름으로 넘어가줘야 힘을 받아 일을 할수가 있음이니 조금 더 익어야 하는데, 아무것도 알 수 없고 모르는 부모의 마음은 한시가 급할 뿐이다.

다른 집 자식들을 보면 다들 잘 지내고 있는 것 같고, 또래의 친구들 중에는 결혼을 하여 애기도 낳아 부모에게 안겨도 주고 다니니, 동현이 엄마는 물론 어느 다른 부모라도 안타까운 마음일 것이다. 자식이 못나지도 않았는데, 왜 내 자식만 이리 지내고 있나 하는 생각이 들 때마다 속이 상한 것은 자명한 일이 아니겠는가.

허나 계절은 거짓이 없고 누구에게나 공평하다. 그러니 아침에 해가 떠서 낮을 뛰어넘어 밤으로 직행하지 아니하고, 꼭 낮의 일을 하고 저녁을 지나 밤으로 가서 일을 한다. 그리하여 다음날의 아침을 만들어 와서 해가 뜨고, 다시 그날의 일을 변함없이 하여 낮을 만들고, 저녁을 만들고, 밤에 물을 만들어 다음날의 해가 일할 수 있게 물을 준다. 언제나 떠오르는 태양은 붉고 힘차게 떠오르는 것이며, 그날의 일을 마치고 지는 석양의 해는 水氣(수기)가 다 하니 백색이 되어 밤으로 돌아가는 것이다.

하늘은 돌고, 돌고, 돌면서도 거짓이 없고, 제 일을 다 하고 있어 얼마나 돌고 있는지를 가늠을 해보니 해는 150억 살이라고 하며, 지구는 50억 살이라고 한다. 그렇게나 많은 세월을 돌고 있으면서도 제자리에서 제 일을 하고 있으니 얼마나 정직한가를 짐작할 수 있으리라.

때에 따라 계절을 만들어냄도, 계절을 익혀감도 또한 거짓이 없어 땅 껍데기에 둥지를 틀고 사는 모든 동식물들이 의지하고 살아감이 아니던가. 부모로서 자식에 대한 급한 마음은 태어나면서 각각이 짊어지고 나온 계절을 모르는 것이기에 탓할 수도 없는 일이

고, 세월을 기다려보면 언제 적 얘기라고 할 것이니 조금만 참아보
자고 하지를 않았던가 말이다.

누구나 남자라면 수컷이니 수컷의 일을 할 걸로 알고들 있을 것
이며, 여자라면 암놈이기에 암놈의 짓거리를 하며 살아갈 걸로 알
고들 있다. 그러나 나이가 들어 때의 계절이 되면 정해진 자신의 짓
거리를 하며 지낼 것이다. 변하는 세상을 모르고 우리 때에는 그리
했으니 자식들에게도 당연히 그 나이의 짓거리를 할 것으로 알고들
있지만, 그렇지 않다. 크고 성장하여 몸 덩어리는 어른이 되었으나,
자연의 하는 짓거리들을 모르니 제 한 몸 편한 것만 알고 주위를
돌아다 볼 줄도 모르고 제 나이의 익은 짓거리를 할 줄 모름은 어
찌 아이들만이 짊어질 짐이겠는가. 때의 세상이 변하여 주위의 사
정이 달라졌기에 무슨 일을 하거나 어떤 엉뚱한 짓거리를 하는 것
도 주위의 누군가 보여주었고, 누군가 그렇게 행동을 했기 때문일
것이다. 누군가가 그리하였기에 그런 행동을 보고 하는 것이니 어
른들의 덜 익은 생각이나 어른들의 덜 익은 행동들을 보고 자라는
아이들에게는 항상 어른들의 행동이나 짓거리가 신중하고 사려가
깊은 행동을 하고 보여주는 것이 중요하다 하겠다.

계절 중에 여름은 봄에 착과된 열매를 키우고, 열매의 씨를 맺히
는 일을 하는 시기이다. 이 시기에는 자연의 여러 일들이 열매를 맺
히는데 험난한 장애를 주고 시련을 주는 시기이니 비가 많이 온다
든가, 가뭄이 든다든가, 때 아닌 우박이 쏟아진다든가, 폭우가 쏟아

진다든가, 때론 태풍이 몰아쳐 와서 자연의 모든 것들을 제자리로 돌려놓기도 하는 시련의 때이기도 하다. 그러나 그러한 모든 장애와 시련을 극복하고 튼실하게 자라고 익힌 열매는 씨를 키워서 다음계절인 가을에는 익은 열매를 따는 것이다.

자연이 계절을 엮어가면서 하는 행위들은 어느 것 하나라도 중요한 일이 아님이 있겠는가. 여름이란 계절의 白眉(백미)는 더위에 있는데, 그것은 여름의 끝자락에 오는 불볕더위를 말한다.

여름이 막바지에 이르면 그동안 자연에 잘 적응하여 자라고 성장하는 것들조차도 더위의 폭염이나 기갈을 견뎌내기가 힘이 들어서 때론 고사하는 것들이 생겨나는 시기인데 ,그동안 누구인가의 보호나 의지 속에서 자라왔다면 여름의 막바지에 찾아오는 불볕더위를 견뎌내는 것은 결코 쉬운 일이 아닐 것이다.

자연은 공평하고 정직하기에 이 막바지의 시기에 더위를 쏟아내어 씨로 쓸 수 있는 것과 쓸 수가 없는 것을 정리하여 낙과를 시킨다. 이 시기를 우리네들의 살림살이의 나이에 비유한다면 38세~41세로, 인생살이에서 계절이 바뀌는 환절기이기에 매우 중요한 때임을 알아야 하겠다.

때의 날씨가 익어 온 천지의 사람들이 제 집을 버려두고 산이나 들, 바닷가를 찾아 더위에 지친 몸을 맡기러 떠나고 북새통을 이루니 유난들을 떠는 건지, 아니면 유독 더위가 맹위를 떨치는지, 아니면 덜 익어 나와서 세월을 보내다보니 더위에 대해서 저항력이 떨어져서인지 한번쯤은 생각을 해봄직도 하다. 이 시기에 누군가는 살던 배우자와 헤어지는 아픔을 겪는 때이기도 하다.

### ✨ 주인집 할머니 일 해결하자, 이젠 아들이 고민거리

저녁공양을 마치고 막바지 더위에 데워진 몸을 식힐 겸 산책을 하고 산에서 돌아오자마자 씻고 방으로 들어서는데, 전화기에서 소리가 나서 보니 누군가가 메시지를 남겼다고 혼자서 삑삑거리고 있어 전화를 걸어보았다. 하 여사였다. 일이 바빠서 인사도 못 드렸다며, 내일 오전 중에 시간을 내어 찾아뵈려고 하는데 써주신다는 글은 준비가 되었냐고 묻는다.

그래서 "글을 써놓았으니 편한 시간에 오시라" 하고 통화를 끊고 생각을 해보니 여름철의 냉면집은 성수기라서 바쁠 것이라는 생각이 들었다.

아침 일찍 대롱이 녀석이 신바람이 나서 짖어대는 걸 보니 누군가 외방 객이 온 것임을 안에서도 알 수가 있는데, 하 여사가 들어서며 두 손을 모은다. 방으로 모시니 그동안의 일들을 쏟아놓는다.

"이곳을 다녀간 후로 이층의 주인집 할머니가 며칠인가는 왔다 갔다 하는 것 같았는데, 일이 바빠지고 나서는 할머니가 가게에 들어와도 바빠서 대작을 할 수도 없었어요. 그렇게 신경을 쓸 수가 없었는데 어느 날 부터인지는 할머니가 오지도, 가지도 않아서 잊고 지내게 되었죠. 그래서 혹시 몸이 편찮으신가 싶어서 주인집 며느리에게 물어 보았더니 편찮으신 데는 없고, 요즘엔 노인정에 다니시며 친구 분을 사귀셨는지 노인정에서 일과를 보내시는 것 같다고 하더라고요. 그래서 제 생각엔 스님이 글을 써서 노인네의 발을 묶어서 바깥출입을 못하게 하시는 것이 아닌가 하는 생각을 하였습니다. 아무튼 이층집 할머니도 아무 탈 없이 잘 지내시고, 저에게도 피해를 주지 않으니 이보다 더 고마울 수가 없네요."

하 여사는 말을 맺으며 여러 번 감사하다는 말을 하신다.

어찌 나 혼자 받을 감사인가. 감사할 일도, 감사받을 일도 내가 아님을. 자연이 일을 하고, 계절이 일을 하고, 암수가 일을 하고, 글이 살아서 일을 하는 것을 알지 못함이겠지만, 감사하다니 감사할 일이 아닌가.

이어 하 여사는 "장사를 시작하여 조금씩은 나아지고는 있으나, 남에게 빌려서 갚아야 할 부채가 남아 있어 이럴 때 아들이 직장을 잡고 조금만 거들어 주면 쉽게 일어설 텐데 하는 생각이 듭니다. 요즘 아들만 보면 답답해지고 어떨 때에는 서운한 생각마저도 드는데 무슨 방법이 없겠습니까?" 하고 물어 오신다.

욕심인가 조급함인가.

"계절은 때가 정해져 있어서 때가 되어야 제 계절에 일을 하는 것입니다. 때가 안 되어서 덜 익은 시절에는 어찌할 수가 없습니다. 자신들이 잘못하고, 자신들이 욕심을 내서 잘못 판단하여 빚도 짊

어졌을 것입니다. 무엇인가를 잘못하여 어렵고 고통스럽게 살아가
는 현재의 모양을 만든 것임을 알아야 할 것입니다. 아들이 다 컸
다고 하여 돈이나 벌어 도와주었으면 하는 건 어찌 보면 부모로서
는 당연한 생각이라 하겠지만, 시절이 조금 덜 익었으니 달리 생각
은 마시고, 급한 마음을 버리고 생활하십시오."

그 말과 함께 써놓은 글을 하 여사에게 드리니 가지고 가셨다.

## ✨ 아들이 성실함으로 꽃을 피우다

그 후 그해를 넘기고 여름이 지나 가을이 되었는데, 이웃에 사시
는 분이 가게에서 일을 도우며 지내고 있는 동현이를 보고는 어느
모임에서 운영하는 사무실에 관리하는 사람이 필요하다고 하여 동
현이를 소개, 그 사무실에 나가서 일을 하게 되었단다.

하는 일이란 오전에 두세 시간 정도 회원들과의 연락을 하고, 그
외의 시간에는 나와서 다른 일도 볼 수가 있고, 오후에 두 시간 정
도만 자리를 더 지키면 되는 일이니 직장치고는 너무도 좋았다. 그
러나 월급이 형편이 없어서 그동안 누구를 데려다놔도 한두 달이면
박차고 나가 제대로 일을 볼 수가 없었던 사무실이었다.

동현이는 집에서 부모님을 돕는다고는 하나, 눈치가 보이는 일이
었다. 그러나 이곳은 이것저것 눈치 볼 필요가 없으니 열심히 다니
며 일을 하여 주위에서도 동현이의 성실함을 인정하기에 이르렀다.
그리하여 사무실을 운영하시는 사무장님이 다닌 지 두 달 만에 월

급도 조금이나마 올려주었다. 더구나 그동안 집에서도 놀고 있는 것이 보기가 싫었는데 아침이면 직장으로 출근을 하니 남들이 보기에도 좋고, 동현이 자신이 남는 시간에 사무실을 지키며 하고 싶은 공부도 할 수가 있어 좋았으니 항상 밝고 즐겁게 생활을 하여 주위에서도 성실한 청년이라는 칭찬을 아끼지 않았단다.

해를 넘겨 봄도 넘어가는 어느 날, 그곳의 회원이신 한 사장이라는 분으로부터 동현이는 새로운 제안을 받게 되었다.

"사무장님에게는 이미 말씀을 해놓았으니 현재의 사무실 일에 지장을 주지 않는 범위 내에서 남는 시간에 내 차를 운전해 주었으면 좋겠네. 일하는 보수는 서운치 않게 줄 테니 도와주지 않겠나?"

동현이는 한 사장의 제안에 그리하겠다고 답하고 다음날부터 사무실의 일과 한 사장의 운전기사 일을 겸하게 되었다. 한 사장을 모시고 이곳저곳을 다니면서 동현이는 새로운 것들을 접하다보니 재미도 있었지만, 무엇보다도 보고 접하고 익히니 스스로 이것저것 많은 것을 배우게 되었단다.

사업의 관리나 경영이 자연스럽게 눈이 떠져 사업의 윤곽이 날이 갈수록 뚜렷이 보일만큼의 안목도 갖게 되었고, 재미를 갖고 일을 하다 보니 운전기사로서의 임무보다 어느 때는 사장의 비서나 조언자의 자리에서 사장님과 대화를 하고 있음을 알게 될 때도 있었다. 한 사장의 사업은 네 개의 창고매장과 세 개의 유통매장이 있어 그것들의 유통 관리를 하는 영업이었다.

사무실 일과 운전기사 일이 재미를 느끼며 지내다보니 해를 넘기고 구정을 지난 어느 날, 아침 일찍 예정에도 없는 사장님의 호출을 받고 나갔다. 차를 운전을 하며 매장으로 가는데, 한 사장이 이젠 작은 사무실의 일은 접고 그동안 나와 다니면서 일을 많이 보고 배웠을 테니 이제부터는 어떤 말을 해도 내가 부탁하는 말을 거절하지 말라고 하시기에, '대체 무슨 얘기를 하시려나?' 하고 궁금했지만 무조건 사장님의 말씀을 따르겠다고 하였단다.

대답은 했으나 무슨 말인지를 몰라 궁금해 하며 매장에 도착을 하였다. 알고 보니 그곳 매장에서 금전에 대한 사고가 터졌던 것이다. 서너 달 전부터 매입과 매출 장부를 부풀리고 줄이는 방법으로 회사에 억대의 손실을 입힌 사실을 알게 되었고, 누가 한 짓인가도 밝혀지게 되었다.

그날 오후에 각 매장의 지배인들이 모인 자리에서 한 사장은 지금껏 해오던 대로는 안 되니 각 매장의 모든 업무의 보고를 비롯해 어떤 일이든지 총지배인을 두고 운영하는 체제로 운영을 할 것이고, 총지배인은 그동안 내 차를 운전하며 동고동락한 ○동현 씨라고 발표를 하며 앞으로 총지배인과 뜻을 같이하여 오늘과 같은 일이 재발되지 않기를 바란다고 말을 하였단다.

어리둥절해 하는 그들을 뒤로 하고 마무리는 내일 해도 되니 가자고 하여 차를 몰고 오는 중에 한 사장이 장사와 사업은 무슨 차이가 있냐고 물어서 동현이는 그저 아는 대로 답을 했다. 그러나 한 사장은 아무 얘기가 없다가 "사업이란 혼자만의 장사가 아니다. 여러 사람들이 함께 만드는 꽃이기에 믿음이나 신의가 없으면 꽃을 피울 생각도 못하는 것이다. 오늘의 결정은 그동안 네가 나에게 보여준 성실한 행동이 결정을 하게 만들어 준 것이다. 열심히 일을 배우고 지금처럼만 해주면 되니 직책에 너무 부담은 갖지 마라. 연봉은 현재 지배인들이 오천만 원 내외의 금액인데, 나이나 경력으로는 아직은 어리고 더 배워야 하니 성실하게 열심히 일을 하면 멀지 않은 날에 총지배인에 맞는 연봉을 정해서 줄 때가 있을 것이다"라고 말했단다.

남의 밑에서 일을 하며 눈에 들고 신용을 얻기가 어디 쉬운 일이던가.

남을 부리는 사람이 충실한 창고지기 만나기가 어디 쉽겠는가.

사업이라는 좌판을 깔아놓고 꽃을 피우는 마음으로 아랫사람을 믿는 사람이 얼마나 되겠는가.

동현이는 집으로 들어와 오늘 밖에서의 일들을 부모님께 말씀을 드렸다.

앞뒤는 모두 잘라버리고 "연봉이면 월급을 말하는데 얼마나 되느냐?"고 물었다. 아직은 잘 모르겠으나 지배인들의 연봉이 5천만 원이라는 말씀을 하셨다니 부모님의 입은 다물어지지가 않았다.

살아가며 숨 쉬는 공기주머니를 세상이라 하던가. 누가 끌고 누가 밀고가든가 간에 사람이란 인물들이 만들며, 이끌고 감이 아니던가. 때에 이르러 꽃을 피우려고 자연은 얼마나 몸부림을 치던가. 천둥이 제 일을 하고, 번개도 제 일을 하고, 벼락도 제 일을 하며 먹구름을 가르니 계절도 모르고, 암놈인지 수놈인지도 모르고, 맛도 모르고 멋도 모르니 제 할 일을 알기나 하겠는가. 지금도 자연과 계절은 열심히 일을 하고 있을 텐데.

세상은 변하며 자신만을 위하여 사는 사람들의 세상으로 가는데 분수를 알고 언제 보아도, 언제 들어도 모양에 치우치지 않고 제 맛과 멋을 내는 사람이 어딘가에는 있을 것이다. 남들과 함께 살아가며 꽃을 피우는 꽃 같은 그런 사람이.

'사람 꽃'을 찾아 이제라도 발품을 팔아 봐야겠다.

# 22. 작은 정직이 준 인연

사람들은 나이가 들면 뭔가 조그마한 즐거움이라도 찾아서 소일 거리 삼아 더불어 살아가는 것을 보게 된다. 젊은 시절의 좋은 때 를 좋은지 모르고 그냥 열심히만 살았다고 해서 나이 들면 누가 그 수고를 알아주겠는가.

오전에는 내방객들이 많아 시끌벅적 했는데 오후에 들어서는 찾 아온 사람이 없어서 오랜만에 한가하다. 메모를 보니 예약 손님도 없어서 이곳저곳에 나뒹구는 서류들을 정리하고 手談(수담)이나 즐 길까 했는데, 내방객이 집으로 들어선다. 오십대 후반으로 보이는 아주머니가 방으로 들어서시며 조용히 합장 삼배의 큰절을 올린다.

합장을 하고 "삶이 고통입니까? 사바중생들의 끝없는 고통을 면

하시려면 고행을 하세요!" 축원을 하고 차나 한잔하자며 茶器(다기)가 놓인 찻상을 앞으로 당겨놓고 물을 끓이는데 아주머니가 입을 여신다. 신수나 점을 보려고 온 것은 아니고 하도 기구한 삶을 살아왔다는 생각에 누군가에게라도 지난 세월의 일들을 털어놓고 얘기를 해야겠다는 생각이 든 것이 어제오늘의 일이 아닌데, 아는 지인이 스님을 소개하면서 찾아뵈라고 하여 왔는데 와서 보니 잘 왔구나 하는 생각이 든단다. 스님도 낯설지가 않아 좋고, 집의 구조나 방의 생김새들이 처음 와보는데도 낯설지가 않고, 어릴 적의 친정집에 든 기분이란다. "그래요? 좋으시다니 듣는 나도 좋고 얘기를 하시면 들어드리지요" 하니, 웃으신다.

## 🌙 애가 생기지 않자, 별거 중 몸종과 남편은 애를 낳고

김이 나는 물을 찻잔에 붓고 찻잎을 띄우니 차향이 금세 방안에 가득하다.

신 여사의 집안은 '누구네 집' 하면 그 지방에선 꽤나 알아주던 대지주의 집안이다. 그런 곳에서 태어나 남의 땅을 안 밟아도 살 수가 있을 정도로 부유하였고, 자신에게도 몸종(향금이)이 있을 정도로 평안하게 생활하였단다. 해방을 맞고 부모가 정해준 혼처가 있어 결혼을 했는데 시댁이 너무너무 가난하여 친정의 재정으로 시댁 식구들을 부양하였고, 서방님은 일본 동경에 유학을 보내고 자신은 사범학교를 마쳤다고 한다.

친정이 아무리 잘살아도 시집을 가면 시댁에 매인 신세가 되는데 공부할 때에는 시집의 식구들도 아이가 안 생기는 것에 대해서 내놓고 뭐라는 얘기는 안했다. 그런데 결혼하고 십년이 넘어가니 시집식구들의 눈치가 달라지며 아이를 기다리지만 당사자인 여사님도 애가 안 들어서는 것에 걱정은 태산이었다.

그동안 서방님은 일본에서 공부마치고 돌아와 고시에 합격하여 법조계로 진출하였고, 아이를 못 낳아서인지 여사님과 서방님과의 관계도 그리 좋은 편은 아니었다.

어느 날인가, 서방님이 아이가 들어서지 않는 문제로 집안 식구들의 눈치를 보면서 이대로 지내는 것보다 좀 떨어져서 생활을 하면 어떻겠냐고 제안했다. 그러면서 서방님은 자신이 공부한 것이나 지금의 집안이 경제적으로 윤택한 생활을 하고 있는 것은 다 妻家(처가)의 덕인데 절대 다른 마음에서 하는 말이 아니라 당신을 위하고 편하게 해주려는 생각에서 말을 하는 것이라 하였다. 그래서 신여사님은 별생각 없이 서방님의 의견을 따라서 자유로운 생활을 하다보면 아이도 쉽게 얻을 것 같아 하자는 대로 서울로 상경하여 교원생활을 하게 되었단다.

얼마동안은 가끔이지만 서방님도 시간을 내주어 오고갔으나 시간이 갈수록 발길도 뜸해지고, 점차 안부 연락도 없어지고, 시간이 지나며 얼굴 본 지가 언제인지도 모르게 되고, 어쩌다 만나도 왠지 서먹서먹한 것이 마치 남의 남자를 만나는 심정이 되었다고 한다.

이따금 귀에 거슬리는 시댁의 소식이 들려도 자신이 어쩔 수가 없어서 '설마?' 하며 위안 삼아 지내는데 3~4년쯤 지나서인가, 학교에서 일과를 마치고 퇴근준비를 하는데 전화가 왔다. 전화를 받아보니 친정에서 몸종으로 데리고 지내던 향금이의 목소리였다. 순간적이나마 과거에 대한 그리움과 오랜만의 반가움에 어찌 알고 찾아왔느냐고 하니, 대뜸 형님 보려고 만사 젖혀두고 왔으니 학교 앞 다방으로 나오라고 하면서 전화를 끊었다.

수화기를 놓으며 생각을 해보니 기분이 묘해지더란다. 세월이 변하고 세상도 변하고 인심이 변했다고는 해도 몸종이었던 향금이가 대뜸 형님이라고는 할 수가 없는 사이고, 윗사람의 의사도 묻지 않고 나오라 하는 것도 생각할 수 없는 일이었는데, 그건 서막에 지나지 않는 일이었다.

학교를 나서서 향금이가 기다린다는 다방에 들어서니 향금이와 옆에는 6~7살 정도의 사내아이가 함께 앉아있더란다. 자리에 앉으니 향금이가 먼저 입을 열었다.

"거두절미하고 나는 형님의 앞길을 막고 살고 있으니 형님에게는 죄인이라 해도 이 애는 형님이 앞길을 막아 아직까지 호적에 입적을 못시켜 사생아가 되어 있네요. 내년이면 학교에도 보내야 하는데, 제가 그 일을 해결하기 위해서 찾아왔습니다."

신 여사는 그 말을 듣는 순간 정신이 몽롱해지고 온 천지가 백색의 눈가루로 덮이는 듯하더니 정신을 잃어 버렸단다.

얼마나 지났을까? 정신을 차려보니 병원 응급실에 누워있음을 알게 되었고, 곰곰이 생각을 해보아도 무엇을 잘못해서 이리도 내몰리듯 살아가야 하나 하는 생각이 들었다고 한다. 그리고 지금의 처지에서 속히 벗어나야겠다는 생각에 툭툭 자리를 털고 일어나서 향금이가 내미는 서류에 서명을 해주고 돌아서는데 그제야, 향금이가 "아씨! 아씨한테는 사람의 인두겁을 쓰고 못할 짓을 한 죄인이니 용서하세요"라고 말하며 눈물을 보이고 돌아가더란다.

그런 일이 있은 이후로는 사람을 만나는 것도, 남을 보는 것도, 생각하는 것도 싫어지며 대인기피와 피해망상증이 생겼다. 사람을 만나면 가슴이 뛰고, 머리가 어지러워지고, 두렵고, 무섭고, 겁나기도 하여 무엇으로도 안정을 못하게 되고 불안하기 때문에 어느 한 곳에 머무를 수가 없어 정신없이 이곳저곳을 떠돌며 세월을 보냈었단다. (미친 사람이 되어)


우리들의 일상에서 누구는 합이 들어서 사이가 좋다느니, 누구랑 누구는 합이 안 들어서 안 좋다느니 하면서 合(합)이란 말을 종종 사용하고 있다. 合(합)의 뜻은 '일치하다'이며, 象形(상형)문자이니 지붕 아래에서 한입이 되어 서로 화합한다는 뜻이다.

천지의 자연은 하늘과 땅, 사람도 음양으로 이루어져 있으며, 음양이 합을 이룬다. 天干(천간)의 합은 甲(갑)과 己(기)가 합이요, 乙(을)과 庚(경)이 합이요, 丙(병)과 辛(신)이 합이요, 丁(정)과 壬(임)이

합이요, 戊(무)와 癸(계)가 합을 이룬다. 合(합)은 음양의 합을 말하고, 암놈과 수놈이 합을 이루는 것을 말한다.

쟁기가 있어야 밭을 갈아 씨를 뿌릴 수가 있고, 그 수고로 곡식을 심고 수확을 얻을 수가 있다. 그런데 쟁기만 가지고서도 수확을 얻을 수가 없고, 밭이 아무리 기름지고 좋은들 쟁기로 갈고 씨를 뿌리지 않는다면 밭만 가지고 어찌 알곡의 수확을 바랄 수가 있으랴.

이름을 가지고 사는 사람이나 축생들(소, 개, 말, 양, 쥐, 닭) 모두 그 세계에는 사람이 사는 것과 같은 형태의 모양을 갖추고 있을 것이다. 어린아이, 처녀, 총각, 아저씨, 아줌마, 할머니, 할아버지, 홀아비, 과부, 노약자 등. 각각이 편히 살거나 불편하게 지내는 등등을 모두 갖추고 있을 것이며, 나름대로의 형태와 모양을 유지하기 위한 위계의 질서도 있을 것이다.


한동안 떠도는 狂人(광인)으로 살았으나 세월이 무심히 흘러가면서 삶을 돌아보게 되었고, 그동안의 머리를 짓누르며 번다하게 자리를 잡고 있던 생각들이 하나둘씩 머리에서 떠나면서 일상의 일들을 할 수가 있었다. 그동안 쉬었던 교직도 다시 잡았다.

부모가 정해 준 상대라서 결혼하였고, 어려운 시댁의 살림을 도왔고, 서방님 동경유학 공부시켜 판사님을 만들었고, 시댁의 크고 작은 경제적인 어려움을 그때그때에 풀어주었는데 애 못 낳는 것이 이다지도 큰 죄인가?

자신의 자리인 안방자리를 누구도 아닌 자신의 몸종에게 빼앗기고 내몰리며 이렇게 허허롭게 살아야 하나 하는 생각은 아직도 지울 수가 없단다.

세월이 가며 여사님의 처지를 잘 아는 사람들이 혼자서 지내는 것보다는 업둥이라도 데려다가 키우다보면 지난 시름 잊게 될 테니 아이를 키워보라고 권하기도 하는데, 애를 낳을 수는 없어도 키울 수는 있으니 업둥이라도 키워봐야겠다는 생각을 갖게 되었다고 한다.

그러던 차에 주위에 형편이 어려운 집의 어린 여자아이를 데려와 키우게 되었단다. 아이를 키우며 생활을 해보니 당장 생활이 바빠지고 잠시도 정신을 놓고 생활을 할 수가 없어지면서 지난 과거의 일들도 생각에서 멀어지게 되었다. 그리고 바쁘고 분주한 생활을 하다 보니 지난날에 있었던 엄청난 일들이 기억에서 점점 멀어져 가고 닥친 현실에 충실해지면서 때로는 재미도 느끼며 살게 되더란다.

그렇게 키운 딸이 잘 커주어서 지금은 결혼하여 잘살고 있으며, 자신이 살던 집은 터가 넓어서 세를 놓고 작은집을 얻어서 살고 있다고 한다. 세월이 지나며 나이만 먹어서 어른이지, 지금도 자신은 소녀 적의 마음이라며 주책없는 소리라 듣지 마시고 이제라도 남자를 만날 수가 있는지, 그런 인연이 있는지 물어온다.

묻는 질문에 묘함이 들어 있는데 농사를 지어 씨가 들어 있다면 하늘에서 결정된 것은 누구라도 어찌하지 못하는 것. 妙(묘)하게도 옆자리가 준비되어 있다고 말씀을 드리니, 얼굴이 붉어지며 그냥 해본 소리라며 웃으신다.

## 그 어디에서도 들어본 적 없는 천인법륜음양운세법

신상의 태세를 적어 보니 천간은 丁(정)년, 戊(무)월, 庚(경)일이고 지지는 丑(축)년, 申(신)월, 寅(인)일이니 천간의 나이도 많고 계절이 모두 수놈이라 어느 수놈이 힘만으로 작대기질이나 하겠는가. 새삼 자연의 오묘함에 절로 탄성이 나온다.

살아오면서 사람으로 감당키 어려운 일들을 겪으며 세상을 겉돌 았던 때도 있었다.

어려운 일에 처할 때마다 점집이나 철학관을 찾아가서 위로도 받 고 스스로도 하늘에서 정한 일이구나 하는 생각을 갖게 되면서 《명 리학》에 빠져 나름 많은 시간을 공부도 하였단다. 十神(십신)의 작 용이나, 대운이나 중년, 말년의 운세가 어떻다고 하면서 거들고 나 서는데, 필자가 말해주는 운세의 방법은 처음 듣는 소리라고 하시 며 신통하고 재미있다는 말을 하신다.

천인법륜음양운세법(암수운세법)은 어디에서도 들어보지 못한 소 리인지라 자연의 三才(삼재)가 천수, 지수, 인수이며, 남자이면서 암 놈의 계절이 있고, 여자도 때에 수놈의 계절이 있으며, 자신이 짊어 지고나온 천수(나이)가 부부의 관계에서는 실제의 나이와 상관없이 천수의 나이로 어른을 결정한다는 것과 선천 시기에는 양육과 꽃을 피우며 후천 시기에는 결실을 하게 되어 있다는 등의 얘기를 해주니 세상살이가 새삼 자연의 순환에 들고나는 얘기를 들으며 재미있고 신통하다고 말한다.

글을 써서 건네주면서 주인이 찾을 때까지 잘 간수하시라고 하였더니, 웃으시며 무슨 주인이 나타나겠냐고 하시고는 품에 넣으신다. 서로 얘기 안 해도 알만한 일이니 봄도, 여름도, 가을도 수놓이고 천수의 수도 익어 있으니 웬만한 상대가 아니면 감당이 안 될 것이다. 그러나 자연의 계절이 익으면 누군가 익은 열매를 따러올 것은 당연한 일이 아니겠는가.

그날 이후 이따금씩 시간이 난다며 들러서는 차도 마시고 담소도 나누었는데, 나무의 과실이 달리는 것도 일찍 맺어 일찍 익는 것도 있고, 늦게 익는 것도 있고, 늦게 맺어 늦게 익는 과일도 있다. 익은 과일은 누군가가 수확을 할 것이니 여사님도 계절의 때가 익으면 좋은 인연이 기다릴 거라 하니, 육십 다된 사람을 누가 데려가기나 하겠냐고 하시며 웃어넘긴다. 그러나 정작 웃어넘기는 표정 속에는 싫은 것만도 아닌 것 같아 보였고, 지나온 날들의 어두운 그림자는 찾아 볼 수가 없이 밝아 보였다.

어느 날 사위의 직장이 군포시로 옮겨 가게 되어서 이사를 가게 됐다고 하면서 서운한 마음을 갖고 들렀던 뒤로는, 그 신 여사님을 볼 수가 없었다.


모든 것은 익어야 먹을 수가 있고 익는다는 것은 세월이 만들어

내는데 빨리빨리 한다고 빨리 익고 빨리 서둘지 않는다고 늦게 익는 것이 아니다.

해가 바뀌어 이른 봄인데 신 여사님이 한복을 곱게 차려 입고 찾아오셔서 인사를 하고는 대뜸 묻는다. 언젠가 스님과의 대화 속에 과일이 익으면 주인이 따러 올 거라는 얘기를 하셨는데 처음에 들을 때에는 그냥 흘려들었다. 그런데 시간이 가고 해가 바뀌면서 그런 인연이 나에게도 있을까 하는 궁금증도 생기고, 언제부터인지는 모르나 가끔 시집가는 꿈도 꾼다고 하면서 스님과 얘기하려고 일부러 시간을 냈단다.

자연의 모든 행위는 계절이 일하는 것이니 성급해하지도 말고 피하려하지도 않는다면 자연은 거짓이 없기 때문에 분명히 올 것은 오고, 갈 것은 갈 것이니 올해까지만 기다리는 마음으로 지내보시라고 하였다. 그랬더니 딸과 함께 지내는 데에 있어 불편한 일들도 많고, 자기들이야 어른을 모신다고 하지만 집이나 지키고 손자나 돌보는 것이 일과가 되었다며 적당한 사람이 있으면 함께 지내는 것도 요즈음 들어서는 좋을 것이라는 생각을 하게 되었다고 하면서 웃으신다.

그러면서 이사하면서 집주인과 집세 계산을 할 때 전기요금이 잘못된 것이 있어 셈을 다시 치러야 한다면서 자리를 일어나셨다.

송백이란 나무의 으뜸인 소나무(松)요, 잣나무(柏)를 말하는데, 소나무는 집을 짓는 데 기둥감이기에 대접을 하고 잣나무는 百藥(백약)의 약재에 쓰이니 대접함이 당연하리라.

꽃이 피어도 벌이 안 날아드는 나무가 있는데 그것이 석류나무이다. 석류나무가 계절을 만나서 무성히 자라 꽃을 피우나 꽃에 독성이 있어서 벌들이 날아들지 않아 이놈의 꽃들이 신방을 제대로 차리지 못하는 격이니 열매가 달리겠나? 하고 걱정을 할 것이다. 그러나 자연의 바람이 신방을 차려주어 열매를 맺게 되고, 맺은 열매는 늦가을의 된서리에 터져서 익은 속살을 드러내는데 그제야 벌이란 놈들이 달려들어 늦가을에 성대한 잔치를 치른다.

인생 60을 넘기는 나이는 자연의 계절에서 가을도 늦가을이며, 寅(인)목은 장중에 丙(병)화가 암장되어 있어 나무지만 쇠인 庚(경)금을 감당할 만한 시기를 기다렸다. 그런데 계절의 시기나 태세의 시기가 寅(인)목이 木生火(목생화)의 힘이 있는 시기로 가기 때문에 나무라도 쇠를 감당할 만한 시기로 익어가고 있음을 알 수가 있었다.

### 🔥 늦은 나이에 새로운 배필과 가족을 얻었으니…

온갖 종자가 싹을 틔우고 봄이 끝자락에 드니 온 천지에는 꽃들이 흩날리고 향기가 코끝을 자극하는 어느 날, 마당으로 지프차가 들어와 멎고 남녀 두 분이 차에서 내리는데 신 여사님과 비슷한 연배의 노신사분이시다.

두 분은 방으로 들면서 스님께 인사를 드리려고 오셨다면서 손사

래를 치며 말려도 큰절을 올리신다.

"두루두루 삼계에 회향합니다."

축원을 하고 자리를 잡고 앉기를 기다려 신 여사님의 얼굴을 보니 화색이 무척 밝아보였다.

어찌된 영문인가, 궁금하기도 하여 물어보려는데, 신 여사님이 입을 열며 그동안의 일들을 얘기하신다.

"며칠 사용한 것이지만 전기요금이 이사할 때에 집주인과 셈을 잘못한 걸 알게 되어 전에 살던 집을 찾아갔습니다. 그랬는데 뜻밖에도 주인 여자가 기다렸다고 하면서 반가이 맞으면서 어찌 그동안 한 번도 연락을 안 하셨냐, 상의드릴 일이 있으니 안으로 들어가자며 이층 거실로 데리고 가는거예요."

여사님은 오늘 여기 온 것은 이사하면서 아주머니와 셈을 할 때에 며칠이지만, 사용한 전기요금을 계산 안한 것 같아서 그걸 주려고 왔다고 하였더니, 몇 년 살다 가시는데 며칠 사용한 전기요금을 계산하는 건 야박하다싶어 일부러 셈에 넣지 않은 걸 이제껏 생각하셨느냐고 하며 전기요금 문제는 그때 끝난 일로 하시고, 한 가지 부탁이 있는데 듣기에 따라서는 기분이 언짢을지도 모를 일이니 양해를 구하겠단다.

"늙은이가 이 나이에 무엇을 듣고 좋다고 하며 무엇을 들은들 나쁘다고나 하겠소? 그냥 편하고 알아들을 만하게만 얘기하시오."

"사실은 저에게 외삼촌이 한 분 계십니다. 그분이 공직생활을 하시다 정년퇴직을 하시고, 전문직종의 일을 하셨기에 자그마한 사무실을 운영하시고, 등산이나 여행을 즐기시는데 지난 가을에 자식들과 조카들을 불러 모아놓고서는 '이제는 너희들 엄마가 떠난 지도 7~8년이 넘었고 나나 너희들이나 할 만큼의 일과 시간이 지나간 것 같다. 이젠 나도 나이 들어 늙어 가는지 옆자리가 비어 있으니 외롭고 쓸쓸하다. 그러니 너희들이 나서서 웬만한 사람이면 되니 그리들 알고 수고들 좀 해다오. 너희들이 선택해주는 사람이면 무조건 찬성이니 부탁 좀 하자'라고 하셨대요."

집주인에 의하면 그날 이후로 자식들과 조카들이 나서서 외삼촌 배필을 구하러 백방으로 뛰었지만 이 조건이 맞으면 저게 안 맞고, 저 조건이 맞으면 이번엔 이게 안 맞아 여기저기에서 소개하시는 분은 많았으나 모두 헛수고에 그치고 말았다. 그러던 차에 해를 넘기며 사람 구하기가 힘이 든다면서 사촌들 여럿이 모여 푸념을 늘어놓는 자리가 있었다고 한다. 그런데 집주인 여자는 그 자리에서 언뜻 아주머니가 생각에 떠올라 사촌들에게 이러이러한 분이 계시다며 아주머니의 얘기를 하였더니 모두가 찬성하여 모시기로 하였는데, 그간 연락할 방법이 없었단다.

집주인은 동사무소에 가서 사정 얘기를 하고 알아보려 했으나 우리 집에 사실 때에도 주소가 이곳으로 안 되어 있었다는 걸 알게 되었고, 아주머니를 만나려고 애를 쓰고 있는 참에 이렇게 마침 오셨다고 기뻐하면서 시간을 내어 저녁식사라도 함께하고 가셔야 된다며 부탁을 하더란다.

신 여사님은 얘기를 듣고 보니 참 묘한 일이구나 하는 생각은 들었지만 그리 나쁜 일은 아니기에 웃음으로 반승낙을 하였더니, 주인 여자는 고맙다고 하면서 여기저기에 전화를 걸어 신 여사님의 출현을 알리고 저녁에 우리 집에 모여서 식사하면서 얘기나 하자고 하였다고 한다.

통화를 마친 주인 여자는 이제 외숙모님이 되실 분이시니 잘 모시겠다는 말을 하며 저녁을 준비해야 하는데 시장에 같이 가자고 하여 따라나섰다. 함께 시장도 보고, 집에 와서는 함께 음식조리를 하면서 신 여사님은 '이것이 사람 사는 맛이구나' 라는 생각을 하게 되었단다.

저녁때가 되어 사람들이 모여드는데 집이 그리 작은집은 아니데 집이 좁을 정도로 느껴졌다.

자식들 내외와 이종, 고종 사촌들, 그동안 어른의 배필을 찾으려고 수고도 하고 마음고생을 했던 일족 20여 명이 모여 그들과 얘기를 나누게 되었는데, 신 여사님에 대한 호칭이 그들은 이미 결정된 것처럼 어머님이나 숙모님으로 부르고, 아들내외가 누구보다도 좋아하더란다.

저녁이 지나 밤이 되어 내일이라도 다시 만나자고 하면서 일어서려니 아들내외와 주인집내외가 이대로 가시는 것보다는 내일이라도 아버님을 뵙고 일을 매듭짓자고 하면서 간청을 드린다며 매달려서 하는 수 없이 승낙을 하였다. 딸에게는 전에 살던 곳의 노인정에 들렀더니 좋은 경사가 있어서 못 가게 되어 내일 가겠다는 전화를 해주고 아들내외와 한방에서 잠을 자면서 많은 얘기를 나눴다. 자리에 누워 생각해보니 딴 세상에 와 있는 것 같고, 많은 사람들이 자신을 기다렸다는 듯이 맞아주는 것에 속으로는 놀라왔다. 그리고 세상 살면서 처음으로 사람이 사는 맛을 느끼게 되었단다.

이튿날 영감님을 뵈었으나 그리 낯이 설지도 않았고 자신이 복이 많아 여사님을 만난 것이라며 남은여생을 옆자리나 지켜달라는 것이 부탁이라며 연신 웃음을 보이시더란다.

그 후로의 일들은 정해졌던 일처럼 진행이 되었고, 일주일이 되는 날에는 일가친지들을 모시고 잔치도 하였다. 미국에 딸이 살고 있는데 사정상 나올 수가 없으나 아버지와 새어머니가 보고 싶다고 해서 딸의 초청으로 다음 달에는 미국으로 신혼여행을 가기로 하였단다.

그동안에도 여행으로 시간 가는 줄 모르고 지내다가 며칠 전에 영감님이 그동안 타고 다니던 승용차를 팔고 함께 여행을 다닐 때에 좋을 것이라면서 사륜구동의 지프차를 구입하셨는데, 여사님이 이 차로 여행가기 전에 스님이나 찾아가 뵙고 인사라도 드렸으면 좋겠다는 말씀을 드렸더니, 언제든 시간을 내보자고 하다가 오늘 이렇게 찾아와서 뵙게 된 거란다.

어느 스승 밑에서 수행하는 제자가 있었다. 어느 한 날은 스승이 제자에게 앞개울의 물이 어떤지 보고 오라고 하였다. 제자는 개울에 가서 물에 손을 넣어보고 와서는 물이 차갑다고 하였더니 스승은 다시 가서 물을 보고 오라 하시니 제자는 다시 가서 개울물에 손을 담가보니 좀 전과 다름없이 물이 차가워서 되돌아와서 스승에게 물이 차갑다고 말하니 스승은 다시 갔다 오라고 시키더란다. 그날 제자는 수없이 개울을 오르내렸지만 익지가 않았기에 스승의 말씀을 알아차리질 못했단다.

힘이 들고 고생스러우면 짜증이 나고, 즐겁거나 기쁜 일이면 좋아들 하는데 세상사 어느 것 하나 정해진 것 없으니 모든 일은 본래 씨 없음(空)을 알아야 할 것이며, 알았다면 妙(묘)함을 알아차려야 할 것이다.

# 23. 일점짜리 공부

더위가 기승을 부리며 여름이 막바지에 다다랐음인지 連日(연일) 더위에 지치고 열대야 현상으로 온통 밤잠까지 설친다고들 하며 방송에서는 난리들이다. 덥기는 더운지 산 속이라 웬만하면 잠자리는 불편하지가 않았는데 밤이 되어도 더위가 식지 않고 조금만 움직여도 땀을 주체하기가 어렵다.

숲에서 매미란 놈들의 울어대는 시원한 소리만이 더위에 위안이 된다. 위안 삼아 듣고는 있으나 한 철 노래를 부르려고 굼벵이가 칠~팔년이라는 긴 세월을 땅 속 어둠에서 유충으로 지내며 살다가, 세상에 나와 탈을 바꿔 입고 날개달린 매미가 되어 여름이 익어가는 때에 이슬만 먹고 노래한다. 그러다가 한 달도 채 못 채우고 자연으로 돌아간다니 이놈들의 노래가 태어난 것에 대한 감사의 노래 인지, 아니면 너무도 짧은 자신들의 생에 대한 서운함에서 나오는 슬픈 가락인지 알 수는 없다. 그러나 듣고 있으면 땀이 식고 더위를 잊으니 고맙기 그지없다.

더위에 지쳐서 숨이 턱에 차는데 어디에선가 찾아와서 살짝 불어대며 지나가는 바람이 한더위를 식혀주어 이 또한 고마울 수가 없다. 그런데 바람이라는 놈 안가는 곳도 못가는 곳도 없으며 때론 힘이 세지고 덩치도 커져서 큰일을 저지르고 다니기도 하지만, 세상의 구석구석을 누비며 궂은일도 피하지 않고 이곳저곳을 청소하는 걸 보면 재주가 많은 놈이다.

## 아들과 며느리, 딸 문제를 들고 찾아온 피서객

여름 막바지에 더위를 피하여 많은 이들이 때가 되면 주위의 산이나 계곡을 찾아오는데, 집주위의 계곡에도 텐트를 치고 피서를 즐기는 야영객들을 쉽게 볼 수가 있다.

산 밑에 사는 진이네 집은 여름이면 민박집으로 변한다. 내외의 친절함이 입소문이 나서인지 여름 한 철에는 많은 피서객들이 다녀간다. 이른 저녁시간에 진이 할머니가 웬 아낙과 함께 들어서면서 진작부터 찾아온다고 하면서도 놀기에 정신이 팔려서인지 이제야 찾아왔다고 하며 들어온다. 진이 할머니는 작년에도 우리 집에서 여름을 지내고간 사람인데 언젠가 이런저런 얘기를 하다가 스님에 대한 얘기도 하였는데, 다른 곳과는 달리 글로만 처방을 한다는 얘기를 하였더니 신기하기도 하고 궁금하기도 하다며 그날부터 찾아가보자고 하였으나 지금에야 시간이 나서 손님을 모시고 왔다고 하신다.

옆 뜰에 지어놓은 정자에 자리를 잡고 앉아 신상을 물어보며 "뭐가 그리도 궁금하여 오셨냐?"고 물으니, 자신들은 먹고살만하나 자식들이 아직도 제 갈 길을 못 찾아 애가 탄다고 하면서 자식들의 길이나 제대로 일러주시라며 들고 온 메모를 내민다.

"자식도 품안에 있을 때나 자식이지 나이 들어 장성하면 부모 품을 떠나 스스로 살아가는 방법이나 일러주면 되는 것인데" 하며 아들과 딸이 앉아있는 자리를 보니 아들은 丁巳(정사)생, 丙午(병오)월이고, 며느리는 庚申(경신)생, 丁亥(정해)월이고, 딸은 辛酉(신유)생, 癸巳(계사)월임을 알 수가 있었다.

아들은 대학을 졸업하자마자 며느리가 될 처자가 어차피 결혼할 것이라면 서로 미룰 이유가 없다고 해서 서둘러 결혼시켰으나, 아들은 지금까지 제대로 된 직장을 한 번도 구하질 못하고 허구한 날 공부한다며 머리 싸매고 제 깐에는 공부를 한다고 하고는 있다고 한다. 그러나 운이 없는 건지, 실력이 안 되는 건지 세월만 보내고 있어서 저희들이 좋다고 해서 결혼은 했지만 며느리보기가 미안할 때가 많단다.

딸은 컴퓨터 그래픽인가, 디자인인가를 공부했는데 좋은 직장자리가 있었는데도 자신이 원하는 곳은 방송국이나 신문사 같은 곳이라며, 요즈음에도 뛰어다니고 있어 생각할수록 안쓰러운 생각이 든다고 한다.

아들이나, 딸이나, 며느리나 나이의 계절로 보면 여름에 속하고 세 사람 모두가 암수(자웅)로 보면 다들 가지고 나온 몸뚱이와는 반대의 짓거리로 계절농사를 지어야 하며, 아들을 보면 丁巳(정사)생, 丙午(병오)월이 오행으로는 모두 불(火)에 속하는데 계절도 여름, 짊어지고 가는 짐도 온통 불이라서 어떻게 하면 방법은 있을 것이나 어려움이 많이 따른다.

이름이 어떻게 되냐고 물으니 O相吉(O상길)이라고 한다. 이름도 계절과 함께 일을 하는데 여름에 일하는 글자는 이름의 가운데 글자인 相(상)자가 월주를 도와 함께 일을 하고 있다.

서로 相(상)자를 풀어보면 木(나무 목)자와 目(눈 목)자로 이루어진 회의문자이며, 뜻을 보면 나무에 올라가서보니 앞쪽의 나무에 올라있는 사람과 눈이 마주쳤다는 것을 나타내는 글이다. 木(목)과 目(목)은 품사로 보면 名詞(명사)인데 서로는 副詞(부사)이다.

相(서로 상)자를 풀어보면 무언가를 하기 위해서 넓은 공간과 시야가 필요하여 나무꼭대기의 높은 곳에 올라가서 보니 상대편 쪽에서도 나무에 올라와서 서로 눈이 마주친 상태를 나타내고 있다. 무언가 도모하려 했던 일들이 서로 나무에 올라서 눈을 마주치게 되니 은밀히 진행하려던 일을 상대방이 감시(目)하고 있어서 일을 할 수가 없어 멈추고 있는 상태를 나타내고 있는 글자임을 알 수가 있다.

딸은 가공된 쇠라 보석을 지니고 있으나 어찌해야 그 보석을 잡을 수가 있을까? 癸巳(계사)의 뱀은 수놈이고 독을 가지고 있는 살모사이다. 지지의 12마리 동물에 뱀이 들게 된 이유는 뱀의 혀가 두 개라서 12지지에 든 것이다. 남들보다는 언변에 능하고 머리의 회전이 빠르고, 소개를 한다든가 장사를 한다든가 하면 서비스 쪽의 일에 능할 것으로 보인다. 본인이 찾고 있는 언론사나 출판, 방송 등의 일을 짊어지고 나왔기에 그 분야에서 일하려는 것이니 격려하고 용기를 준다면 꼭 이룰 것이다.

며느리는 가공하지 않은 금속이니 돌멩이라 해도 무방하리라. 丁亥(정해)월생은 돼지 중에서는 젊은 수컷 돼지이다. 자신이 하고자 하여 하는 일이나 좋아서 하는 일은 누구도 막을 수가 없다. 하지만 스스로 잘 지내고 있다니 다행한 일이다.

아들은 공부가 제 길이 아니라 성공할 수가 없으며, 계절이 아직은 덜 익어 있어서 노력을 들여도 어려움이 많을 것이다. 그러나 방법을 찾아보자면 三才(삼재)를 막아서 계절을 익히는 방법이 유일하다고 일러주니, 준비하여 다시 오겠다고 하며 집을 나섰다.

낮에 뜨겁던 해가 물러가고 저녁이 되니 살바람이 가끔씩 살짝살짝 불어와 시원하기가 그지없다. 저녁공양을 마치고 산책을 하려고 밖으로 나서는데 연못가에 부러진 아름드리 잣나무가 눈에 들어온다.

며칠 전 그날은 비와 바람이 함께 공동작전을 펼쳤는지 하루 종일 쉴 새 없이 비가 내리고 바람도 세차게 불었는데, 저녁이 되어도 그 기세는 누그러지질 않고 세차게 불어댔다.

집 앞의 연못 터와 그 옆 공터에는 아름드리 잣나무 30여 주가 작은 숲을 이루고 있는데, 그 잣나무 중에는 Y자의 형태로 크는 나무가 있었다. 그날 저녁때에 바람이 잣나무 밭에 머물고는 세차게 휘몰아치며 '휙!' 불고 멈추고, '휙!' 불고 돌리기를 반복하면서 나무들을 이리 흔들고 저리 흔들어대었다. 그러니 나무는 이리 휘청, 저리 휘청거리며 몹시 요동을 치다가 그 중에 Y자 형태의 나무도 몇 번인가 요동을 치며 휘청하더니 우지직 쿵! 하며 아름드리나무가 찢어지면서 부러져 버린다. 다른 나무들도 여기저기에 가지들이 부러져 나가며 순식간에 잣나무들은 큰 상처를 입었건만 바람이란 놈들은 언제 그랬냐는 듯이 제 할 일을 마친 일꾼들처럼 산등을 휘돌아 치며 넘어 갔다.

하늘에서 하는 일이니 어쩔 수가 없고 자연의 바람이 그렇게 하였으니 어쩔 것인가? 누가 힘으로 바람을 막아 낼 것이며, 누가 힘이 있어서 자연을 이기겠는가 말이다.

나무가 부러지면서 집으로 들어오는 길을 막아 놓았으니 당장에라도 치워야 하질 않겠는가. 비가 많이 내렸지만 밖으로 나가 길을 막고 있는 나무를 자르고 굴려서 힘겹게 치우고 주위의 흩어진 가지들도 정리하고 들어왔다. 그런데 인간들의 힘으로는 자연재해 또한 어찌할 수가 없는 것인데, 언뜻 천육백여 년 전에 있었던 자연재해가 머리를 스치며 지나간다.

기원 406년 12월의 일이다. 그 해에는 한파가 유럽 전역을 휩쓸어 강을 국경으로 삼아 대치하고 있는 로마군과 게르만족들은 한파가 몰아닥쳐 강이 얼어 붙어버리니 기회를 노리며 때를 찾던 게르만족들은 자연이 만들어준 고속도로(강)를 이용하여 로마의 국경지대를 점령하고 진격의 교두보를 만들 수가 있었다. 계속 진군을 하여 영토를 늘려나갔고 로마군은 밀려드는 게르만족의 공세를 막으려고 하였으나, 밀리고, 밀리고, 밀려서 본토인 이탈리아의 본토마저도 410년에는 게르만족에게 내어주게 되었다. 1,000년 제국이며 힘 있는 강성 로마를 내세웠던 왕국도 한낱 자연의 짓거리에 흩어지고 망해버리니 자연이 하는 익은 짓이나 덜 익은 짓을 잘 알아야 하겠다. 한 왕조가 흥하고 망함이 한낱 재해에 있다고 단언하기는 어려우나 자연이 상황을 만들어주었기에 자연이 공격을 하여 자연이 점령하고, 점령을 당했으니 흩어지고 망해버림도 자연이 때의 일을 한 것임을 알 수가 있으리라.

## ⚡ 1점짜리 공부도 쌓이고 쌓이면 목표를 이룬다

불볕더위가 한풀 겪이고 아침저녁으로는 선선한데 진이 할머니와 함께 다녀갔던 상길이 어머니가 얼마 지나지 않아서 아들인 상길이

와 함께 찾아왔다

　방으로 들어와서 자리를 잡고 앉으며 아들이라고 소개를 한다. 상길이 어머니는 저번에 스님과 나눈 얘기를 들려주었더니 아들이 같이 가자고 하여 함께 왔다고 한다. 얼마나 알아듣고 어떻게 생각하고 왔는지는 모를 일이나 오면 뭔가 해줄 얘기가 있었는데, 마침 잘 왔다고 하며 "상길이 너는 공부를 하고 있다고 했는데, 무엇 때문에 공부를 하고 있냐? 얘기나 들어보자" 하니, 무언가 말을 하려다 입 속에서 대답이 그친다.

　얘기를 정리해 보면, 고교의 성적도 중간쯤이라 대학을 안 가자니 남의 눈도 있고 하여 실력에 맞는 대학교를 찾아서 다니며 놀기 반, 공부 반하며 대학시절을 보냈고 졸업을 했다. 그러다가 실력보다 눈이 높아져 있어서 직장을 구하지도 못하고 있었으며, 일찌감치 결혼까지 하였으나 뭔가를 하고 있어야겠기에 허구한 날 공부한답시고 모양만 공부를 하고 있던 처지였다. 그러니 공부의 결과를 기다린다는 것은 애초부터 말이 안 되는 얘기였다.

　丙午(병오)는 암놈의 말(馬)이다. 몸은 남자로 태어났으나 계절이 암컷이라 암컷의 짓거리를 하게 된다. 그리고 뭔가를 끌고 가는 수놈의 짓거리를 못하고, 능동적이거나 진취적이지 못해 그냥 현실에 안주하며 소극적으로 움직이며, 공부를 해도 모양만 내고 있으니 실력이 오를 수가 없었다. 그러나 이제부터라도 자신에 맞는 목표를 세우고 스스로 할 수 있다는 자신감을 갖고 공부를 하되, 항상 공부를 할 때에는 어떤 생각도 하지 말고 그냥 오늘의 공부는 1점짜리라는 확신을 갖고 공부를 하라고 말을 해주니 알아들은 듯 모르겠다는 듯 표정이 묘하다. 양의 극대에서 음이 생겨나고 음이 쌓이면 양을 낳는 것이 자연이라 極卽反(극즉반)의 이치를 설명해 주었다. 무슨 말을 더 늘어놓을 수가 있겠는가. 천지인을 위하는 글은 써놓을 테니 다시오라고 하며 그들 母子(모자)를 보냈다.

자연에서의 짓거리를 보면 어느 것 하나 청하지 않아도 때가 되면 그 계절의 짓거리를 하며, 부는 바람도 각 계절마다 바람이 다르다. 봄에 부는 동풍의 훈훈한 바람이나, 더운 여름에 부는 남풍이나, 가을의 서풍인 선들바람이나, 겨울에 부는 북풍의 매서운 찬바람이나 바람들도 각각의 계절과 함께 방향을 바꿔가며 일을 하고 있다. 단단한 쇠도 녹이 슬고 바위나 돌도 부스러져 모래나 흙이 되는 것을 風化作用(풍화작용)이라고 한다. 풍화되었다고들 하는데 풍화되는 것이 어디 금속이나 바위나 돌에만 국한되는 일인가. 자연의 모든 것이 이름만 다를 뿐 공기와 化(화)하며 변하는데, 바람이나 공기가 공기주머니에서 化(화)하여 옛것을 청소하고 무언가 새것으로 바꾸는 일을 쉼 없이 하고 있음을 알아야겠다.

전화로 상길이 어머니가 찾아뵙겠다고 하더니 오래지 않아 아들과 함께 집으로 들어서신다. 인사를 나누고 방으로 들어와 써놓았던 글을 드리며 방법을 일러주고 나니 뭔가 궁금한 것이 있는 것 같은 표정이라 얘기하고 싶은 것이 있으면 얘기를 해 보라고 하였더니, 옆의 아들을 가리키며 "스님, 말대로 이 애가 공부를 하여 직장을 잡을 수가 있을 런지 궁금하네요?"라고 묻는다. 분명 이변을 세워 답을 얻고자 하나 이변을 세울 수가 있겠는가.

"상길아, 큰일 났다. 서른이 다 된 자식을 아직도 모친이 걱정을 하고 있으니! 그동안 어떻게 지내고 어떻게 공부하며 살았는지는 몰라도 이제껏 네 모친에게 믿음과 신뢰를 주질 못했구나. 이제부터라도 저번에 내가 일러 준 말 잊지 말고 1점짜리 공부를 열심히 해보아라. 그리면 훗날 오늘의 이런 이야기는 옛날 얘기가 될 것이다" 하니, 고개를 끄덕인다.

"누구나 배가 고프면 밥을 먹고, 목이 마르면 물을 마시고, 잠이 오면 잠을 자고, 가는 사람은 가고, 오는 사람은 오는 것인데 가겠다는 사람 잡는다고 안 가는 사람이 없고, 오는 사람 막아도 오는 이치를 안다면 올 것이고, 직장을 들어가겠다고 공부하는 사람은 당연히 직장을 잡을 것이다. 그러나 함께하는 가족들이 격려와 용기를 주어야 한다. 네가 공부는 하지만 '경쟁률이 높다는데 그런 직장을 들어가겠어? 학교 다닐 때의 시원찮은 성적을 보면 떨어질 게 분명한데' 라는 생각이나 태도를 공부하는 사람에게 비쳐서도 안 되고, 또는 무시하거나 무관심해서도 안 된다. 공부하는 사람도 자신의 처지나 주위에서 일어나는 일들에 대해서는 다소 무관심해야 공부에 전념할 수가 있다. 그리고 이번 시험에 꼭 붙어야 된다는 강박관념에 사로잡혀서도 안 되며, 이번에 지망한 회사의 지망생이 몇

대 몇이라더라 등등의 벽을 만들어도 공부에 도움이 안 될 것이다. 담담히 매일 1점짜리 공부를 쌓아 가면 좋은 결과가 있을 것이다.”

언젠가 글에서 시험에 붙은 사람과 떨어진 사람이 얻은 점수 중에서 가장 많은 사람이 얻은 점수 차이가 1점이라는 글을 봤다. 그것은 60점이 합격선이라면 합격한 사람의 점수는 60~61점이 많았고, 떨어진 사람은 58~59점이 많았다는 것이며, 결론은 58~61점을 얻은 사람이 많았다는 것이다. 바람이 쇠를 삭히고 바위도 부수고 때론 아름드리나무도 뚝! 잘라버리는 것을 알아 담담하고 차근차근 준비하듯이 공부하면 만족할 만한 결과를 얻을 것이라 말을 해주니 그들 모자는 돌아갔다.

가을이 익어가나 싶더니. 언제인지 모르게 해를 넘기고 여름이 되어 더위가 익어갈 즈음에 상길이 모친이 예쁜 손녀딸을 보았다고 하며 이름이나 예쁘게 지어달라고 하면서 오셨다. 결혼하였으니 취업도 급한 일이지만 제가 할 수 있는 일을 찾아서 부모에게 손녀딸을 안겨주었으니 그 또한 할 일을 한 것이 아닌가. 산모도 건강하고 상길이도 애비가 되더니 매사의 행동이 눈에 띄게 달라졌다는 말을 전해주신다. 세월이 가면 하는 짓거리가 달라지고 계절의 변함에 따라 열매는 익어갈 것이니 머지않아서 좋은 소식이 있으리라.

가을에 상길이의 누이동생은 원하던 직장인 방송국에 취업이 되어 자신의 전공을 살려 일하게 되었다니 다행한 일이 아닌가. 癸巳

(계사)의 늙은 수뱀이 독을 품고 있어 뚝심도 있고, 지략도 있고, 용기도 있으니 어느 자리든지 자신의 일은 잘 할 것이다.

時空(시공)을 짊어지고 해(年)는 넘어가고 겨우내 얼었던 온 대지가 녹으면서 촉촉하게 물을 머금은 산에 나무들이 꿈속에서 싹을 틔우듯 몽롱한 안개 빛을 발하며 한해의 일을 시작한 어느 날인가, 전화가 와서 받아보니 상길이 모친이시다. 상길이가 자신의 소원을 이뤄주었다고 하면서 스님에게 감사하다는 말씀을 드려야겠다는 마음에 전화를 드린다고 한다.

50명을 채용하는데 5천여 명이 응시를 해서 상길이 자신이나 집안의 누구도 크게 기대하지도 않았었는데 합격통지를 받고 보니 너무너무 좋단다. 일간 시간을 내어 찾아뵙겠다고 하면서 통화를 끊었는데 지난 3년 세월을 되돌아보니 내가 시험에 합격한 것 같은 생각이 들어 생각할수록 기분이 흐뭇하다.

누구나 어느 계절이 되었든 계절은 계절의 짓거리를 하는데 丁巳(정사), 丙午(병오)의 수뱀이 여름을 지나면서도 뱀의 무기가 독인데 누가 독 없는 뱀을 뱀 취급이나 해주겠나? 이곳저곳을 기웃거려 봐도 마땅한 일거리 찾기가 어려웠다. 불 속에서 자신이 흘리는 '땀을 물 삼아서' 이룩한 결과라 생각을 하니 자못 대견하다.

며칠이 지나갔나, 오후에 상길이 내외와 모친이 예쁜 공주님을 대동하고서 산사를 찾아 들어선다.

지난날들의 얘기가 오가는데 머리를 떠나지 않고 힘이 된 말은 '매일 매일을 1점짜리의 공부를 하라'는 말이었다며 자신도 지금의 결과가 꿈이 아닌가 하는 생각이 들 때도 있단다.

한참 얘기 속에 묻혀서 이런저런 얘기가 오고 가는데 조용히 노시던 공주님은 재미가 없어졌는지 이곳저곳을 기어서 시찰을 다니더니 책장 위에 있는 원고 뭉치를 잡아당겨 흩트려 놓고 깔아 뭉개면서도 무엇이 그리 좋은지 손뼉을 쳐가며 "애해! 애해!" 하며 해맑게 웃어 주신다.

누구나 각각은 할 일들이 따로 있는 것이라 정리하고 치우면서도 싫지가 않음은 내게 보여준 맑은 웃음이 아닌가 싶다. 시작도 끝남도, 가는 것도, 오는 것도 없음이요, 사랑함도, 미워함도, 좋아함도, 싫어함도 함이 없음을 알아야 하질 않겠는가.

그들을 보내고 한가해진 마음으로 지는 해를 보고 있으려니 중천엔 낮달이 함께 떠있음이 보인다. 함이 없이 떠있었으련만 오랜만에 낮달을 보았다.

# 24. 성형과 관상, 심상 그리고…

이른 아침인데도 새들의 지저귀는 소리가 자리에 누워있는 몸을 깨운다.

언제나 새들은 항상 부지런히 날갯짓으로 몸을 보전하고, 게으르고 나태한 사람들에게 근면을 보여주고, 피곤에 지친 사람들에게는 천상의 소리를 들려준다.

치의를 걸치고 수행자로 살아오면서 지난 세월(책을 집필한 5년) 세상을 향하여 하고 싶은, 어찌 보면 우리시대에 절박한 얘기(필자만)들을 책으로 펴냈다. 당시 피곤하고 힘이 들 때마다 새들의 노래 소리를 들으면서 많은 위안과 안정을 찾았다.

《백수 탈출》을 1, 2, 3권으로 마치려고 하는데 그동안 무슨 얘기

들을 썼나 싶어 되돌아보게 된다. 세상은 음양과 오행으로 이루어
졌으며 대우주의 순환법칙은 하나의 시작이 하나의 시작도 없고 하
나의 마침도 하나의 마침이 없다는 것, 역사의 중요성(독도 해법)과
자연과 더불어 살아가는 사람에게는 때가 있다는 것, 계절과 암수
와 때의 신령스러움으로 세상을 살아간다는 것, 나(我)만이 아닌 함
께 살아간다는 것 등을 주제로 썼다. 그런데 글의 한계성과 필력이
부족함 때문에 콕 꼬집어서 쓸 수가 없어 안타깝다.

세상은 변하며 점점 아름다워지면서 감성을 자극하는 시대로 가
고 있다. 이 감성의 시대가 가면 과연 한 세대, 두 세대 후에는 과
연 어떤 세상이 될 것인가?

분명 세월이 지나도 세상은 변함없이 존재할 것인데, 우리의 이
땅은 어떤 모양일까?

옛 고조선의 광활한 땅덩어리를 역사에 묻어두고 한반도의 반쪽
자락에 둥지 틀고 살게 되었다. 반세기 전만하여도 우리는 얼마나
어려웠던가. 나라가 이름뿐이었으나 때에 지도자가 민족중흥을 부
르짖으며 다함께 잘살자고 하여 온 국민이 노력하고 가꾸어 오늘의
富(부)를 누릴 수 있게 된 것이다. 우리(배달민족)가 누구인가? 우리
의 조상이 누구인가? 우리의 조상은 세상을 創始(창시)한 분들이 아
니신가? 우리 배달민족은 세상을 창시한 조상의 자손이며, 세계 민
족의 원류이다. (필자가 글로써 밝힐 것이다.)

세상의 변화는 힘을 중심으로 뭉치고 흩어지며 변하고 있다.

세상의 힘의 중심은 동양에서 서양으로, 서양에서 동양으로 옮겨 다니는 것이 자연의 이치이다. 그러나 이제 세상의 힘의 중심은 동양으로 옮겨지고 있으며, 그 중심에는 중국과 인도가 있다.

漢族(한족)들의 나라인 중국은 주변 나라들을 속국으로 삼아 영토를 넓혀 예전 청나라시대의 땅덩어리를 유지하면서 많은 인적, 물적 자원을 바탕으로 서서히 성장을 이루며 세계무대에서 힘을 과시하고 있다. 중국의 발전은 일당인 중국 공산당에 의해서 주도되고 있으며, 발전의 저변에는 중국 공산당이 공산주의의 사상체제(마르크스-레닌주의)를 묻어 두고 공자의 유교사상을 정치에 접목시켜서 통치하고 있다는 사실이다. 그들은 공동생산, 공동분배의 원칙을 버리고 자유 시장경제를 행하고 있으며, 국가행정의 덕목을 공자 사상의 골수(핵)인 인의예지에 두고 사람과 사람의 관계를 수직관계가 아닌, 수평적 관계에 두고 있기 때문에 당분간 중국의 발전은 지속될 것이다.

인도의 발전은 오랜 역사 속에서 사상과 이론이 풍부하고 많은 민족과 많은 종교와 철학이 자연주의를 중심으로 발달하였기 때문에 가능하다. 과학은 이론과 철학의 꽃이며, 과학은 우주만물이 空(공)하다는 원리를 응용한 것이기에 자연주의가 발달한 인도가 발전하는 원동력이 될 것이다.

## 🌠 觀相(관상) 좋은 것이 心相(심상) 좋은 것만 못하다

세상은 점점 아름다워지며, 감성을 자극하면서 부드러워지는 것에 힘이 몰리고 있다.

누구나 예뻐지고 부드럽고 고와지기를 바라며 자신이 있는 힘만큼 보태고 빼는 세상이 되었다. 그래서인가. 부딪히는 사람들이 한결 곱고 예뻐 보이는데, 2,500여 년 전에 聖人(성인)의 말씀을 어떻게 전할까 싶다. "모든 상(모양)은 허망한 것이다" – 금강경의 일구

언제였나? 항상 보아도 웃음을 잃지 않고 절집을 찾아오는 미영이가 어느 날인가 느닷없는 질문을 해온다.

"스님, 얼굴을 성형하면 얼굴의 모양이 바뀔 텐데 팔자도 바뀌나요?"

"응. 그건 왜 물어?"

"궁금해서요."

"그럼 바뀌지!"

그러자 미영이가 속내를 털어놓는다.

자신의 얼굴이 쌍꺼풀도 없고 턱이 사각형의 각진 얼굴이라 누가 보아도 팔자가 세게 보인다고들 하고 자신이 보아도 각진 얼굴이 마음에 들지 않아서 수술을 해야겠다는 마음이란다.

"그래. 그러면 수술을 해!"

"아니, 스님. 그렇게 건성으로 얘기하시지 말고 진짜로 얘길 해주

세요."

"건성이 아니야. 가서 수술을 해서라도 예쁘게 해봐! 살면서 스스로에게 자신감이 있어야 세상을 살아갈 수가 있는 것인데 스스로 자신이 없으면 쓰나. 그러니 할 수 있는 일을 해봐. 팔자나 남의 눈치를 볼 필요도 없는 일이야. 세상은 모양(相)을 우선시하는 세상인데 자신감이 없는 얼굴로 하루 이틀도 아니고 어떻게 평생을 살겠어. 관상은 매우 중요하지. 그러나 관상학에서는 心相(심상)이 으뜸이라고 하였으니 관상학에 대한 얘기를 안 할 수가 없구나."

이 말을 들은 미영이의 눈이 빛난다.


중국 대륙에 주나라가 붕괴하고 많은 나라들이 우후죽순처럼 생겨나면서 춘추전국시대가 열리는데, 관상학은 춘추전국시대에 인물평을 체계적으로 하기 위해 발생한다.

관상학은 크게 두 개의 분파로 나눠지는데 첫째, 사람의 상을 전체적으로 보아 판단하는 신상과 둘째, 관상을 부분적으로 나눠서 판단하는 방법이 있다.

동북아 삼국(한국, 중국, 일본)은 역학이 체계적으로 발달한 나라이지만, 음양오행론은 동이족, 즉 우리 배달민족이 만든 이론이다. 주역의 음양론과 동이족의 오행을 결합시켜 송나라 시대의 '마의노조선사'가 저술한 《마의상법(麻衣相法)》은 관상 공부를 부위별로 나누어 정리를 하였기에, 쉽게 배울 수 있도록 관상학을 체계화한 것이다.

麻衣禪師(마의선사)는 당나라 말기에서 송나라 초기의 인물이며, 화산의 석실에서 살았다. 언제나 삼베옷을 입었다는 데서 이름이 유래한다. 마의선사는 제자 '진단'에게 그의 상법을 전수한다.

관상에는 두상, 족상, 수상 등 많은 것이 있으나, 그 중 으뜸은 心相(심상)이다. 그래서 '관상 좋은 것이 身相(신상) 좋은 것만 못하고, 신상 좋은 것이 心相(심상) 좋은 것만 못하다'라는 말을 마의선사가 남겼다.

그리고 東晉(동진)에서 백제에 불교를 전해 준 '마라난타' 스님의 觀相書(관상서) 서문에도 '아무리 상이 잘 갖추어져도 마음 꼴 갖춘 것만 못하다(萬相不如心相)'라고 하였다.

잘 갖추어진 상이 중요하다고는 하나, 그 사람의 마음먹기에 따라 인생이 변한다는 말이며, 심상을 갖춘다는 것은 착하고 선한 마음을 지니고 산다는 것이다.

세상에 힘을 나타내는 척도가 아름답고 부드러운 것으로 변하며, 때에 아름다움의 힘이 역사를 바꾸고, 역사 속에서 미인들이 등장할 때마다 세상은 예쁘고 예쁜 것이 무기요, 힘이라고 얼마나 떠들썩했던 것을 우리는 익히 알 수가 있다. 그러니 할 수 있는 일을 해 봐라 하니, 앞에서 조용히 듣고 있던 미영이가 "스님, 고맙습니다" 하면서 물러갔다.

분명 세상은 변하며 아름다워지고 있는데 변하는 다음 세상의 힘은 무엇이며, 어떻게 변할까?

존재하는 것에는 품질에 따라서 등급이 매겨진다. 싫든 좋든 등급이 매겨지는데, 나라에도 등급이 있다. 등급의 상위에 있는 나라를 강대국이라 한다. 미국이 강대국이라고 하면 누구도 부인하지는 않을 것이다.

미국이 힘을 과시하며 세계를 쥐락펴락하는 것이 그들에게 풍부한 인적, 물적 자원이 있어서라고도 하지만, 자원이 풍부하다고 해서 번영을 누리는 것은 아니다. 미국은 세계대전을 승리로 이끌면서 고통 받는 많은 나라와 민족들에게 해방의 자유를 베풀었다는 것을 알아야 한다. 아무리 힘이 있어도 베풀지 않으면 누가 제대로 대접을 해주겠는가. 바라는 마음 없이 남에게 베풀면 그것이 德(덕)이며, 덕을 입은 상대는 자연히 승복하고 따라주게 되어 있는 것이다. 그러나 20세기를 지나며 미국은 힘없는 나라들에게 베풀기도 했지만, 나라의 기업이 방대해지면서 자신들의 이익을 위하여 힘없는 많은 나라들의 내정에 깊이 관여하여 분쟁을 일으키고, 스스로 지탄받는 일들을 저지르면서 미국의 힘은 약화되어가고 있다.

당장에 미국이 망한다는 것은 아니지만 힘을 내세워 약자를 괴롭히면 당장 눈앞의 이익은 있을지라도 결국에는 망한다는 것이다. 지금 그 힘은 태평양을 건너 일본으로, 중국으로, 인도로 향하고 있음을 알 수가 있다.

중국이 발전을 하고 있으나 중국의 漢族(한족)들은 본래부터 의심이 많고 남을 속이며, 남에게 베풀 줄을 모르며 허풍 치는 것을 좋아하는 민족이라 한족의 발전은 그리 오래가지는 않을 것이다.

본래 우리 배달족의 땅덩어리를 차지하고서 역사마저도 말살하려고 지금도 꼼수를 쓰고 있으니 얼마나 厚顔無恥(후안무치)한가? 그리고 우리 배달족이 얼마나 무서웠으면 지금도 만리장성을 쌓고 있는가. 이를 보면 덩치 크다고 허풍 치면서 비단옷 입고는 살아도 겁 또한 많고 의심이 많은 소인배들의 나라임이 분명하다.

후연 나라의 120만 대군이 수나라의 100만 대군이 몰려와서도 17~20만 명도 안 되는 고구려군을 당하지 못하고 도리어 나라가 괴멸되어 망해버린 역사의 일을 중국의 漢族(한족)들은 기억을 하고 있을 것이다. 유일하게 중국을 엎어버릴 민족은 우리 배달족뿐임이 명백해진다.

서양에 머물며 세계를 지배하던 힘이 중국으로 몰리는데 정작 중국의 漢族(한족)들이 무서워하고 있는 민족이 있으니 그것은 우리(배달족)이다. 한족들은 배달족을 본래부터 무서워하고 두려움의 대상으로 생각하여 겉으로는 지배하고 있으나, 실제의 속내는 그렇지가 않기에 지금도 언젠가 있을 우리와의 전투를 준비하며 만리장성을 쌓고 있는 것이다. 자신들의 조상이며 자신들이 하고자 하는 잘못된 일들을 때마다 부숴버린 역사를 그들이 알고 있기 때문일 것이다.

우리들의 행동에는 조상들의 얼과 혼이 내재되어 있어 일본이 경제 대국이라며 무슨 짓을 하든 하찮고, 중국이 제아무리 잘난 척을 해도 허풍인 것을 잘 알고 있기 때문에 언제나 자신감이 묻어난다.

주변국의 짓밟힘에서 겨우 우방국의 힘으로 대한민국이 건국되었다. 어렵던 시절 우방국의 원조로 근근이 살았으나, 우리 배달족의 나라는 때의 지도자를 만나 불과 30~40년 만에 기적 같은 성장을 일구어냈다. 우리는 '원조를 받는 나라에서 원조를 주는 나라'가 되어 우리의 많은 국민들이 세계 도처에 나가서 가난하고 힘없는 나라들을 말없이 돕고 있다.

본래 우리 배달민족은 情(정)이 많아서 남의 어려움을 보면 피하지 않고 자신이 어려워지더라도 '그냥' 이웃을 도우며 살아왔는데 아무래도 우리의 피 속에 도덕의 피가 흐르고 있어서인 것 같다.

누구나 내 것을 남 주기는 아깝다. 그것도 아무 대가 없이 준다는 것은 더욱 어렵다.

재물을 가지고 있다는 것은 복이다. 그러나 재물을 쥐려고만 한다면 불행이 따른다.

재물을 지니고 있다는 것은 나보다 더 어려운 이들에게 나누어 줄 수 있는 힘과 기회를 지니고 있다는 것이며, 그 이상도 그 이하도 아니다. 인생은 白手(백수)로 왔다가 白手(백수)로 되돌아가기 때문이다.

베풂? 普施(보시), 積善(적선) 등. 모두가 德(덕)을 쌓는 일인데 덕을 쌓으면 무슨 복이 있을까?

### 🔥 "심상이 아무리 착하고 곧아도 덕상(베품)만 못하다"

마의선사는 자신이 연구하여 체계를 세운 麻衣觀相法(마의관상법)으로 관상학의 대가가 되었다. 선사가 관상을 보고 얘기해주면 너무도 귀신같이 알아맞혀 선사의 문하에는 사람들이 넘쳐났다. 선사는 사람들이 관상학에 너무 빠지는 것을 염려하여 관상보다도 心相(심상)을 강조하며 착하게 살아야 한다는 말을 잊지 않았다. (관상불여심상)

선사가 어느 날, 아랫마을에 내려갔는데 앞에 있는 청년과 무심코 마주치게 되었다. 순간 '아! 관상을 보니 3년을 넘기기가 어려운 상이 아닌가.' 선사는 당황하며 혹시 잘못 봤나 싶어서 다시 청년의 얼굴을 보았으나, 선사는 자신이 잘못보지 않았다는 확신을 한다.

무슨 말을 해줘야 하나! 3년뿐 못산다는 얘기는 해줄 수가 없고, 생각을 정리하고 선사는 청년을 불러 세웠다.

"내가 보니 자네는 2년을 지나 3년이 되면 몹시 고생을 하겠어. 그 고비를 넘길는지 모를 일이니 헛되이 살지 말고 항상 착한 마음으로 살아야 돼."

말의 뜻은 3년을 넘기기가 어려우니 죽음에 대비하여 착하게 살라는 말인데 청년은 '3년이 되면 몹시 아플 것이니 착하게 살면 살

수가 있다'고 일러주는 말로 알아듣는다. 그런 일이 있고 마의선사는 자신이 체계를 세운 마의상법을 가지고 전국을 돌면서 학자들을 만나거나 알리는 일에 주력하면서 10년의 세월을 보내고 고향으로 되돌아온다.

관상을 보면 귀신같이 앞날을 예견하는 마의선사가 고향으로 돌아온다는 소식에 고향마을과 인근에서 많은 사람들이 선사를 보려고 몰려들었다. 많은 사람들이 선사의 귀향을 축하하는데, 모인 사람들을 둘러보던 마의선사는 자신에 눈을 의심하며 한 중년의 사내에게서 눈을 떼지 못하였다. 그 사람은 고향을 떠나기 전에 3년뿐 못살 것이라는 암시를 줬던 청년이었다. 집으로 돌아와 선사는 문을 걸어 잠그고 자신이 확립한 관상학을 처음부터 다시 점검을 시작하였다. 분명히 관상학적으로 잘못 본 것이 아니라는 것을 확신하였으나, 청년이 살아있다는 것은 자신이 체계를 세운 관상학에 문제가 있다는 생각에 선사의 머리는 더욱 복잡해져만 갔다.

그러던 어느 날 방문객이 찾아왔다.

선사는 방문객이 예전의 청년인 것을 한눈에 알 수가 있었다.

"스님이 돌아오신 것을 알면서도 바로 찾아뵈어야 하는데 이제야 올라왔습니다. 그때에 스님이 말씀해 주신 대로 3년이 되는 해에 몸에는 아무 이상이 없으면서도 몸이 말라가고 점점 기력이 떨어져서 아무 일도 할 수가 없어서 죽을 날만 기다리는 신세가 되었습니다."

말을 듣고 있던 선사의 마음은 급해졌다.

"그래서 어떻게 하셨나?"

"예, 스님. 죽을 날만을 기다리는 처지라 하는 일이 없어서 마을 앞에 흐르는 강가를 자주 찾아갔습니다."

"그래, 어서 얘기해 보게."

스님의 마음은 더 급해졌다.

"어느 날인가, 강가에 앉아서 얼마나 살면 세상을 떠날까? 하는 생각을 하면서 무심코 강물을 바라보는데 큰 나무기둥이 떠내려 오는 것을 보았습니다. 그런데 떠내려 오는 나무기둥을 무심히 보니 무수히 많은 개미떼가 나무기둥을 타고 둥둥 떠내려 오는 것이었습니다. 순간."

"그래 순간 어떻게 하셨나?"

"예, 스님. 나도 머지않아 죽을 몸인데 저 개미들도 떠내려가면 죽을 것인데 하는 생각이 나면서 개미들이 불쌍한 마음이 드는 순간! 그냥 물로 뛰어들어서 나무를 끌고 나왔습니다. 땅에 나무를 끌어다 올려놓고 혼잣말로 그래 너희들은 잘살아라. 그런 일이 있었습니다. 그날 이후로 몸이 조금씩 좋아지며 이날까지 건강하게 지내고 있습니다. 그때 스님이 3년이 되면 고생할 거라고 일러주신 말씀이 왜 그리도 신통하게 맞았는지 스님께 고맙다는 인사를 하러왔습니다."

선사의 귀에는 청년이 하는 말이 귀에 들어오지가 않는다.

"허허. 수천수만의 생명을 살리는 德(덕)을 베풀어서 살아났구나!"

"그래, 마음이 착하면 뭐하나. 때에 어려운 이들에게 베풀어야지! 무심코 착한 마음을 내어 베풀면 하늘이 알아 應天(응천)하고 땅이 함께 動地(동지)하는 것을! 그래, 덕이야! 德(덕)! 왜 내가 미처 생각을 못했나?"

청년은 감사하다는 말을 하고 돌아갔다.

마의선사는 의심이 풀렸다. 觀相法(관상법)의 이론이 틀린 것이 아니라 선사는 心相(심상)보다 위에 德相(덕상)이 있음을 알아차린다. 선사는 자신이 저술한 모든 책을 거두어들인다. 그리고 마지막에 一句(일구)를 새로 써서 넣는다.

"관상이 아무리 좋아도 마음이 곧음만 못하다." 觀相不如心相(관상불여심상)이라고 쓴 책의 마지막 구절에 一句(일구)를 첨가한다.

"심상이 아무리 착하고 곧아도 덕상(베풂)만 못하다." 心相不如德相(심상불여덕상)이라 쓰고 웃으며 붓을 놓았다.

모양이 아무리 아름답고 고와도 때가 지나면 변하여 추해지고, 아무리 착한들 베풂이 없으면 무슨 소용인가? 그래 쥔 것이 있다면 베풀어라.

살아있는 인간들이 할 수 있는 최고의 행위이다.

德相(덕상)이다.

德相(덕상).

# 25. 욕심 부리면 쉽게 망가진다

과학문명이 발달하면서 하루, 잠시인들 과학문명의 기기를 접하지 않을 수 없는 세상이 되었다. 문명의 기기들은 族(족)의 울타리를 넘어 나라와 나라의 경계를 허물고 뛰어 넘어 인간의 발길을 허용하는 곳이면 어디라도 쉽게 만나는 세상이 되어버렸다.

세상에 올 때에도 빈손으로 왔다가 빈손으로 가는 것이라 세상은 본래 空(공)한 것이다. 허나 묘한 것은 공함 속에 有無(유무)가 함께하고, 물질과 공이 함께 하며, 과학의 발달도 空(공)을 폭넓게 이용(응용)하면서 발전을 가져오고 있다.

천지만물이 공을 들락거리며 유와 무가 존재하기에 해와 달의 밝음이 누구에게나 공평하지 않던가?

## 生知(생지), 學知(학지)가 있는가 하면 苦知(고지)도 있다

봄이 무르익으며 때를 만난 나무와 화초들이 천지에 꽃밭을 이룬다.

한때는 벌거벗은 산을 채우기 위하여 속성으로 자라는 아카시아를 곳곳에 많이 심어서 봄이면 아카시아 꽃향기를 으레 맡을 수가 있었는데, 이제는 심는 사람이 없고 베어버려서인가 아카시아 꽃향기를 맡기가 어려워졌다. 그러나 산자락에 붙어사는 덕으로 때가 되면 진한 아카시아 꽃향기를 만난다.

이때쯤이면 소나무도 꽃을 피우고, 이내 松花(송화)가루가 날리는데, 잠시 지나가는 때의 일이지만 송홧가루를 피하기 위한 한판 소동을 치른다.

장독대의 된장, 간장, 고추장 뚜껑을 잘 덮어 살펴야 하고, 뜯어온 산나물을 말리면서도 잘 살펴야 하고, 집안의 곳곳을 항시 쓸고 닦으며, 여간 신경을 써야 하는 때이기도 하다.

세상은 變(변)하고 化(화)하면서 세상을 이끌어가는 사람이 있는가 하면, 세상을 뒤에서 쫓아가는 사람도 있고 힘겨워하는 이들도 함께한다.

앞서든, 뒤서든, 머물든 모두가 함께하는 세상이건만 앞선 이들 중에 더러는 영리하고 똑똑하다는 것을 내세워 욕심 부리고 거들먹거리다가 남에게 상처와 피해를 주고 자신도 몰락하는 경우를 심심찮게 보고 듣는다.

세상에는 태어나면서부터 남들과는 달리 하나를 보고 들으면 열을 아는 머리가 영리하고 똑똑한 天才(천재)가 있는데, 이를 生知(생지)라 한다. 그리고 천재는 아니라도 우수한 머리로 태어나는 이들이 있는데, 배우고 익혀서 지식을 쌓은 學知(학지)의 사람들이다.

그러나 인재 중에는 분명 우수한 머리를 소유하고 태어났으나 생지나 학지보다는 둔하고 굼뜬 인재가 있는데, 이런 이들을 바로 苦知(고지)라고 한다. 고지는 열심히 배우고 익히지만 굼뜬 머리를 가지고 태어나 남들보다 많은 노력과 시간을 들여 고생스럽게 학문을 쌓아 이루는 사람들로, 이들도 우수한 머리의 소유자이다.

누구라도 고생스러운 苦知(고지)는 원치 않을 것이고, 고지보다는 學知(학지)를 원하고, 학지보다는 머리가 뛰어난 천재인 生知(생지)를 원할 것이다. 그러나 자신이 원한다고 해서 얻어지는 일이 아니다. 태어나면서 결정이 되며, 때의 계절이 결정하는 일인 것이다.


세상을 살다보면 원치 않는 얘기를 듣고 접하고, 때론 본인의 의사와는 전혀 상관이 없는 일을 할 때도 있다.

일이 없어도 친구 따라 장에도 다녀오고, 강남에도 다녀온다는 말은 살아가는 누구라도 세상을 살아가면서 저마다 호기심과 궁금함을 안고 살아간다는 말일 것이다.

저마다의 머릿속에 담겨있는 호기심과 궁금함이 세상을 바꾸어나가는 원천인 것이다.

요즘에 세상 소식은 사람들끼리의 대면보다는 방송매체를 통하여 듣고 접하는데, 분명 세상이 변하는 것을 알 수가 있다. 세상은 점점 아름다워지고 세계는 점점 커지고 좁아지고 있는데 반(反)하여, 사람들의 끝없는 욕심은 끝을 헤아리기가 어려운 세상이 되었다. 지능이 발달한 만큼 교묘하게 뭇사람들을 속이고, 양심(천심)을 속이는 이들의 소식을 적잖게 듣고 보는 세상이 된 것이다.

국가의 주인은 국민이다. 분명 국민이 나라의 주인이지만 각 개인을 국가라고 하는 데에는 한계가 있다. 그래서 국민의 대표를 뽑아서 통치권을 부여하고 통치자에게 통치를 위탁, 국가를 경영하게 하는 형태를 취하고 있다.

그런데 국민들에게서 통치권(입법·사법·행정)을 부여받은 사람들이 국민들을 위하여 일하는 것은 당연한 일인데, 더러는 잘하고 있으나 잘못하는 사람들의 소식을 접하는 때가 더 많은 세상이 되었다.

방송을 통해서 무슨 사건이 보도가 되면, 서로 북새통이 되어 책임을 서로 다른 부서에 전가하듯 떠넘기기에 바쁘고, 그때서야 '고치자! 하자!' 분주하다. 그런가 하면 해도 되고, 안 해도 된다며 세월을 죽이면서도, 최종에는 法(법)이 이렇고 저래서 안 된다는 핑계뿐이다. 그러다가 미비한 법을 만들어서라도 고쳐야 한다는 소신을 갖고 있다고 큰소리치다가도 흐지부지되는 일들이 어디 한둘인가? 그야말로 답이 없는 세상이 되어 버렸다.

자리가 주는 힘만큼 머리 좋은 사람들의 집단답게 이리 치고 저리 치며, 요리 빠지고 조리 빠지며 말만 풍성하게 늘어놓고 떠들어대는 기술자들의 집단이 되어 버린 것이다.

백성들은 어려운 세상으로 내몰리고 있는데도 자리를 차지한 인사들은, 한쪽에서는 여름철에 우산 장사로 짭짤하게 수익을 올리고 있다. 그리고 또 다른 한쪽에서는 소금 장사를 하면서 비가와도 좋고, 비가 안 와도 좋고, 날씨가 좋으면 좋은 대로 나쁘면 나쁜 대로 자신의 이익만 채우려 드는 것을 보면 국민들이 안중에 없는 것이 아닌가 하는 의아심마저 들게 하는 세상이다.

그 자리에 앉은 사람들은 무슨 일이든 적당히 떠들다가 시간이 지나면서 자연히 다른 일들이 생기면 국민들의 관심이 새로운 일로 넘어갈 것이라는 생각을 이미 머릿속에 담아놓고 일을 한다. 그래서 그 자리는 적당히 넘어가는 일에 능한 인사들로만 모이는 곳이 되어 버렸다.


천부적인 머리(生知)를 지니고 태어나 학문을 익혀 자신이 배운 것을 자신에게도 유익하고 사회적 공분을 위해서도 묵묵히 일하는 훌륭한 이들도 세상에는 많이 있다.

그러나 우수하고 좋은 두뇌를 지닌 이들은 우수한 머리만큼이나 기가 막히고 코가 막히는 일을 만들어 세상에 불이익을 주는 경우를 종종 접한다. 뛰어난 머리만큼이나 욕심내어 못된 짓을 하다가 스스로의 덫(욕심)에 걸려 결국에는 자신을 망가뜨리는 것이다.

머리가 뛰어나다고 해서 좋을 것도 아니고 나쁠 것도 아니다. 다만 그 머리를 어떻게 사용하느냐를 세상은 평가한다. 공공의 이익을 위하여 일을 하였는가를 세상 사람들은 볼 뿐이란 말이다.

세상은 누구나 제 잘난 맛과 멋에 살고 있다.

천재나 우수한 머리, 즉 生知(생지)나 學知(학지)나 우수한 머리를 지닌 사람일수록 자신의 뛰어난 머리를 믿고 의지하여 살면서 은근히 남들을 무시하면서 산다. 자신이 남들보다 잘났다는 생각에 사로잡히게 되면서 의지와 분별력이 약해지고, 해서는 안 될 일인 것을 알면서도 자신의 잘난 머리를 믿고 잘못된 일들을 행하게 된다. 즉, 머리가 좋은 이들은 뛰어난 만큼 의지와 분별력이 떨어져서 잘못된 일을 하거나 엮이게 된다는 말이다.

반면 머리는 우수하나 머리의 회전이 늦어 굼뜨고 둔한 苦知(고지)는 주위에서 관심을 보이든 안 보이든 자신의 일을 묵묵히 하며, 자신이 알고 있는 상식 밖의 일에는 관용이 없어서 자신의 의지를 꺾지도 않으며, 스스로나 남에게 피해주는 일은 하지도 않는다.

세상은 변하며 세계는 점점 작아지고 좁아지는데, 여름철의 베짱이 살림을 하고 소금장사, 우산장사로 자신의 배만 불리며 적당히 일을 처리하는 인사들이 무슨 일을 책임질 것이며, 힘없어 내몰린 백성들을 제대로 돌보겠는가?

한 때는 族譜(족보)에 관심이 있어서 상당기간 국립도서관을 자주 찾은 적이 있었다.

국립도서관에는 일제시대(조선 총독부)에 각 성씨들이 발행한 족보를 수집하여 방대한 양의 족보가 일목요연하게 진열되어 있어서 많은 이들이 자신에 씨를 찾기 위하여 항상 북적였다. 호적이나 재적에 있는 기록으로 족보를 찾아 들어가는데 쉽게 찾을 때도 있지만, 족보의 기록을 찾지 못하는 경우에는 자신의 조상들이 어디에 살았다는 근거를 가지고 때론 조선 총독부의 관보를 참고로 열람하여 족보를 찾는 경우도 더러 있었다.

조선 총독부 官報(관보)를 보면 당시에 일상을 엿볼 수가 있었으며, 일제가 우리나라 전역을 측량하여 번지를 매기고 주인이 누구라는 것을 관보에 기재하였기에 그 기록을 찾아서 어느 지역에 사는 누구(?)를 찾아서 족보를 만드는 일도 있었다.

기록(글)은 거짓이 없음을 안다면 조선 총독부의 관보를 보면서 새삼 놀라움을 본 것은 관보의 기록, 어느 것도 때에 누가 작성하였다는 것이 명백하다는 것이었다.

일례로 어느 기록은 충청도 ○○군 ○○면 ○○리의 입구에 30년생의 뽕나무가 100여 주가 있는데, 그 뽕나무를 이용하여 누에를 키우면 얼마 만큼에 양잠실을 생산할 수가 있을 것이라는 소견도 덧붙여 쓰고, 끝에는 '주사 다나까 히데오' 라고 성명을 밝혔다. 어느 곳에서는 누구네 소가 쌍둥이를 낳았다고 쓰여 있고, 기록의 말미에는 '(직급)서기 (성명)도요도미 하스루' 라고 글을 써서 남기는 자의 직급과 성명이 명확하게 기록되어 있었다.

## 조금 더딘 황소걸음의 인재(苦知)가 더 절실한 때

세상은 변하며 혼탁해져 가고 있다. 그것은 무엇보다도 내가 우선한다는 개인주의의 가치관과 물질 우선주의에 사로잡힌 시대이기 때문이며, 가지고 쥔 자들의 욕심이 하늘(空) 높은 줄 모르는 소치이나, 이것 또한 때에 변하는 과정이기에 누가 어찌해 볼 수는 없을 것이다.

세상사 일들이 항상 변하며 현재가 과거가 되고, 미래가 현재가 되며, 현재는 미래를 향하여 나아가고 있다. 이 시대가 번성을 누리는 힘은 한 세대 전에 이루어졌고, 이 시대의 힘은 한 세대가 지나면 그 시대의 힘이 되는 것이다. 한 세대 전의 통치자들이나 국민들이 합심하여 공공(국민)을 위하여 私心(사심) 없이 일을 하였기에 지금 우리 세대가 잘 살고 있음을 알아야 할 것이다.

통치자들의 정신이 욕심에 썩고 부패하면 다음 세대의 나라와 국민들은 힘을 제대로 쓸 수가 없음을 깊이 인식해야 한다. 통치자란 정치만을 말하는 것이 아니고, 어느 분야이든 자리를 차지하고 있는 자들을 말한다.

영리(生知)하고 우수(學知)한 머리의 인재들이 사회적 공분을 망각하고 개인주의로 흐르면 자신도 망치고 나라도 망치게 된다. 조금 더디고 늦어지더라도 황소걸음의 인재(苦知)가 더 절실한 시기가 아닌가 싶다.

　때 이른 태풍이 구름을 몰고 와서 하늘을 덮고 있다. 때가 지나
면 구름은 지나갈 것이나 세차게 불어대는 비바람이 사람들의 가슴
을 쓸어내리게 한다. 누구라도 피해 없이 맑은 하늘을 보고 싶어 하
는데 방송에서는 ○○ 사장을 구속하고, ○○ 정치인을 구속하고, 전
직 ○○ 감사도 구속하고, ○○ 은행장을 구속하고, 나라를 지키는 軍
(군)의 ○○ 장군도 수뢰혐의로 구속하였다는 뉴스를 전하면서도 몸
통이 드러날 때까지 수사를 계속하겠다는 그럴듯한 수식어를 넣으
며, 계층 간의 葛藤(갈등)을 조장하는 말도 섞어 내뱉는다.
　언제 수사를 하여 몸통을 제대로 규명하여 밝혔나?
　미리부터 빠지려고 작정하여 머리를 이리 굴리고 저리 굴려서 빠
진 자가 "내가 몸통이요" 하며 나설 리는 없지 않은가?
　그러나 빠진 몸통이라고 온전할까? 하늘이 알고, 땅이 알며, 국
민들이 알고 있어서 결코 온전하지 못할 것이다. 남은 속이고 눈을
가려서 온전한 듯이 살아갈 지라도 결코 자기 자신은 속일 수는 없
는 일이라 스스로 온전치 못할 것이다.
　다들 보면 영리하고 우수한 인재들인데 안타깝다.
　세상이 변하면서 세대 간 계층 간의 葛藤(갈등)이 쌓여만 가고 있다.
　葛(갈)은 칡이요, 藤(등)은 등나무인데 갈등을 국어사전에서 찾아
보면 ① 개인이나 집단 사이의 목표, 이해관계 따위로 적대시 또

는 불화하는 일. ② 서로 상반하는 것이 양보하지 않고 대립함. ③ 마음속에 두 가지 이상의 욕구가 동시에 일어나서 갈피를 잡지 못하여 괴로워하는 상태'라고 하였다. 칡넝쿨과 등넝쿨이 서로 얽어서 실마리를 찾을 수가 없는 복잡한 상황을 나타내는 말이 된 것이다.

칡(葛)은 나무를 감고 넝쿨이 뻗으면 나무를 오른쪽으로 돌면서 뻗고 藤(등)나무의 넝쿨은 칡과는 반대로 나무를 왼쪽으로 감고 뻗는다. 칡과 등나무가 만나면 서로 반대 방향으로 넝쿨이 틀고 뻗어가기 때문에 칡과 등나무는 서로 얽히지 않고 새끼를 꼬는 것처럼 자라는 것이다.

갈등이 서로 상반되고 적대시하거나 矛盾(모순)을 뜻하고 있으나, 葛(갈)과 藤(등)은 서로 오른쪽으로 돌고 왼쪽으로 돌면서 자라기 때문에 서로는 얽히지 않는다. 자연의 법칙대로 왼쪽으로 도는 놈은 왼쪽으로 돌게 하고, 오른쪽으로 도는 놈은 오른쪽으로 돌게 하면 갈등은 해소될 것이다.


세상이 空(공)하고 사람 또한 본래가 空(공)한 것임을 안다면 생지든, 학지든 우수하고 영리하여 망가져 나가는 방송은 하지도 듣지도 않을 텐데 하는 생각이 든다.

밖에 나서서 머리를 들어 보니 하늘은 언제나(本來)처럼 넓고 공활하며 日月(일월)은 밝다.

# 26. 나라를 사랑하세요?

날씨가 몹시 궂다. 며칠째 많은 비가 내려서 앞개울에 물이 넘치며 절(寺)로 들어오는 도로를 포장한 아스팔트가 흔적도 없이 물에 쓸려 떠내려가 버렸다.

세찬 물줄기가 흙을 파헤쳐 쓸고 나가 길을 앙상하게 만들어 놓고서도 하늘은 계속 비를 모으고 퍼부으며 뇌성은 그치질 않는다.

방학이 되어 놀던 학생이 밀린 숙제를 하려는 것처럼 하늘의 이곳저곳에서 으르르릉! 으르릉! 轟音(굉음)의 물마차를 끌고 다니며 밀렸던 일을 마치려는 듯이 비를 퍼붓는다.

때에 하늘이 행하는 일이라 땅거죽에 터 잡고 사는 사람들이 무얼 할 수가 있나?

그래도 시작이 있으면 끝이 있을 것이기에 다소 위안은 되나, 농사꾼들이 애써 지은 농작물의 피해가 염려스러운 것은 모든 먹을거리가 땅에서 생산되기 때문이다.

어느 곳에서는 가뭄이 들어 물 부족의 고통이 심하다는데, 언제나 그치려나?

한 쪽에서는 넘쳐나서 고통이고, 어느 한 쪽에서는 모자라서 고통(차별)스러우나 하늘(지구)에서는 한쪽의 많고 적음이 아닌 평등함일 것이며, 우주공간에서도 어느 별은 팽창하여 늘어나는가 하면 어느 별은 소멸하고 있을 것이니 그 또한 대우주의 평등 순환법칙이라 할 것이다.

밤과 낮이 함께하고, 물질과 정신이 함께하고, 생사가 함께하고, 始終(시종)이 일관하다.

無(무)가 무이면서 有(유)와 함께하고 有(유)도 존재하면서 무와 함께하기에 空(공)이며, 공이면서 유무와 함께하기에 眞空(진공)이라 하며, 그래서 진공에 妙(묘)함이 있는 것이다.

모든 일에는 因(인)이 있어 緣(연)이 맺어지고 인연에는 필연적으로 果(과)가 맺힌다.


세상은 때에 변하고, 사람들은 살기 좋은 세상을 만들어가기를 원한다. 그러나 정신과 물질의 양면을 보지 못하여 어느 한 쪽에 치우친 망념으로 서로가 잘살 수가 있는 일을 고민하지 않아 지구상에는 물질이 넘쳐나는 첨단과학의 시대에도 많은 이들이 고통을 호소하고 있다.

철학과 사상과 이론은 空(공)에 근거하며, 과학은 철학과 이론을 근거로 공에 영(제로)의 개념을 빌어서 발전하는 것이라 할 수가 있다.

과학의 점진적인 발달은 물질세계의 풍요를 가져오며, 철학은 정신세계가 주체라 하겠다.

누군가의 욕심에 의해 나라끼리 싸우면 전쟁이라 하는데, 이 땅은 묘한 지리적인 특성 때문인지 많은 전쟁이 있었다. 하지만 이 땅의 사람들은 욕심으로 인한 싸움다운 싸움이나 전쟁다운 전쟁을 벌인 적이 없는 역사를 안고 있다.

지구상에 인류가 터 잡고 살면서 어느 나라와 민족이라 하더라도 조상(씨)이 있을 것이다. 그런데 조상이 천신의 자손이라고 주장하는 나라는 우리(배달족)의 조상과 유태인의 조상이다.

천손의 나라라는 유태인들은 주위의 나라와 ○천 년의 전쟁을 치르고 현재에도 전쟁은 진행 중에 있음을 알 수가 있다. 천손들의 나라라면 무언가는 다를 것인데, 주변의 나라들과 대치하여 서로가 귀한 피를 흘리고 있는 것을 볼 수가 있다. 진정 그들이 천신의 자손들일까?

### 🌙 파당을 일삼으면 또 다시 삼국시대로 갈라진다

배달국의 시작은 하늘의 桓因(환인)이 지상의 太白(태백)을 내려다보며 "가히 弘益人間(홍익인간)할 곳이로다" 하여 환인은 환웅(아들)을 불러 천부인 세 가지를 내려주시며 "무리 3,000을 이끌고 땅으로 내려가서 하늘의 뜻을 열고 가르침을 세워 세상을 잘 다스려서 만세의 자손에게 큰 모범이 될지어다"라고 하셨다.

이에 환웅은 무리 3,000과 함께 태백으로 내려와서 神市(신시)에 도읍을 정하고, 나라를 배달국이라 하였다. 천부의 징표(삼부인. 천부경)를 지니시고 五事(오사)를 주관하시며 도와 덕으로 세상을 이끄셨다.

환웅과 함께 하늘에서 지내던 무리 3,000이 환웅을 따라서 지상의 태백으로 내려온 것을 알 수가 있는데 사람의 형상으로 내려왔으나, 그들 또한 하늘에서 살았던 천신들이었을 것이다.

인류의 역사 속에 많은 민족들이나 나라들이 각각의 색깔을 지니고 살아가는데 우리민족은 천성이 유하고, 순하며, 정이 많아 누구에게도 害(해) 끼치기를 유독 싫어하는 민족이다.

남의 자유를 빼앗으려는 것도 나쁜 일이지만 스스로 자유를 버리는 것도 큰 죄가 될 것이다. 드넓은 조상의 터를 빼앗기고 반도에 밀려와서 그나마 반토막에 의지하여 살아가는 즈음에, 우리는 우리의 잘못된 일들을 찾아서 반성해야 할 것이다.

세상엔 공짜란 없는 법. 우리가 힘없이 살아가는 것도, 아니면 부강한 나라로 살아가는 것도 다 우리가 할 일이다.

좋은 일을 私慾(사욕)에 눈이 멀어 나쁜 일로 망치고, 시기하고,

파쟁을 일삼고 자주정신이 박약하여 전체 의식이 철저하지 못하고, 눈앞의 일에만 급급하여 긴 안목으로 일을 하지 못하여 일을 망치는 일들이 비일비재하다.

집안에서 싸움을 벌여 다투면 살림살이가 남아나지 않는 법인데 국민의식의 분열, 私感(사감)으로 義理(의리)를 망각하여 전체를 죽이는 행위들을 서슴지 않는 불충불의의 소인배들의 악덕 행위를 어찌할 것인가? 이것도 變(변)하고 化(화)하는 때의 일인가?

經(경)에 "一身(일신)이 淸淨(청정)하면 多身(다신)이 청정해지고, 한 나라가 청정하면 여러 나라가 청정해진다"는 말씀을 음미해 볼 만한 때이다.

세상은 발전하고 변하면서 물질문명이 사람들의 五感(오감)을 자극하는 시대가 되었다.

아름답고 부드러운 것을 쫓는 이들은 본질을 망각하고 겉모습에만 매달려 자신의 존재감을 위안 받으며 살아가고 있다.

전화가 걸려와 받아보니 "○○입니다. 손님, 사랑합니다. 좋은 하루되세요." 은행에 볼일로 찾았더니 입구에서부터 "손님, 사랑합니다. 무슨 일을 도와드릴까요?" 하며 안내인이 인사를 건넨다. 일을 마치고 은행을 나서려니 "손님, 사랑합니다. 행복한 하루되세요." 듣기에는 그럴싸한 말이나 스스로의 목적을 위한 말이라 발길이 씁쓸하다.

사랑에는 서로에 대한 귀한 존경이 따라야 하며 개인이나 단체,

종교, 나라의 사랑에도 당연한 일인데 입으로만 사랑한다고 해서 어찌 그것을 사랑이라고 할 수가 있을까?

주변 나라들인 중국이 우리를 도와주지 않았고, 일본이 우리를 도와주지 않은 역사를 비추어보면 우리는 우리가 스스로 자생하며 국력을 키워나가야 한다.

때에 우리의 모습을 보면 자신만이 잘살려는 小我(소아)를 위해서는 못하는 일이 없는 나라가 되어버렸다. 사면이 막힌 절해의 孤島(고도)에 우리들은 살고 있다. 누가 있어 우리를 도와주며, 누가 있어 우리를 헤아려 줄 것인가?

처세에 적당히 포장하고, 적당히 하는 척하며, 지위에 사욕만을 추구하는, 책임감 없는 인사들을 많이 보고 듣는다. 누구라고 정도의 차이지 별반 신선하고 책임감 있는 인사를 찾아보기가 어려운 세태가 된 것이다. 자신의 神(신)을 팔고, 자손을 팔고, 法(법)을 앞세워 무슨 일이든 끼리끼리라 적당히 넘어간다.

더러 뜻있는 인사도 있으련만 아예 나서질 않는 세상이 되어버렸다.

권력은 私心(사심) 없이 義理(의리)로 분배를 행하는 자리요, 재물이 많다면 나눌 수 있는 기회를 얻은 것이며, 무엇도 아닌데 모양에 얽매인 사회가 되어버렸다.

이조 500년 파당의 역사가 한반도를 갈라놓았음을 寤寐不忘(오매불망) 잊어서는 안 될 것이다. 우리는 지금 반토막에 의지하여 살아가고 있음을 망각하고 소인배들이 파당을 일삼고 있다. 특히 무책임한 인사들이 小我(소아)를 위하여 의리를 저버리는 작태가 지속된다면, 반의 반토막으로 또 잘리고 말 것이다. 1,500년 전의 신라와 백제의 시대로 돌아가서 한반도는 삼국시대가 될 것이란 말이다.

나라가 파쟁으로 힘을 잃게 되어 우리는 일제의 식민지가 되었다. 힘이 있었다면 나라가 잘라졌겠는가? 신라가 삼국을 통일한 것은 우연한 일이 아니다. 때에 화랑(젊은 청년)들이 목숨을 내놓고 싸움에 임하여 물러서지 않는 결연한 정신과 의지가 있었기에 가능한 일이었다.

지금 우리의 젊은이들은 어떠한가? 나라 사랑이라는 말은 너나할 것 없이 누구나 쉽게 말하지만 과연 나라 사랑을 목숨 걸고 충성하며 지켜내야 된다는 신라 화랑들의 정신을 얼마나 알고들 말하는 것을까?

우리나라는 불과 반세기 전만해도 먹는 의식주의 어려움을 겪던 나라에서 천손의 자손답게 경제 기적을 일구어내어 세계인들이 놀라워하는 부자의 나라가 되었다. 그것은 우리도 잘살 수 있다는 시대의 정신에 맞는 국민들의 호응과 탁월한 지도자가 있었기에 가능한 일이었다.

지금은 유와 무가, 시와 종이, 좌와 우가, 혁신과 보수가, 물질과 정신이, 고저와 장단이 함께하는 세상이다. 一闔一闢(일합일벽)은 謂之變(위지변)이요, 往來無窮(왕래무궁)은 謂之通(위지통)이라. 窮則變(궁즉변)하고 變則通(변즉통)하며, 通則久(통즉구)이니 自然眞理

(자연진리)이다.

## "덕이 있는 나라가 이기지요"

方漢岩(방한암) 선사는 6·25의 전란 속에서 불태워질 위기에 처한 절(오대산 상원사)의 소실을 막은 일화와 전쟁을 치르는 동안에 生佛(생불)이 계신 곳이라 하여 남측이나 북측의 군인들이 절의 경내에는 피해를 주지 않은 것으로도 유명하다.

1951년 3월 국군들이 전세가 불리하여 피난을 하시는 것이 좋을 것 같다는 勸勉(권면)에 준비할 것이 있으니 1주일을 기다려 달라고 하시어, 1주일이 지난 후에 국군들이 피난을 시켜드리려고 찾아가 보았으나 禪師(선사)는 앉은 자세 그대로 涅槃(열반)하시었다.

일제가 욕심껏 벌려 놓은 전쟁이 한창이던 1942년, 경무국장(이케다)이 총독부와 협의차 현해탄을 건너와서 오대산의 한암선사(조계종의 1대 종정)를 찾았다.

이케다는 예를 갖추어 절을 올리고는 한암스님에게 자신이 짊어지고 온 질문을 한다.

"스님, 이번 전쟁에서 어느 나라가 이기겠습니까?"

순간 주위에 있던 모든 이들의 얼굴은 흙빛으로 변한다. 대답 여하에 따라서 상황이 달라지리라는 예상에서였으리라.

스님은 추호의 흔들림이 없이 감았던 눈을 조용히 뜨시고 미소를 지으시며 말문을 열었다.

"덕이 있는 나라가 이기지요."

나지막하지만 단호한 어조였다.

스님의 말씀대로 三毒(삼독)에 無德(무덕)한 나라가 망하지 않았던가?

물질과 배금주의에 젖은 세태가 세상과 나라를 어지럽히고 있습니다. 모든 것이 변화 발전하는 때의 일이며, 本(본)은 不動(부동)입니다.

# '계절의 암수가 운명을 다스린다'

## – 혜공스님의 '암수운세법' 대 공개 –

세상만물 모든 것이 음양의 합(조화)에 달려있으니 조화를 잘 이룬다면 실한 열매를 맺을 수가 있을 것이고, 그렇지 못하면 열매 맺기가 힘들 것이다. 겉모습으로 수놈 또는 암놈으로 태어났다고 해서 태어난 대로 살아가는 것은 아니다. 오히려 계절과 태세에 따라 그 역할은 달라진다. 계절에도 암수가 있으니 암놈과 수놈이 계절을 잘 만나면 풍성한 열매를 맺고, 큰 수확을 얻을 것이다.

역학 사상 최초로 천부경의 삼재인 천지인을 근간으로 암놈과 수놈, 계절에 따른 변화를 사주팔자가 아닌 삼주육자로 파악한 혜공스님은 오랜세월 많은 사람들과의 상담을 통하여 그들의 고민을 풀어 주면서 누구나 알기 쉬운 운세법에 대하여 연구에 연구를 거듭하시다 암수운세법을 개발하였다. 암수법은 가장 평범하고 보편적인 자연의 이치로 인생의 운세를 파악하므로, 누구나 쉽게 이해할 수 있는 내용으로 꾸며져 있다. '계절의 암수가 운명을 다스린다' 는 혜공스님의 '암수운세법' 을 본격적으로 세상에 공개한다.

– 편집자 도움말

# 1. 天印法輪 陰陽姓名法(천인법륜 음양성명법)

## (1) 서론

살아가면서 궁금하거나 답답함을 호소하는 사람들을 오랜 세월 접하면서 느끼는 것은 어떤 이들은 지금의 운기가 그리 어려운 시기가 아닌데도 어렵고 힘들어 하며 살아가고 있음을 보게 되고, 어떤 이들은 운의 흐름으로는 어렵고 힘이 드는 시기인데도 여유가 있고 풍족하게 지내는 것을 보게 된다.

우주만물이 생겨나면서 지니는 성명에는 대우주와 함께하는 음양과 오행의 기운이 담겨있어 살아가는 동안에 그 이름(명칭)이, 운세의 흐름과 아주 밀접하고 긴밀한 기운이 존재하여 같은 해 같은 날 태어났다고 하여도 서로의 운명이 다름은 부모가 다르고 명칭이 다르기 때문이다.

성명에는 독특한 원리와 성명만이 지닌 鬼神(귀신)의 수에 운세가 깃들어 있으며, 대우주 자연 순환법칙과도 함께하며 자연의 계절과도 함께 일하고 있다.

음이나 양이 종횡으로 일하며 서로 대립하면서 서로 다른 것 같지만 둘이 나온 자리가 본래 같은 자리이기에 서로 각을 세우며 때론 대립하고 다투기도 한다. 하지만 하나로 돌아가는 것이 세상의 이치이다.

태어날 때에 짊어지고 나온 오행의 기운인 운세나 천수의 나이를 앞의 자리에 놓인 운세(선천)라면 태어나서 만들어 부르는 성명은 후천운이라 하며, 살아가는 동안 선천운세를 도와 각 계절에 운기를 보좌한다.

태어난 해, 달, 날의 운세를 선천의 운세라고 한다면 태어난 후에 만들어 사용하는 성명은 후천의 운세라 한다. 이름은 모든 계절과 함께 계절을 도우며 농사를 지어야 함은 당연한 일이기에 성명의 한 자, 한 자의 하는 일들이 매우 중요하며, 글과 계절이 함께 짓는 농사 또한 중요하다. 어떻게 원칙을 세워 작명을 하느냐에 따라서 움직이며 활동하는 선천의 운세와 성명에 어느 字(자)가 쓰이느냐에 따라서 살아가는 생의 결과는 확연히 달라진다.


이름을 지을 때에는 각 글자의 오행을 고려해야 하고 수리의 상합이나 字源(자원)오행도 살피고 姓(성)씨와의 상합도 살피고 유념해야 하는 것은 각 字(자)들이 계절과 암수의 관계를 위하여 일을 하고 있기 때문에 당연히 살펴야 하는 것이다.

모든 聖人(성인)들도 글이 있고 성명이 있어 수천 년의 시공을 떠나 우리네들에게 와있음을 안다면 자연의 계절과 글의 자원이 하는 일이나 음절이 하는 일들이 중요한 것은 자명한 일이라 하겠다,

지금까지의 성명학에서는 획수와 오행, 발음오행을 중요시하였으나, 때가 도래되어 天印法輪陰陽運勢法(천인법륜음양운세법)과 함께 운기와 운세에 지대한 영향을 미치는 天印法輪 陰陽姓名法(천인법륜 음양성명법)을 세상에 내놓는다.

자연에 의지하여 살기에 자연이 변하면 세상이 변하는 것이 자연이며, 한 생을 살다가는 인간들에게 태어나면서 짊어지고 살아가는 성명이 중요하다는 것은 말이 필요치가 않다.

## (2) 글(文字)의 생성과 발전

인류가 생겨나고 글이 있어서 서로가 소통이 되며 문화의 발전을 이루게 되는데 인류에게 처음부터 글(文字)이 있었던 것은 아니었다.

인류의 초기에는 소통을 위하여 음성언어인 말에 의지하여 상당기간 소통이 이루어졌을 것이다. 사람들은 자신의 감정이나 뜻이나 생각(사상)을 말로 전하였으며, 듣고 기억하며 전승을 하였다. 그러다가 어느 때부터는 불편함과 음성언어의 한계를 느끼며 무언가 부호(글)로서 자신의 뜻을 전달하게 되면서 문자의 발전을 가져오게 되었고, 文字(문자)의 등장과 함께 인류는 문화의 싹을 틔우게 된다.

글은 모양을 본뜬 象形文字(상형문자)가 최초의 글이었을 것이며, 指事文字(지사문자), 假借文字(가차문자), 轉注文字(전주문자), 會意文字(회의문자), 形聲文字(형성문자)로 발전을 하며 글로서 뜻(意)과 소리(聲)를 문자로서 전하게 되었다.

우리가 사용하고 있는 漢字(한자)는 漢(한)나라 시대에 중국의 漢族(한족)들이 최초로 만들어 사용한 것이 아니다. 漢字(한자)는 한나라시대 이전에 殷(은)나라 시대의 갑골문이나 夏(하)나라시대에도 한자의 원형이 되는 글이 있었던 것을 알 수가 있는데, 이는 漢字(한자)가 漢(한)대에 창제된 것이 아니라 그 이전의 시대에 상당부분 발전되었던 것을 漢(한)대에 이르러 발전시켰다는 것이다.

우리가 사용하고 있는 한글의 근원은 殷(은)이나 夏(하)대에 사용했던 한문의 뿌리에서 淵源(연원)되었다. 한문은 우리의 옛글이 분명한데 이의 설명은 생략한다.

### (3) 글은 字源(자원)이 있고 나이가 있다

우리가 사용하고 있는 글은 뜻을 담고 있는 글이기에 각각의 성명에는 짓는 이에 따라서 의미(뜻)를 부여하든 부여하지 않든 글은 제가 지닌 뜻이나 의미를 나타내며 일을 하고 있다. 따라서 세상만물이 오고감에 있어 순서가 있고 나이가 있듯이 글에도 나이가 있음을 알아야 할 것이다.

봄을 春(춘)이라 하며 여름을 夏(하)라고 하고 있으니 계절이 변하고 때가 변하는데 春(춘)이라고 이름을 지어 부르면 봄이나 혹은 초여름의 계절에는 일을 제대로 할 것이지만, 여름과 가을에 제대로 일하길 바라는 것은 무지일 것이다. 성명에 葛(갈)자나 藤(등)자를 사용하면, 칡의 새순은 오른쪽으로 감아 돌고, 등나무의 새순은 왼쪽으로 감아 도는 것을 안다면 알고서야 어찌 이름에 사용하겠는가.

젊은이에게 老(노)자를 사용하면 젊은이는 기상을 잃을 것이고, 푸를 靑(청)자도 나이든 이에게는 맞지가 않을 것이다. 어느 字(자)든 글은 자원이 있고 자신이 담당하고 있는 것만큼 일하고 있음을 알아야 할 것이다.

글이 만들어진 것을 살펴보면 때에 만들어진 것을 알게 되는데 하늘이 열리고 대지가 굳어져 사람들이 대륙을 장악하고 살면서 하늘을 나타내는 글인 天(천)자를 만들고, 대지를 나타내는 地(지)자를 만들었으며, 사람의 人(인)자를 만들었을 것이다. 그리고 산하대지의 모양을 보고 산이나 강, 나무, 불의 글자를 형상대로 만들어서 사용을 하였고, 동물의 뼈나 단단한 나무로 간단하게 농기구를 만들어 사용하다가 구리나 주석의 금속을 녹여서 사용을 하였다. 그러면서 단단한 것은 쇠이며, 쇠를 나타내는 쇠(金)자를 만들어 표기하였으나 금속의 발달로 철기문화가 도래되면서 단단한 것의 총칭인 쇠(金)로는 뜻이나 의미가 다르기 때문에 단단한 것을 쇠에서 더 단단한 鐵(철)자를 만들어 사용하면서 구리(銅)나 주석(錫)을 따로 표기하게 되었다.

쇠(金)를 총칭하던 시대와 글이 만들어진 것을 보면 2천년이나 3천년 전의 일이이지만, 쇠 鐵(철)자가 만들어진 것을 보면 2천년이나 천팔백여 년 전임을 안다면 분명 글이 생겨나는 것은 나이가 있음이 분명하다. 글의 나이는 때에 글들이 일을 한다는 것이며, 나이가 많고 적음에 따라서 담는 그릇이 달라진다. 어른의 행동과 어린이의 행동은 다르고 글 또한 그렇게 일을 할 것이니 글의 나이를 잘 살펴야 하겠다.

## (4) 성명과 三才(삼재)

자연의 삼재는 하늘(天)과 땅(地)과 사람(人)이며, 天印法輪 陰陽姓名法(천인법륜 음양성명법)은 우주와 대자연을 근간으로 하여 만든 성명법이기에 인생은 삼재(천, 지, 인)와 함께한다는 것을 알아야 한다.

태어나면서 짊어지고 나온 선천수와 때에 인연을 만나며 살아가는 동안 함께하는 성명의 근간은 계절에 매어 있으며, 성명은 때에 하는 일들을 도우며 운기와 운세의 변화를 이끌어 가는 것이다.

태어난 해(年)는 祖上宮(조상궁)이며, 성명의 성씨가 일을 하며 태어난 달(月)은 父母宮(부모궁)으로, 부모궁은 성명의 가운데 글자가 일을 하는 때이다. 태어난 日(일)은 本人宮(본인궁)의 자리로, 성명의 마지막 글자가 일을 하는 때이다.

글들이 일을 하는 때가 정해져 있으나 어느 자리의 때라도 성명은 함께 일을 한다.

누구의 성씨라도 바뀌지 않을 것이며 바꿔서도 안 될 것이다. 그것은 씨(種字)가 달라질 수는 없기 때문이다. 조상궁인 씨가 일을 하는 시기는 실

| 1900년 ○월 ○일생 | | | |
|---|---|---|---|
| | 생일 | 생월 | 생년 |
| | 신 | 경 | 갑 |
| | | | |
| | 해 | 오 | 진 |
| 계절 | 가을 | 여름 | 봄 |
| 기간 | | | |
| 오행 | 금 | 토 | 화 |

태어난 해는 天才(천재)이고, 태어난 달의 태세는 地才(지재)이고, 태어난 날은 人才(인재)라 한다.

| 1900년 ○월 ○일생 | | | |
|---|---|---|---|
| | 생일 | 생월 | 생년 |
| | 정 | 무 | 경 |
| | | | |
| | 축 | 인 | 자 |
| 계절 | 가을 | 여름 | 봄 |
| 기간 | | | |
| 오행 | 수 | 토 | 토 |

성명에서 봄은 조상궁이며, 성(姓)씨가 일을 하는 때이다. 여름은 부모궁으로 태세의 오행이 戊寅(무인), 오행은 토가 되는데 토를 돕는 字(자)로 취해야 한다. 가을은 본인궁으로 태세가 정축이며, 오행이 수이므로 성명의 자는 금이나 수의 자를 취해야 할 것이다.

제 인생의 나이로는 20세까지를 말한다. 부모궁의 자리는 생을 살아가면서 가장 행동이 활발한 때인데 많은 것을 직접 경험하고 경영하는 시기이기에 실제적으로도 부모에게 의지하여 일을 도모하는 때이며, 나이로는 21세에서 41세까지의 시기를 말한다. 자신의 궁이 일하는 때의 실제 나이는 42세에서 63세까지의 시기이며, 이 시기는 누구의 도움을 바랄 수가 없고 오로지 본인이 중심이 되어 세상과 살아가는 시기이다.

우리는 하늘과 땅과 사람(조상)이 함께 세상의 일을 도모하고 있으며, 때마다 글들이 일을 하고 있다는 것을 알아야겠다.

## (5) 발음과 수리와 오행

발음오행이란 한글의 자음을 오행에 배속하여 구분한 것을 말한다.

木(목)은 牙音(아음)이기에 ㄱ, ㅋ이며 火(화)는 舌音(설음)이기에 ㄴ, ㄷ, ㄹ, ㅌ이며, 土(토)는 脣音(순음)이기에 ㅇ, ㅎ이며, 金(금)은 齒音(치음)이기에 ㅅ, ㅈ, ㅊ이며, 水(수)는 喉音(후음)이기에 ㅁ, ㅂ, ㅍ이다.

수리오행은 天干(천간)의 갑을(木), 병정(火), 무기(土), 경신(金), 임계(水)와 地支(지지)에 속해 있는 水(수)인 亥(해)子(자)의 수는 1, 6이다. 巳(사)午(오)는 火(화)이며, 수로는 2, 7이다. 寅(인)卯(묘)는 木(목)이며, 수는 3, 8이다. 申(신)酉(유)는 金(금)이며, 수로는 4, 9이다. 중앙의 土(토)인 辰(진)戌(술)丑(축)未(미)는 수로는 5, 10이 된다. 수는 뿌리인 선천수가 있고 열매와 과일의 수인 후천수로 나뉜다. 선천수는 1부터 5까지의 수인데 生數(생수)라 하고, 후천수는 6부터 10까지를 말하는데 成數(성수)라고 한다. 자연의 오행과 함께 생긴 수가 생수이며, 때의 오행과 자라서 결실을 맺은 수를 성수라 한다.

陰陽(음양)의 數(수)를 鬼神(귀신)이라 하는데 鬼(귀)의 수는 陰(음)의 수를 말하고, 神(신)의 수는 陽(양)의 수를 말한다. 귀신 운하는 것은 천지만물의 조화는 수의 변화에서 이루어지고 사람들의 신통한 영명활동에 의해서 세상이 바뀌고 변하며, 끊임없이 향상의 수를 찾고 찾는 사람들에 의해서 세상이 바뀌고 변하는 것이기에 數(수)를 귀신이라 한다.

세상의 조화에서 用(용)은 變(변)하나, 本(본)은 변하지 않는다. 즉, 用(용)인 金(금), 木(목), 水(수), 火(화)는 변하나, 本(본)인 土(토)는 변하지 않는다는 것이다.

## (6) 성명과 계절

자연의 계절은 때에 일을 하는데 봄이 되면 봄이 일을 하고, 여름에는 여름이 일을 하며, 가을에는 가을이 일을 한다. 자연의 순환은 뒤바뀌지도 않고 서로 다툼도 없으며, 때에 제 일을 하는데 성명의 字(자)들도 때가 되면 때의 일을 한다.

성명의 글자 중에서 성씨의 자는 인생에서 봄이며, 세상에서 자신이 할 일을 설계하고 싹을 틔우는 시기로, 나이로는 20세까지의 시기이다. 성명의 가운데 글자는 인생에서는 여름에 속하고 봄을 이어 자라고 꽃을 피우며 열매가 맺히는 시기로, 나이로는 21세에서 41세까지의 때를 말한다. 대부분 3글자로 이루어진 성명의 마지막 글자는 가을에 일을 하며 여름에 맺힌 꽃을 잘 키우고 관리하여 좋은 수확을 바라는 시기로, 가을에 새로이 싹을 틔우는 종자를 심어 늦가을에도 수확을 얻게 되는 실제의 나이로는 42세에서 63세까지의 시기이다.

姓名(성명)이 중요함은 태어나 생의 농사를 잘 지었든 못 지었든 사람이 생을 마감하고서도 성명은 남아서 일을 하고 후대에 이르기까지 사람들의 평가의 대상이 된다. 이를 안다면 성명의 3字(자)가 계절을 알고 계절과 함께 농사를 잘 지을 수 있는 이름이어야 할 것이다.

누구나 태어난 존재 자체가 귀하기에 때에 옷을 잘 입고 때에 행동이 올 곧으려면 성명의 字(자)들이 생을 이끌고, 때론 예쁘게 꾸며주어 귀한 존재로 거듭나게 한다는 것을 알아야 하겠다.

| 1900년 ○월 ○일생 | | | |
|---|---|---|---|
| | 생일 | 생월 | 생년 |
| | 기 | 정 | 임 |
| | | | |
| | 미 | 미 | 인 |
| 계절 | 가을 | 여름 | 봄 |
| 기간 | 63세 | 41세 | 20세 |
| 오행 | | | |

태세의 년이 일하는 시기는 봄으로 실제 나이의 20세까지이고, 태세의 달이 일하는 시기는 여름이며 21세에서 41세까지이고, 태어난 날은 가을이며 실제 나이의 42세에서 63세까지를 말한다.

| 1900년 ○월 ○일생 | | | |
|---|---|---|---|
| | 생일 | 생월 | 생년 |
| | 을 | 병 | 신 |
| | | | |
| | 미 | 신 | 해 |
| 계절 | 가을 | 여름 | 봄 |
| 기간 | 63세 | 41세 | 20세 |
| 오행 | | | |

이름의 첫 자인 성씨는 봄에 辛亥(신해)와 일을 하고, 성명의 가운데 자는 丙申(병신)을 도와 일을 해야 하며, 이름의 마지막 글자는 乙未(을미)를 도와 일을 해야 할 것이다.

| 19○○년 ○월 ○일생 | | | |
|---|---|---|---|
| | 생일 | 생월 | 생년 |
| | 경 | 정 | 병 |
| | | | |
| 계절 | 가을 | 여름 | 봄 |

성명의 글이 일을 한다는 것은 태어난 태세의 오행을 돕는 일을 하는 것이니 오행의 태과와 불급을 살피고 天才(천재)의 조상궁의 성씨를 제외하고 부모궁과 본인궁의 상생상극을 살펴서 작명을 해야 할 것이다.

| 19○○년 ○월 ○일생 | | | |
|---|---|---|---|
| | 생일 | 생월 | 생년 |
| | 임 | 신 | 을 |
| | | | |
| | 신 | 사 | 사 |
| 계절 | 가을 | 여름 | 봄 |
| 기간 | 63세 | 41세 | 20세 |
| 오행 | 金(금) | 金(금) | 火(화) |

태세의 오행이 화, 금, 금으로 성씨의 계절인 봄을 제외하면 금금으로 돌멩이만 가득하다. 여름의 계절에 신사의 살모사가 제법 제 일을 감당할 것이니 금을 도와 토의 오행으로 작명을 하여 토생금해야겠다.

| 19○○년 ○월 ○일생 | | | |
|---|---|---|---|
| | 생일 | 생월 | 생년 |
| | 정 | 무 | 임 |
| | | | |
| | 유 | 신 | 인 |
| 계절 | 가을 | 여름 | 봄 |
| 기간 | 63세 | 41세 | 20세 |
| 오행 | 火(화) | 土(토) | 金(금) |

태세의 오행이 금, 토, 화로 이루어져 있다. 남자이든 여자이든 성씨의 계절인 봄을 제외하면 土(토)와 火(화)를 짊어지고 나왔으며 오행의 흐름이 역으로 흐름을 알 수가 있으나, 가을에 丁(정)화의 불은 긴요하게 사용할 수가 있으니 성명의 끝 자에는 木(목)의 오행을 사용하며 木生火(목생화)의 원리를 이용해야 한다.

### (7) 중앙의 土(토)는 재산이다

먼 옛날 하늘의 별자리를 보고 만들었을 天干(천간)과 地支(지지)를 살펴보면 土(토)는 하늘에서도 재산이기에 10개의 별 중에서 가운데 자리인 5번째 자리와 6번째 자리에 배속을 하였다.

(1, 갑 / 2, 을 / 3, 병 / 4, 정 / 5, 무 / 6, 기 / 7, 경 / 8, 신 / 9, 임 / 10, 계)

땅에서도 계절마다 농사를 지어 계절의 끝에 농사지은 것을 수확하는 때를 土(토)에 배속하였으니 寅(인), 卯(묘)의 봄에는 辰(진)토의 시기를 주었고, 巳(사), 午(오)의 여름에는 未(미)토의 때를 주었으며, 가을의 申(신), 酉(유)에는 戌(술)토를 두어 거두어 들였으며, 겨울인 亥(해), 子(자)의 때에는 丑(축)토를 배속하였다.

성명에서는 ㅇ, ㅎ의 발음이며, 수로는 5, 10, 15, 20, 25의 수이다.

우리나라에서 성명에 사용하는 글을 보면 이응과 히읗이 유독 눈에 많이 들어오는 것이 결코 우연은 아니라 여겨진다. 그러나 성명이 財(재)만 위하여 만들어져 불리는가? 작명함에 오행의 상생과 상극의 조화를 살펴 모자람도 넘침도 없어야 하겠다.

## (8) 성명과 건강

사람의 생명은 호흡에 있고 입(口)과 코(鼻)의 호흡에 달려 있다. 입이나 코가 하는 일은 호흡만이 아니라 음식물을 섭취하여 오장육부에 전달, 몸을 온전히 보전하는 일을 하며 또한 소리를 담당하고 있다. 소리는 사람의 감성을 자극하여 오장과 육부에 전달하며 서로의 장기가 소리의 파장에 민감히 반응하여 몸의 온전한 건강을 유지시켜 주고 있다.

소리의 오행도 상생과 상극의 관계에 의해서 몸에서 받는 일체의 기운과 함께 일을 하고 있으며, 듣기 좋은 소리의 파장이 몸에 유익하고 듣기 싫은 음이나 소리에서 나는 파장은 우리의 몸에 결코 좋을 수가 없다. 자음의 오행은, ㄱ, ㅋ은 木(목)이요, ㄴ, ㄷ, ㄹ, ㅌ은 火(화)요, ㅇ, ㅎ은 土(토)요, ㅅ, ㅈ, ㅊ은 金(금)이요, ㅁ, ㅂ, ㅍ은 水(수)이다.

모음(아, 어, 우, 이, 오)도 오행이 정해져 있으나 성명에서는 생략한다.

木(목)의 발음은 肝(간)과 膽(담)에 영향과 자극을 준다. 火(화)의 발음은 心臟(심장)과 小腸(소장)에 영향과 자극을 주며 치료를 하고 있다. 土(토)의 발음은 脾臟(비장)과 胃(위)에 영향을 주며 비위의 건강을 돕고 있다. 金(금)의 발음은 肺(폐)와 大腸(대장)의 건강을 돕고 있다. 水(수)의 발음은 腎臟(신장)과 膀胱(방광)의 수기를 돕고 있다.

무심코 내뱉는 말이나 그냥 불러보는 이름이라도 음성은 파장을 타고 전달되며, 소리는 하늘과 닿아 있음을 알아야 하며, 그래서 불리어지는 이름이 인생을 살아가는 데 매우 중요한 역할을 담당하고 있다는 것을 알아야겠다.


### (9) 성명에 사용하면 불리한 자

이름 작명 시에 사용하면 불리한 자들이 있다. 성명의 글은 계절과 함께 일을 해야 하기에 ① 숫자의 글이나 ② 방향의 글이나 ③ 모양만 내고 실속이 없는 글이나 ④ 형용사의 글이나 부사의 글이나 ⑤ 너무 어린 나이의 글이나 ⑥ 놀림을 당하는 글이나 ⑦ 군이 집안의 돌림자를 고집해서도 안 된다.

태어난 태세의 오행을 도와서 일을 해야 하는 성명의 특성상 방향의 동, 서, 남, 북이나 숫자의 일, 이, 삼, 사를 사용하는 것은 불리하다. 글이 생겨난 것을 보면 모양의 형태를 글로 옮긴 字(자)들이 많은데 글도 계절과 함께 일을 하기 때문에 일을 하지 않고 모양만 내는 글을 사용하면 불리하다.

어린 나이의 글이란 한글의 글을 사용하는 것을 말한다. 그렇다고 한글을 사용하지 말라는 것이 아니라 한글의 나이는 오백 살 정도에 지나지 않은 점을 안다면 태세의 오행을 돕는 글자의 사용이 무난하다는 뜻이다.

한글의 이름은 전문직이나 특수한 분야에서의 이름이 때론 성공하는 예가 드물게 있으나, 그것은 성씨와 태세(천재)의 도움이다(20세 이전).

많은 이들을 상담하고 운세를 감평하면서 아쉬운 점은 집안에서 정한 돌림자를 사용한 경우에 많은 이들이 뜻하지 않은 고생을 하는 것을 보아 왔다. 오행은 어느 하나를 위하여 있는 것이 아닌데도 돌림자를 사용하는 것은 오행의 상생의 원리를 무시하고, 태세에도 도움이 되지 않는다. 상외와 상극의 성명을 만들어 사용하고 있는 것은 성명을 부르는 소리가 하늘과 닿아 있음을 알고, 사람이 살아가는 세상은 음양과 오행의 기운에 의해서 生生不息(생생불식) 살아가고 있다는 사실을 밝힌다.


글에는 字源(자원)이 있어, 글은 자신이 만들어질 때에 지닌 뜻을 지니고 일을 한다.

몇 자의 예를 들어 본다.

相(상)자는 서로상 자인데 서로 눈을 마주하고 있어 무슨 일을 도모하려고 해도 높은 나무에서 항시 눈으로 내려다보고 있다는 글이라 장애가 있어 멈춤을 의미한다.

春(춘)자는 봄을 알리는 글인데 성명의 자의 가운데나 끝에 사용을 할 경우에 계절은 여름이요, 가을에도 글은 봄의 짓을 한다는 것이니 성명에 사용할 때에는 유의해야 할 字(자)이다.

明(명)자는 해와 달처럼 밝다는 자이다. 자신이 힘이 있어서 밝음을 내세우고 밝음(정의)을 행해야 할 것인데, 그렇지 못하면 밝음은 일을 하지 못하여 허풍이나 허세를 부리며 허영을 쫓아 갈 수도 있다.

子(자)자는 자식을 뜻하고 물을 나타내기도 한다. 주로 성명의 끝 자에 많이 사용하고 있는데 계절로는 가을이다. 농사를 다 지은 가을에 물은 별로 쓸모가 없다.

光(광)자는 빛, 번개, 뇌성을 이르는 글이다. 한때는 빛을 발하며 남부럽지 않게 지내겠으나 빛이란 오래 머물 수가 없음을 안다면 한때의 榮華(영화)로 생을 얘기할 수가 있겠는가? 태세와 계절과 부합되는지 살펴야 하겠다.

愛(애)자는 사랑을 뜻하는 글이나 받아들일 受(수)에, 마음 心(심)자가 모여 만들어진 자이다. 사랑하는 마음이 언제나 변함이 없다면 좋으련만 어찌 사람의 마음이 처음처럼 한결같을 수가 있을까? 애정이나 부부의 관계에 문제가 있는 字(자)이다.

虎(호)자는 호랑이다. 사람이 범처럼 용기 있고 용맹함을 갖추는 것은 바람직할 것이나 용맹함이 자제하지 못하여 과격하게 되며, 성격이 삐뚤어지고 상대할 상대가 없어지며, 고독하게 된다.

姬(희)자는 젊은 여자를 뜻한다. 고대사회에서 전쟁의 전리품으로 얻은 여자를 신하들에게 나누어 주었던 여자를 뜻한다.

好(호)는 좋다는 뜻의 글이다. 여인이 자식을 품고 있으니 좋을 것이다. 그러나 뜻은 제자식이 아닌 어린 사내아이를 품고 있으니 언제까지 좋을 수가 있을까? 속성속패의 뜻이 담겨 있다.

順(순)자는 순하다는 글인데 얼마나 순한가를 보면 냇가(川)에 목(項)을 담가도 반항하지 않을 만큼 순하다는 것인데 얼마나 힘이 없는 글인지 많은 이들이 사용하는 글이나, 사용하면 불리한 자이다.

榮(영)자는 영화롭다는 자이다. 글을 보면 집과 나무(木) 위에 불(火)이 두 개나 있어서 한때는 많은 이들이 불을 보겠지만 불은 나무가 다 타고 나면 구경을 하든 우러러보았든 쳐다보는 이들이 없을 것이니 災禍(재화)가 따르는 字(자)이다.

美(미)는 아름답고 예쁘다는 글인데 정작 글을 보면 아름다움이나 예쁜 것은 이리 봐도 뒤집어 봐도 한 마리인 줄 알았던 염소(羊)가 얼마나 큰지 두 마리의 덩치라, 보고 또 봐도 예쁘고 아름답다는 글이다. 성품은 유순하고 명랑하나 허세와 허영을 뜻하는 불길 자이다.

玉(옥)자는 구슬이다. 고대사회에서 왕은 제사를 집행하는 神官(신관)이었다. 마을이나 나라에 재앙이 닥치면 왕은 제단 앞에 나아가 나라의 안녕을 빌며 기도를 올렸는데, 그때에 왕이 나라를 걱정하는 마음에 기도하며 흘린 눈물이 玉(옥)이다. 왕이 나라와 백성을 위하여 흘린 눈물이니 어느 보배에 비하겠는가. 자신을 과시하며 남들과 융화가 어렵고 고독하다는 뜻의 글이다.

貴(귀)자는 귀하다는 뜻을 지닌 글이다. 가운데 중앙 央(앙)자와 조개 貝(패)로 이루어졌다. 예전에는 조개껍질을 화폐로 이용을 하였으니 남들에게 자랑할 만큼 돈이 많음을 나타내는 글이다. 실상은 財運(재운)이 따르지 않고 자손에게도 불리하다는 뜻을 담고 있다.

앞의 글 외에도 天(천), 地(지), 人(인), 東(동), 西(서), 南(남), 北(북), 계절을 나타내는 글이나 상하좌우 숫자의 글 등, 성명에 사용하면 불길한 자들이 많으나 생략한다.

## (10) 三才(삼재)와 계절의 영향력

삼재와 태세는 함께 일을 하고 있으니 년은 天才(천재)이며 조상궁이요, 월은 地才(지재)와 부모궁이요, 태어난 일주는 人才(인재)이며 자신의 궁이다. 성명의 삼자가 때에 일을 하는데 계절이 바뀌어도 서로 일을 하고 봄이 지나 여름이 되어도 여름과 함께 봄의 열매가 일을 하며, 여름이 지나 가을이 되어도 여름의 열매와 봄의 열매가 가을과 함께 일을 한다. 물론 때의 행위가 많은 일을 감당하며 일을 하지만 지나온 계절의 열매가 어느 정도는 때를 도와 함께 일을 하는데, 비율로 표현을 해야겠다.

봄은 성명의 성씨가 일을 하며 성씨는 조상으로 물려받은 것이기에 성씨가 홀로 일을 한다.

여름은 성명의 중앙에 있는 字(자)가 일을 하는데 그때에 봄의 열매인

| 1900년 ○월 ○일생 | | |
| --- | --- | --- |
| 생일 | 생월 | 생년 |
| 정 | 무 | 임 |
| | | |
| 유 | 신 | 인 |
| 계 절 | 가을 | 여름 | 봄 |
| 기 간 | 63세 | 41세 | 20세 |
| 오 행 | 火(화) | 土(토) | 金(금) |

태세의 오행이 금, 토, 화로 이루어져 있다. 남자이든 여자이든 성씨의 계절인 봄을 제외하면 土(토)와 火(화)를 짊어지고 나왔으며 오행의 흐름이 역으로 흐름을 알 수가 있으나, 가을에 丁(정)화의 불은 긴요하게 사용할 수가 있으니 성명의 끝 자에는 木(목)의 오행을 사용하며 木生火(목생화)의 원리를 이용해야 한다.

| 19○○년 ○월 ○일생 | | | |
|---|---|---|---|
| | 생일 | 생월 | 생년 |
| | 경 | 무 | 임 |
| | | | |
| | 오 | 신 | 술 |
| 계 절 | 가을 | 여름 | 봄 |
| 기 간 | 63세 | 41세 | 20세 |
| 오 행 | | | |

태어난 태세의 성씨가 20세까지의 봄에 일을 하며 성명의 자들은 일하지 않는다.

| 19○○년 ○월 ○일생 | | | |
|---|---|---|---|
| | 생일 | 생월 | 생년 |
| | 무 | 신 | 임 |
| | | | |
| | 오 | 해 | 자 |
| 계 절 | 가을 | 여름 | 봄 |
| 기 간 | 63세 | 41세 | 20세 |
| 오 행 | | | |

나이가 20세를 넘기며 여름을 맞이하는데 여름에는 중앙의 글이 80%의 일을 하며 봄의 글자인 성씨가 20%의 열매를 여름과 함께 일을 한다.

| 19○○년 ○월 ○일생 | | |
|---|---|---|
| | | |
| 생일 | 생월 | 생년 |
| | | |

가을이 되면 성명의 마지막 글자가 일을 하는 시기이며, 때에 여름의 결실인 중앙의 글자가 20%를 돕고 봄의 열매인 성씨의 글이 20%를 도우며, 자신은 60%의 힘으로 함께 일을 한다.

성씨가 여름을 도우며 20% 정도의 힘을 보탠다. 가을이 되면 성명의 마지막 글자가 일을 하는 시기인데 지난 여름의 열매이며, 부모궁의 글이 20%를 돕고 봄에 천재인 조상궁의 성씨도 20%를 도우며, 가을과 함께 일을 한다. 성명의 끝 자가 일하는 가을에 자신의 역할은 60%가 된다는 것이다. 성명은 때가 익지 않으면 일을 하지 못하고 때가 되어야 일을 한다.

### (11) 계절의 암수

사람이 세상에 태어나 살아가는 모습은 같아 보이지만 남자와 여자의 살림살이는 같지 않다.

부르는 호칭이나 사용하는 성명도 남녀 각각이 다르다.

남자로 태어나면 남자의 생을 살아가겠지만 남자라고 해서 모두가 숫스러운 것은 아니며, 여자도 여자로 태어났다고 해서 암스러울 수만은 없는 것이다. 그것은 때의 계절에 정해진 암수가 작용을 하기 때문이다. 그래서 남자라도 태어난 태세의 암수가 때의 행동을 지배하며 암스러운 남자도 있고, 여자인데도 때의 계절이 일을 하기에 숫스러운 행동을 하는 것이다.

성명도 여성스럽게만 지었다고 해서 여성일 수는 없으며, 남자도 남성스럽게 지었다고 해서 남자일 수는 없다는 것을 알아야겠다.

사람이나, 어느 것이나 그것을 지칭하며 그것을 대신하여 사용하고 있는 姓名(성명)의 名(명)이 命(명)을 다스리는 일임을 알아야 할 것이다. 名(명)이 자연의 계절과 함께함을 알아서 만들거나, 고치거나, 지니고 사용을 함에 있어 신중해야 할 것이다.

글이 일을 한다는 것을 알아 성명을 짓거나 성명에 첨삭하는 일은 사람의 命(명)을 다루는 일임을 새삼 적어 놓는다.

### (12) 천수의 나이

세상 천지간에 존재하는 것이 나이인데 사람도 세월이 흐르면서 나이를 먹는다.

태어나서 세월이 흘러가면서 먹는 나이, 즉 태어날 때에 짊어지고 나온 나이가 있으니 이를 천수의 나이라고 한다. 태어나면 지어서 부르는 호칭이 천수의 나이와도 부합되어야 한다.

각기 태어나면서 정해진 나이와 성명이 맞아야 한다는 것은 작은 그릇에 많은 것을 담을 수가 없다는 말이다. 더 많이 담으려는 욕심에 이것저것 기웃거리다가 때를 놓쳐서 결국엔 아무것도 담지 못하여 허겁지겁 세상을 살아가는 것을 종종 보게 되는데, 알맞은 옷을 걸쳐야 활동하기가 더 좋은 것임을 알아야 하겠다.

천수의 나이가 많으면 활동적이고 타인을 배려하는 마음을 지니고 살아가지만 정작 본인은 실속이 없어 고생이 심하며, 천수의 나이가 적게 짊어지고 태어나면 누군가의 도움을 받고 정작 자신도 느긋하고 여유가 있다. 성명의 자는 활동적인 글자를 사용하면 좋다.

그래서 천수의 나이도 계절마다 달라지는 것을 알아 때에 알맞은 글자를 사용해야 할 것이다.

# 2. 잘 살려는 이들에게

## (1) 평안을 얻고자 하는 이들에게

문명의 발전과 사회가 발전하는 것은 서로가 소통을 하며 서로가 공유할 수 있는 언어와 문자를 사용하기에 사회가 발전하며 문명이라는 꽃을 피우게 되는 것이다. 그런데 문명이 항상 발전만 할 수는 없는 것이리라.

어느 시대이건 인류의 역사 속에 담겨져 있는 영욕의 글이 있기에 알 수가 있으며, 어느 사회나 개인의 영욕도 말과 글이 있기에 알 수가 있으리라.

근세에 이르러 문명의 발전이 발전을 거듭하여 모든 이들은 과거의 어느 때보다 물질의 풍요로움 속에서 살아가고 있으나 물질을 중요시하고 보이는 상(모양)을 쫓아 집착하는 생활을 추구하다 보니 쥔 자나 쥐지 못한 자나 空(공)과 色(색)이 함께 함을 망각하고 모양만을 쫓아가며 매달리니 어찌 넉넉해지고, 좋아지며, 편해지는 세상을 생각이나 하겠는가.

편한 것은 물질의 많고 적음의 소유에서 오는 것이 아니고 소유를 떠난 정신이어야 몸과 마음이 편해지는데 소유에 집착하거나 물질의 많고 적음만을 쫓는다면 결코 편함을 얻지 못할 것이다. 물질에 집착하면 사람이 인색해지고 남에게 베푼다는 것은 생각에도 없고 물질을 쥐려는 마음이 앞서면 마음의 여유가 없어지며, 스스로 장막을 치며 들어앉아서 살게 된다.

주위에서 많은 재물을 모은 이들을 간혹 보게 된다. 그들은 자신들이 과시하고 자랑하는 것만큼 인색해서인지 주위에 사람다운 사람이 없는 것을 알게 된다. 재물을 쥐고 있어서 자신들은 무언가를 이루었다는 생각을 하겠지만 주위에 사람들이 알아주지 않으니 결코 행복하다고는 할 수가 없으리라.

그래서 삶은 苦(고)라고 하였다. 가진 자는 더 갖기 위하여 뛰고, 가진 것이 적은 자들은 얻기 위하여 고통 속에서 발버둥 치면서 살아가며, 가진 자들은 자랑하고 모양내기에 바쁘며, 재물에 성을 쌓으며 살아간다. 있으면 있는 대로 없으면 없는 대로 고통의 바다를 누비고들 있으니 행복할까? 사람의 행복은 재물의 많고 적음에서 오는 것이 아니고 정신이 행복을 결정해 준다. 재물이 없어도 행복한 사람이 있고 재물이 많아도 불행한 사람이 있다. 그래서 無所有(무소유)가 행복하다고 한다. 이 말은 일할 수 있는 사람이 일하지 말고 벌어들이지 말라는 것이 아니라, 욕심내어 재물에 집착하지 말라는 것이다. 재물을 많이 소유한 사람은 많이 지닌 만큼 더 많은 이웃들에게 나눌 수 있는 기회를 지니고 살뿐, 재물이 생을 가르는 척도는 아니기 때문이다. 항상 이웃을 생각하며 함께하려는 마음을 내어 행동하면 평안과 행복한 삶을 살 수 있을 것이다.

재물을 가진 자는 어려운 이들에게 베풀 수 있는 기회를 지닌 것이다. 그렇기에 가난하여 어려움과 고통을 안고 살아가는 이들을 위하여 德(덕)을 베푼다는 것은 가진 자가 할 수 있는 특권이며, 스스로 행복한 삶을 만들어가는 길(道)이 될 것이다.

## (2) 잘 지내며 살려거든(수행의 장)

몸과 마음이 편하게 산다는 것은 그냥 편해지자고 해서 편해지고 그냥 잘 지내자고 해서 잘 지내는 것은 아니다. 사람은 누구나 五慾(오욕)과 七情(칠정)을 담고 태어나며, 살면서는 삼독심을 안고 살아간다. 무엇을 어떻게 해야 편하게 사는 것이고 무엇이 불편하게 하여 불편하게 살아가는 것인가를 한번쯤은 살펴봐야 할 것이다.

사람의 신령스러움은 누구나 지니고 태어나지만 그 신령함을 알지 못하여 속세에 속인으로 살아가면서 눈에 보이는 사물에 집착하고 헛된 망상에 사로잡혀 스스로의 신명을 알지 못하고 살아가고 있다. 움직이고 변하는 사물을 대하며 욕심을 내고, 때에 자기를 내세우며 분노하고, 욕심과 분노에 사로잡혀 어리석은 마음을 내며 살아가고 있는 것이다.

사람의 몸(形體)은 기혈과 혼백으로 이루어졌으며, 기백과 혈혼이 합하여 비로소 몸에는 정신이 깃들게 된다. 정신은 천지만물에 조화를 부리며 세상을 변화시키는데, 본자리가 空(공)하여 공으로도 나오고 색으로도 나온다. 때론 유하다가도 때론 무하다.

정신이 자성을 망각하고 상을 내세우며 물질에 집착하면 병통이 생기는데 이것을 '三毒心(삼독심)'이라 한다. 이는 욕심내고 참지 못하여 분통을 터트리고 어리석은 짓을 하는 것을 일컫는다. 몸의 행동은 精神(정신)이 주관하며 精氣(정기)와 神氣(신기)가 움직이는 것임을 알아야 할 것이다.

대우주가 공하고 천체와 태양계가 공하며, 대륙의 껍데기에 의지하여 살고 있는 사람 또한 공한 것이다.

## 三毒心(삼독심)이란

貪心(탐심)은 욕심을 내는 마음이며, 嗔心(진심)은 화를 내거나 분노하는 마음이며, 癡心(치심)은 어리석은 마음을 말한다.

자기의 자성을 알고 자성을 지키면 건강하게 잘 살 수가 있으련만 자성을 망각하여 삼독심을 일으키면 마음의 병을 얻게 되고, 마음의 병은 육체의 병을 불러들일 것이다. 병을 얻고서는 그 누구라도 행복하다고 말할 수는 없을 것이다.

삼독심을 치유하고 잘살려면 자성을 알고 지키려는 마음이여야 하며, 항상 스스로를 돌아보고 살피는 수행을 게을리 하지 말아야 할 것이다.

修行者(수행자)는 名利(명리)를 쫓지 않고 함부로 기뻐하거나 성내지 말아야 하며, 음주가무를 피해야 하고 욕심내어 맛있는 음식만을 취하지 않으며, 색을 멀리해야 한다. 앞의 욕심을 버리면 心神(심신)이 스스로 고요해지고, 心身(심신)이 스스로 맑고 깨끗해지며, 욕심이 생하지 않아 삼독심이 소멸한다.

말(言)이 많으면 氣(기)가 감소하고, 많이 웃거나 즐거워해도 정신에 상처가 생기며, 성을 많이 내면 意(의)가 상하고 욕심이 과하면 신명이 어두워지고, 너무 슬퍼해도 신명이 상한다. 앞의 일들을 행하면 백병이 발생하여 건강을 지키기가 어려워진다.

움직이거나, 어디에 앉거나, 돌아다니거나, 자리에 누워도 어디를 불문하고 수행자들은 앞의 계를 지키면서 수행을 하면 삼독이 소멸되고 건강함 속에서 매일 매일이 즐거울 것이다.

수행자들이 스스로를 꾸짖고 반성하며 귀감으로 삼는 글로 自警文(자경문)이란 글이 있어 그 중에서 偈頌(게송)만을 여기에 적어 본다.


**자경문의 偈頌(게송)**

　어리석어 배우지 못하면 교만만 늘고 어리석어 도를 닦지 않아 자신의 상만 키우네.

　든 것 없이 거만한 건 주린 범과 같고 무지하고 방탕함은 넘어진 원숭이 같네.

　사악한 소리와 나쁜 말은 곧잘 들어도 성현의 가르침에는 뜻이 없구나.

　착한 일에 인연 없는 그대를 누가 건지랴. 길이 악도에 빠져 고통에 얽혀있네.

# 암수운세법 강좌

암수운세법은 혜공 스님이 자연의 오행을
기초로 하여 삼주육자법으로
새롭게 창안한 학술입니다.
암수운세법을 배우고 연구하고자 하는
이의 참여를 바랍니다.

- 일시 _ 매주 금요일 오후
- 장소 _ 경기도 하남시 고산동 49-10 <금구정사>
- 전화 _ 031-795-4536
       010-5306-9936

## 암수운세법 연구회

남한산 뒷자락 금구정사에서 **혜 공** 합장

# '백수 탈출' 의 글을 마치며

　무엇을 얻으려고 글을 쓰기 시작한 것도 아니나 《백수 탈출 1, 2, 3》 세 권을 세상에 내놓게 되니 '누구라도 읽어보는 책이 되었으면' 하는 욕심이 슬며시 고개를 든다.

　언젠가 "스님, 요즘에는 재미가 없으면 책을 보지 않는 세상이라 딱딱한 글이나 고리타분한 글들은 아예 사람들이 볼 생각을 안 하는데 스님은 재미가 있어서 글을 쓰시지만 어디 알아주는 사람이 얼마나 될까 싶어요" 하는 얘기도 들었다.

　"그래, 누구나 자신의 일을 하며 사는 거지 누가 누구를 위하여 살고 있냐? 모두가 때의 일이다."

　달마가 부처님의 심법안장을 중국에서 싹을 틔우려고 소림사에서 9년 면벽을 했다지만 그것은 웃기는 얘기다. 달마가 중국에 건너오기 이전에 불교의 많은 지도자들이 있었을 것이며 달마를 반가이 맞이했나? 요즘말로 하면 씹었을 것이다. 왜? 자신들의 입지가 좁아질 것을 염려하여 온갖 중상과 모략이 있었을 것이다. 그러니 타국인(달마)을 편히 벽만 바라보며 수행하게 가만 놔두었겠나? 문턱이 닳았을 것이다.

　세상은 始(시)함도 終(종)함도 없다. 천지인, 三才(삼재)가 하나이고 셋이며 넷을 만든다.

남자라고 해서 남자가 아니고, 여자이면서도 여자가 아니라 때가 정해
놓은 암놈과 수놈의 짓거리로 세상을 살아간다. 《백수 탈출 1, 2, 3》 세
권을 탈고하면서 글에 '뼈다귀를 거머쥔 자'를 기다리는 것이 욕심인가?
9년 면벽을 하며 제자를 기다리던 달마 대사님의 심경을 조금은 알겠다.

살아가는 누구나 도인이다. 다만 인지인식을 못하여 범부로 살아갈 뿐
인 것이다.


무명 속에 여린 싹을 넘침도 모자람도 없이 키워 주신 무식존사님에게
膝伏(슬복)하며 감사 올립니다.

누구나에게나 세상은 열려있으니 때를 알아 힘 있고 멋지게들 사시오.


辛卯(신묘)년 伏中(복중)에 남한산 뒷자락 金句精舍에서

불법 대사문 慧空(혜공)